KB048520

절벽의 밤

절벽의 밤

미치오 슈스케

김은모 옮김

청미래

IKENAI いけない

by MICHIO Shusuke 道尾秀介

Copyright © 2019 MICHIO Shusuke
All rights reserved.
Original Japanese edition published by Bungeishunju Ltd., in 2019.
Korean translation rights in Korea reserved by Cheongmirae Publishing
Company, under the license granted by MICHIO Shusuke, Japan
arranged with Bungeishunju Ltd., Japan through Korea Copyright
Center Inc.

이 책은 (주)한국저작권센터(KCC)를 통한 저작권자와의 독점계약으로
도서출판 청미래에서 출간되었습니다. 저작권법에 의해 한국 내에서 보호
를 받는 저작물이므로 무단전재와 복제를 금합니다.

옮긴이 김은모(金恩模)
경북대학교 행정학과를 졸업했다. 출판 번역가로 활동하며 다양한 작가의 작
품을 소개하고자 노력하고 있다. 옮긴 책으로 우타노 쇼고의 『밀실살인게임』
시리즈, 고바야시 야스미의 『앨리스 죽이기』, 『클라라 죽이기』, 이사카 고타로
의 『화이트 래빗』, 『후가는 유가』, 미야베 미유키의 『비탄의 문』, 후지마루의 『너
는 기억 못하겠지만』을 비롯해 『용서는 바라지 않습니다』, 『낙원은 탐정의
부재』, 『시인장의 살인』, 『지푸라기라도 잡고 싶은 짐승들』, 『미래』 등이 있다.

편집, 교정_김미현(金美炫)

절벽의 밤

저자 / 미치오 슈스케
역자 / 김은모
발행처 / 도서출판 청미래
발행인 / 김실
주소 / 서울시 용산구 서빙고로 67, 파크타워 103동 1003호
전화 / 02 · 739 · 1661
팩시밀리 / 02 · 723 · 4591
홈페이지 / www.cheongmirae.co.kr
전자우편 / cheongmirae@hotmail.com
등록번호 / 1-2623
등록일 / 2000. 1. 18
초판 1쇄 발행일 / 2022. 4. 11

값 / 뒤표지에 쓰여 있음
ISBN 978-89-86836-77-6 03830

차례

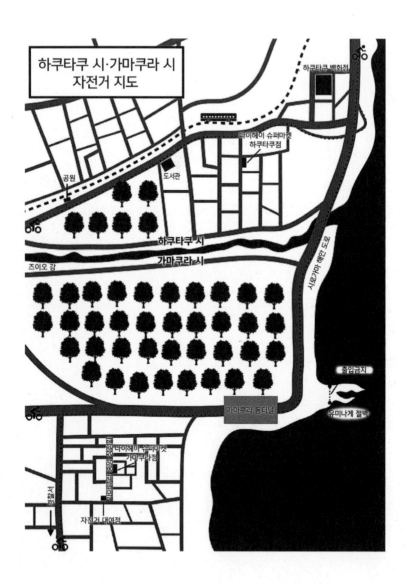

제1장

유미나게 절벽을 보아서는 안 된다

1

가장 먼저 말한 사람은 누구일까.

해안선을 따라서 하쿠타쿠 시와 가마쿠라 시를 잇는 시로가마 해안 도로. 그 길을 따라서 남쪽으로 내려갈 때 왼편에 있는 유미나게弓投げ 절벽을 결코 보아서는 안 된다고.

유미나게 절벽은 가마쿠라 시 동쪽 끄트머리에 있는 절벽으로, 크고 작은 낭떠러지 두 개가 바다를 향해 가재 집게발처럼 튀어나와 있다. 옛날에 이 지역을 다스리던 전쟁을 좋아하는 영주가 부처님의 설법을 들은 후 생명의 소중함을 깨닫고 활을 부러뜨려 바다에 던졌다는 전설이 절벽 이름의 유래라고 한다. 가재 집게발처럼 생긴 지형이 부러진 활의 모양새라나.

그렇게 훌륭한 전설이 있음에도 현재 유미나게 절벽은 이 지방에서 손꼽히는 자살의 명소다. 발음이 화를 초래한 걸까(유미나게에서 '미나게'만 떼어내면 '몸을 던진다'는 뜻이 된다/옮긴이). 가마쿠라 시민뿐만 아니라 가까운 지역에서 온갖 사람들이 절벽을 찾아와서 바다로 몸을 던진다. 절벽 위에는 죽은 사람들의 영혼이 모여 있는데, 차를 운전하다가 영혼과 눈이 마주치면 저세상으로 끌려가므로 결코 절벽을 보아서는 안 된다.

사실 이곳에서는 사망사고가 많이 발생한다.

어두운 앞쪽을 바라보면서 야스미 구니오는 운전대를 고쳐 잡았다. 지금 그는 시로가마 해안 도로를 달리고 있다. 이제 곧 왼편에 유미나게 절벽이 나타난다. 타고 다니는 싸구려 세단은 대학을 졸업하고 보육교사가 된 해에 구입했다. 당시로서도 이미 연식이 8년이나 된 차였다. 그후로 구니오는 가마쿠라 어린이집에서 10년, 하쿠타쿠 어린이집에서 10년을 일했다. 만 28세는 인간으로서는 청년이지만, 차로서는 쇠약한 노인이다. 어린이집 아이들은 "우리 집 차랑 달라요" 하고 솔직한 감상을 꺼내놓고, 동료는 "구질구질하다"고 놀린다.

유미나게 절벽의 윤곽이 조수석 쪽 창밖을 지나갔다. 물론 구니오는 절벽에 눈길 한 번 주지 않고 앞유리만 바라보았다.

"절벽을 지나치자마자 급커브와 터널이 나온단 말이지……."

사망사고가 많은 이유는 영혼 때문이 아니다. 여기에서부터 해안 도로는 오른쪽으로 크게 휘어지고, 그 직후에 가마쿠라 동東터널이 입을 벌린다. 그런 곳에서 한눈을 팔면 당연히 위험하다. 낮에는 유미나게 절벽 너머에 수평선이 일직선으로 뻗어 있고, 밤에는 고기잡이를 하는 어선들의 불빛이 비치니까 확실히 경치는 나쁘지 않지만.

"절벽을 볼 거면 자전거가 최고지."

시로가마 해안 도로의 바다 쪽에는 가드레일로 구분된 자전거 도로가 설치되어 있다. 신혼 때는 구니오도 아내 유미코와 함께 가끔 자전거 도로를 달렸다. 밤바람을 가르며 절벽을 바라보는 기분은 특별했다.

오른쪽으로 커브를 돌아서 가마쿠라 동터널로 진입했다.

풍압 때문에 창문이 웅, 하고 떨렸다.

"……음."

구니오는 앞유리 쪽으로 얼굴을 가까이 댔다. 앞쪽에서 흰 빛이 반짝였다. 터널 출구 부근일까. 자동차 비상등처럼 보이기도 했지만 노란색이 아니었다. 고개를 갸웃하며 몸을 뒤로 물리자 무릎 위에 얹어둔 백화점 쇼핑백이 앞으로 미끄러져 떨어졌다. 유미코에게 줄 결혼 5주년 기념 선물이었다. 구니오는 얼른 한 손을 뻗었지만, 때는 이미 놓친 후였다. 쇼핑백이 신발과 페달 위로 떨어졌다. 몸을 구부리고 팔을 뻗어도 안전벨트가 가슴을 압박해서 손이 닿지 않았다. 안전벨트를 풀자 겨우 쇼핑백에 손이 닿았다. 구니오는 쇼핑백을 운전석과 조수석 사이, 사이드브레이크 옆에 놓았다. 그러는 동안 앞쪽의 흰 빛이 점점 가까워졌다. 아무래도 역시 자동차 비상등인 모양이었다. 깜박이 커버를 흰색으로 교체한 것이리라.

물론 위법이지만 아무 의미도 없이 이렇게 개조하는 젊은 사람들이 많았다.

"고장인가……?"

그 차는 갓길에 바짝 붙어 있지 않고, 주행 차선에 툭 튀어나온 상태로 멈춰 있었다. 하지만 반대 차선에 달려오는 차가 없으니까 차선을 변경해서 지나갈 수 있을 듯했다. 구니오는 오른쪽 깜빡이를 켜고 운전대를 꺾었다.

"어."

그때 멈춰 있던 차가 갑자기 움직이더니, 구니오의 세단을 가로막듯 앞부분을 오른쪽으로 휙 틀었다. 구니오는 냉큼 운전대를 왼쪽으로 되돌리며 브레이크 페달을 밟았지만 틀렸다―벽이―.

…..

…….

……….

구니오는 눈을 감고 있었다.

걸쭉한 것이 목구멍 안쪽에 퍼지고, 시끄러운 귀울림이 머릿속을 가득 채웠다. 고개를 들 수가 없었다. 몸 어디에도 힘이 들어가지 않았다. 깊고 어두운 곳으로 가라앉는 듯했다.

겨우 눈꺼풀을 들어올렸다. 공기가 느릿느릿 소용돌이쳤다. 운전대 너머에는 깨진 앞유리. 왼쪽에는 찌부러진 조수석과 콘크리트벽. 오른쪽에는 어선의 불빛이 보였다. 깜박인다, 하얗게.

아니다―

자동차 비상등이다.

저건 자동차 비상등이다.

귀울림 속에서 흐트러진 발소리가 다가왔다.

"내가 그런 거 아니야, 내 탓이 아니라고—."

"네가 뒤도 안 보고 차를 움직여서 그런 거잖아—."

"죽었나? 죽은 걸까요?"

젊은 남자들의 목소리.

"차를 운전한 건 나지만, 히로가 돌아가자고 했잖아. 돌아가서 절벽을 보자고—."

"그렇다고 여기서 유턴을 하면—."

"야, 움직였다……."

구니오는 운전대를 내리누르며 상체를 일으켰다. 세상이 휘청하며 잔뜩 기울어졌다. 오른쪽 유리창 너머로 세 사람이 보였다.

"야, 문."

누군가가 말한 후 운전석 문이 삐걱거렸다.

"안 돼, 휘었어."

"비켜!"

다른 남자가 문을 잡아당기자 몇 번이나 차체가 흔들렸다. 이윽고 펑, 하는 소리와 함께 몸 오른쪽이 갑자기 바깥 공기에 휩싸이고 남자들의 목소리가 커졌다.

몹시 달콤한 헤어왁스 냄새가 풍겼다.

"괜찮아? 정신 차려!"

"멍청아, 흔들지 마!"

"움직이면 위험해요, 구급차를 부르죠."

시야에 막이 몇 겹이나 쳐진 듯, 분명히 보고 있는데도 세 사람이 어떻게 생겼는지 전혀 알아볼 수 없었다.

"잠깐, 부르지 마."

"뭐?"

"부르지 말라고!"

"왜?……"

"봐, 이 자식 잘못이야……안전벨트를 안 맸잖아."

구니오는 입을 열었지만 말이 나오지 않았다. 아, 아, 하고 잠긴 목소리만 목구멍에서 새어나왔다.

"방금 이 차, 내 차랑 부딪혔지?"

"살짝 스친 것 같은데…….."

"어디를 스쳤어?"

"어, 왜요?"

"어디 스쳤는지 보고 와!"

금발에 가까운 머리카락을 싸리비처럼 위로 세운 남자가 고함을 질렀다. 불호령을 들은 남자가 멀어지고, 조금 떨어진 곳에서 목소리가 들렸다.

"범퍼 모서리가 살짝 파였어요. 그리고 깜빡이 커버가—."

"커버가 깨졌어?"

"네."

"주워."

"네?"

"깨진 조각을 모조리 주우라고! 마사, 너도. 빨리 가서 주워!"

남자 한 명이 부리나케 멀어졌다.

자리에 남은 남자는 구니오를 보았다. 그 뒤편에서 비상등이 계속 깜박여서인지 남자는 새카만 그림자로 변했다가 다시 돌아왔다가 했다.

"기왕이니 용돈 준 셈 쳐라."

남자는 차 안에 팔을 집어넣어 구니오의 바지를 뒤졌다. 그러고는 뒷주머니에서 지갑을 꺼내서 안에 있는 지폐를 자기 호주머니에 챙긴 후, 카드를 하나씩 재빨리 확인하고 나서 지갑을 차 안으로 던졌다.

"기껏 살았는데 안됐네."

남자는 구니오의 뒤통수로 손을 뻗었다.

"이건 당신이 단독으로 일으킨 사고야. 당신 혼자 벽에 부딪힌 거라고."

남자의 다섯 손가락이 구니오의 뒷머리를 움켜잡았다.

"인생 종치기에는 내가 아직 젊거든."

남자는 구니오의 머리를 뒤쪽으로 힘껏 잡아당긴 후 얼굴을 운전대에 세게 내리쳤다. 한 번……두 번……세 번……망설임 없는 행동이었다. 높은 건물에서 얼굴을 아래로 향한 채 몇 번이고 떨어지는 듯했다.

"야, 뭐하는 거야!"

네 번……다섯 번……풍경이 사라져간다.

"……씨!"

세 글자 이름. 세 글자 이름. 세 글자 이름.

여섯 번……일곱 번……세상이 사라져간다.

여덟 번……아홉 번……소리도, 아픔도.

나는 곧 죽는다. 소리 없는 절규와 함께 두 눈을 부릅뜬 순간, 상대의 얼굴이 보였다. 웃고 있는 것처럼 윗입술이 들린 남자. 기뻐하는 것처럼 눈꺼풀을 실룩거리는 남자. 하얀 뺨. 위로 세운 머리카락. 절대로 잊지 않겠다. 잊지 않겠다. 잊지 않겠다.

남자의 얼굴은 구니오가 이 세상에서 본 마지막 광경이 되었다.

……열 번.

완전한 어둠이 찾아왔다.

4월 5일, 오후 9시 12분이었다.

2

불단의 영정사진은 야스미 유미코에게 다정하게 웃음을 짓고 있었다.

그 얼굴과 선향에서 가느다랗게 피어오르는 연기를 창밖의 햇살이 주홍색으로 물들였다. 꿇어앉은 유미코의 무릎 앞에는 슈퍼마켓의 비닐봉지가 놓여 있었다. 유미코가 파트타임으로 일하는 슈퍼마켓에서 돌아오는 길에 구입한 식재료들이었다.

유미코는 시선을 내려 자신이 입은 연노란 색의 여름 스웨터를 보았다. 구니오가 결혼 5주년 기념 선물로 준비한 옷이었다. 이 여름 스웨터는 시로가마 해안 도로 끝에 있는 백화점의 쇼핑백에 들어 있었다.

이것만 사러 가지 않았다면, 그런 일은 일어나지 않았다.

그날 밤, 유미코는 대학 시절 친구와 근처 패밀리 레스토랑으로 식사를 하러 나갔다. 구니오는 가끔은 친구랑 느긋하게 시간을 보내라면서 연립주택 현관에서 웃으며 유미코를 배웅했다.

분명 깜짝 선물을 할 생각이었으리라. 예전부터 가지고 싶어했던 여름 스웨터를 유미코가 집으로 돌아오기 전에 사 와서 놀라게 해주려고. 그 옷을 입은 유미코의 모습을 보지 못할 줄은 꿈에도 모르고서.

그로부터 석 달이 지났다.

얼마 후면 여름 스웨터를 입는 계절도 끝난다.

슬픔도 분노도 날이 갈수록 깊어져만 간다.

구니오의 세단 앞 범퍼에서 다른 차와 접촉한 흔적이 발견되었다. 경찰은 그 흔적을 토대로 수사를 진행했다. 담당 형사에게 들은 바로는, 접촉했으리라 추정되는 차량의 차종은 두 달 전인 5월 초에 이미 밝혀졌다. 젊은 사람들에게 인기가 있는 레저용 차량으로, 색상은 검은색. 그후에 인원을 동원해 가마쿠라 시에서 해당 차량을 소유한 사람을 이 잡듯이 찾아서 확인했다. 하지만 어느 차에도 접촉사고의 흔적은 없었고, 카센터를 조사해봐도 그 차종이 수리를 받았다는 기록이 발견되지 않았다. 지금은 인접한 도시로 구역을 확대해서 수사를 진행하고 있다.

희망은 있을까.

멀리서 대나무 피리 소리가 울렸다. 둥, 쿵, 쿵, 둥, 빈 상자라도 두드리는 듯한 큰북 소리도 작게 들렸다. 축제 음악을 연습하는 것이다. 유미코는 벽에 걸린 달력을 보았다. 오늘은 7월 5일. 이틀 후에 가마쿠라 시에서 주최하는 칠석 축제가 열린다.

칠석 축제는 현의 정보지에도 실릴 만큼 규모가 크다. 당일에는 중앙 상점가의 기다란 아케이드를 전구 장식, 손수 만든 별과 달 등으로 잔뜩 꾸민다. 사람들은 길 한복판에 주르르 세워진 커다란 대나무의 가지 끝에 소원을 적은 색색의 종이를 매단다.

―나……오…….

멀리서 들리는 축제 음악에 섞여 귓속에서 목소리가 울려퍼졌다.

석 달 전 심야에 들은 구니오의 목소리였다. 구니오는 응급실 침대 위에서 생사의 기로를 헤매며 띄엄띄엄 말했다. 그때 남편에게 의식이 있었는지 없었는지는 모르겠다. 구니오가 입 밖으로 꺼낸 것은 단 하나의 이름이었다. 그는 그 이름만을 쥐어짜내듯이 몇 번이고 되풀이해서 말했다.

―나……오……야…….

현관에서 초인종이 울렸다.

일어설 힘이 없었던 유미코는 불단 앞에 꿇어앉은 채 움직이지 않았다. 초인종이 다시 울렸다. 그리고 한 번 더.

유미코는 숨을 내쉬며 무릎을 세우고 일어섰다. 머리를 가볍게 매만지고 울어서 부은 눈을 비빈 후, 외시경을 들여다보았다. 바깥 복도에는 30대 초반으로 보이는 여자가 서 있었다. 키가 아주 작고, 수수한 흰색 블라우스에 회색 타이트스커트 차림이었다. 도수가 높아 보이는 안경 안쪽에서 표정 없는 두 눈이 멍하니 이쪽을 향하고 있었다. 여자가 오른손을 내밀어 또 초인종을 누르려고 하기에, 유미코는 문 안쪽에서 간신히 목소리를 냈다.

"……누구세요?"

외시경 너머에서 여자가 느닷없이 활기찬 웃음을 지었다.

"십왕환명회의 미야시타라고 해요."

기계음성 같은 목소리. 여자가 말한 단체의 이름은 들어봤지만, 그게 뭐였는지는 생각이 나지 않았다. 유미코는 체인을 건 채로 자물쇠 손잡이를 돌리고 문을 살짝 열었다.

"무슨 일로 오셨죠?"

"부인께 필요한 가르침을 전하러 왔어요."

여자는 다짜고짜 문틈으로 얇은 책자를 건넸다. B5 종이 크기에, 표지에는 활짝 웃는 가족의 모습이 부드러운 터치로 그려진 책자였다. 위쪽에 클립으로 고정한 명함에는 '십왕환명회 봉사부 미야시타 시호'라고 적혀 있었다.

십왕환명회라는 한자를 보고서야 유미코는 그 단체를 겨우 떠올렸다. 가마쿠라 시에 지부를 둔 종교단체였다. '강연회'와 '봉사회'를 알리는 전단지가 가끔 연립주택 우편함에 들어 있고는 했다. 지부 건물이 있는 곳은 평소에 자주 오가는 길이 아니지만, 언젠가 봄에 구니오와 차를 타고 지나갈 때에 보니 앞뜰에 벚나무가 많았던 것이 기억났다.

"이걸 읽으시면 저희의 활동 또는 저희가 지향하는 세상에 대해 대강 알 수 있으실 거예요. 그래도 조금만 설명을 해드릴게요. 저는 그러려고 지부에서 파견을 나온 거거든요."

크지 않은데도 쩡쩡 울리는 것이 마치 작은 스피커에서 나오는 듯한 목소리였다.

"저희 집은 이런 거 필요 없어요."

유미코는 책자를 상대에게 내밀었다. 하지만 미야시타라는 여자는 그런 줄도 모르는 듯 말을 계속했다.

"부인도 아실 줄로 압니다만, 저희 모임이 가마쿠라 시에 지부를 둔 지도 어언 6년이 지났어요. 그동안 회원도 착실히 늘어서 이제는 120명이 넘었습니다."

"관심 없다니까요."

책자를 내미는 유미코의 손에 무심코 힘이 실렸다. 책자 모서리가 미야시타의 배에 눌려 찌그러졌다.

"십왕이란 염라대왕을 중심으로, 사람이 죽은 후에 갈 곳을 결정하는 열 명의 왕이에요. 죽은 사람이 육도, 그러니까 지옥도, 아귀도, 축생도, 수라도, 인간도, 천상도 중 어디로 환생할지 판단하는 역할을 맡고 있어요. 생전의 소행을 보고 죽은 사람을 육도 중 하나로 보내는 거예요. 하지만 그건 어디까지나 불교의 가르침이죠. 저희의 가르침은 달라요. 저희는 생전에 선했는지 악했는지하고는 상관없이 죽은 사람이 인간 세상에 다시 태어나도록 기도를 통해 십왕과 교섭해요. 그게 올바른 길이니까요."

미야시타는 말을 끊더니 이상하게 느껴질 정도로 뺨을 끌어올려 웃었다.

"그렇지 않나요? 사랑하는 사람이 머나먼 나라로 여행을 떠났을 때, 그 사람이 다시 인간으로 이 세상에 태어나기를 바라는 게 당연하지 않겠어요? 그래서 저희는 그 염원이 이루어지도록 살짝 도와드리고 있는 거랍니다. 저희 가르침을 따르면 사랑하는 사람의 영혼이 인간 세상으로 돌아옵니다. 그리고 다시 유족과 만나—"

"돌아가세요!"

유미코는 책자를 여자의 어깨에 내던졌다. 남에게 이런 짓을 하기는 난생처음이었다. 문손잡이를 잡아당겨 문을 닫았다. 문이 닫히는 소리의 여운이 사라지기도 전에 유미코는 현관 바닥에 털썩 무릎을 꿇었다. 콧속이 뜨거워지더니 눈물이 넘쳐흘렀다. 어느덧 유미코는 문에 뺨을 비비며 목 놓아 울고 있었다.

"어떻게 알겠어……."

이 기분을 어떻게 알겠는가. 남은 절대로 모른다.

눈앞의 신문 투입구가 달칵였다.

책자를 넣는 소리였다.

3

구마지마는 골목길 한가운데 멈춰 섰다.

축제 음악 속에 여자가 크게 내지르는 소리가 섞여 들린 듯했다.

귀를 기울였다. 잠시 기다렸지만 아무 소리도 들리지 않았다.

구마지마는 와이셔츠 옷깃을 잡고 흔들어서 살짝 바람을 넣은
후 다시 골목을 걸어갔다. 손등으로 이마의 땀을 닦으며 걸음을 옮
겼다. 뻣뻣한 털로 뒤덮여 동료 형사들이 '곰손'이라고 놀리는 손이
었다.

오늘은 같은 팀 후배 형사인 다케나시와 따로 행동하고 있었다.
형사는 2인 1조가 기본이라지만, 인력이 부족한 관할서에서 이런
원칙은 물론 철칙이 아니다. 형사가 이렇게 단독 행동을 하는 이유
는 대부분 효율을 우선하기 위해서이며, 이번에도 다케나시에게는
그렇게 말해두었다.

하지만 거짓말이었다.

사적인 감정을 완전히 버릴 자신이 없었던 것이다.

황혼에 물들어가는 골목길 앞쪽에 몸집이 작은 중년 여자가 나
타났다. 여자는 두 다리를 바쁘게 움직여 이쪽을 향해 정차해 있는
흰색 밴으로 다가갔다. 여자가 뒷좌석 문을 열고 차 안에 몸을 넣었
을 때, 구마지마는 차 옆을 지나갔다. 여자가 운전석에 앉은 남자에
게 속삭이는 소리가 들렸다.

"그 여자, 넘어올 거야."

구마지마는 차 안으로 슬쩍 시선을 던졌다. 두 사람이 구마지마를 보고 싹싹하게 인사를 하길래 구마지마도 고개를 살짝 숙였다. 그때 여자 옆에 쌓인 책자가 눈에 들어왔다. 책자를 보고 두 사람이 어디에 소속된 사람들인지 금방 알 수 있었다. 여자가 문을 닫자 운전석에 앉은 남자가 시동을 걸고 차를 출발시켰다. 구마지마는 돌아서서 그 모습을 눈으로 좇았다.

십왕환명회—.

수사를 담당한 적은 없지만, 형사과 회의에서 종종 이야기는 들었다. 죽은 사람을 이 세상에 환생시키는 것을 목적으로 활동하는 단체였다. 회원들은 각자 '기부'라는 명목으로 목돈을 단체에 낸다고 한다.

깊이 생각할 것도 없이 사이비 종교다. 그러므로 속았다며 고소하는 회원도 많아서 경찰이 움직이게 되었다. 하기야 움직인다고 해도 현재로서는 사기에 해당하는 행위가 명백하게 드러나지 않아, 경찰은 민사에 개입하지 않는다는 입장을 유지해야 하는 상황이었다. 할 수 있는 일이라고는 기껏해야 변호사에게 상담하라고 조언하는 정도다.

구마지마는 불안에 휩싸여 더 빨리 걸어갔다.

앞쪽에 목조 2층 연립주택 '유카리장'이 보였다. 자전거 주차장에 황록색 자전거가 있는 걸 확인하고 계단을 올라갔다. 2층 바깥 복도를 걸어서 가장 안쪽에 있는 문 앞에 섰다. 문 옆에 '야스미'라는 명패가 붙어 있었다. 초인종을 눌렀다. 대답은 없었다. 잠깐 기다렸다가 다시 한번 눌러보았다.

"가마쿠라 경찰서의 구마지마입니다. 밑에 자전거가 있길래 계시는가 싶어서요."

드디어 사람이 움직이는 기척이 났다. 체인이 풀리고 문이 살짝 열렸다. 두 눈이 벌겋게 부은 야스미 유미코의 화장기 없는 얼굴이 문틈으로 보였다.

"나중에 다시 올까요."

아니요, 하고 유미코는 기운 없이 미소 지었다.

"뭐 좀 알아내셨나요?"

"예, 조금은. 다만 아쉽게도 아직 유—"

위험했다.

"야스미 씨께 전해드릴 만한 단계는 아닙니다."

야스미 유미코와 만나는 것은 이걸로 세 번째였다. 첫 번째는 사고 당일 밤 병원 응급실에서. 두 번째는 두 달 전, 이 방에서 수사 진척 상황을 보고했을 때.

그러나 세리자와 유미코와는 대학 시절 매일같이 얼굴을 마주하던 사이였다.

몇 번 몸을 섞기도 했다.

"그런가요……."

유미코는 작게 한숨을 내쉰 후 문득 이상하다는 표정을 지었다. 전달해야 할 일도 없는데, 형사가 대체 뭘 하러 왔는지 의아했던 것이리라.

구마지마는 말문이 막혔다. 유미코가 걱정되어서 왔다고 솔직하게 말해도 딱히 부자연스럽지는 않았다. 십왕환명회 사람을 보고 괜히 걱정이 되어서 서둘러 초인종을 눌렀다고 하더라도. 그러나 둘 중 어느 쪽도 술술 말할 자신이 없어서, 구마지마는 10초도 넘게 그저 입을 꾹 다문 채 그 자리에 우두커니 서 있었다. 이런 구도는 익숙했다. 문득 그런 생각이 떠올라 더욱 한심한 기분이 들었다.

유미코와 사귀었던 대학 시절에는 늘 이랬다. 감정 표현이 서투르고 생각 없이 행동하는 구마지마. 그런 구마지마의 마음을 이해하려고 애쓰는 유미코. 그런 관계는 지속되면 지속될수록 한쪽이 느끼는 부담이 커진다. 그리고 어느 날 유미코는 마침내 구마지마에게 이별을 고했다. 그로부터 십수 년이 지났다. 구마지마는 예나 지금이나 그 모양이라 여태 반려자를 만나지 못했다. 5년 전, 건너 건너 유미코가 결혼했다는 소식을 들었을 때에도 감정을 주체하지 못하고 그저 술로 허전함을 달랬다.

"……들어오세요."

유미코가 몸을 옆으로 돌리고 손으로 집 안을 가리켰다.

4

거실 카펫 위에 슈퍼마켓 비닐봉지가 아무렇게나 놓여 있었다. 유미코는 비닐봉지에 든 식재료를 냉장고에 넣고, 부엌에서 두 사람이 마실 차를 끓였다.

"그쪽에 앉으세요."

유미코는 마네킹처럼 우두커니 서 있는 구마지마를 돌아보고 좌식 탁자 한쪽을 가리켰다. 그곳에 꿇어앉자 안쪽으로 침실이 보였다. 왼편에 자리한 불단에서는 아직 다 타지 않은 선향이 천장을 향해 가느다란 연기를 피우고 있었다.

좌식 탁자 위에 얇은 책자가 놓여 있었다. 아까 본 차에 실려 있던 십왕환명회의 책자였다. 책자를 가만히 바라보고 있자니, 유미코가 맞은편에 앉아서 찻잔 하나를 내밀었다.

"이건……."

구마지마는 좌식 탁자 위의 책자를 가리켰다.

"방금 권유하러 왔다 갔어요."

유미코는 가느다란 한숨을 내쉬었다.

―그 여자, 넘어올 거야.

방금 전에 들은 여자의 말을 떠올리자 구마지마의 가슴속에서 뭔가가 울컥했다.

"이런 건 읽지 마세요. 제가 버리겠습니다."

책자를 집어서 구기려 하자 유미코가 좌식 탁자 너머로 팔을 뻗어 만류했다. 손가락이 차가웠다.

"괜찮아요. 제가 버릴게요."

구마지마는 책자를 도로 내려놓았다. B5 종이 크기의 책자는 던지거나 떨어뜨리기라도 한 것처럼 모서리 한군데가 찌그러져 주름이 져 있었다. 보면 안 되는 것이었나 싶어서 구마지마는 시선을 들었다.

거실 구석에 그리운 물건이 있었다.

"야스미 씨, 아직 궁도를 하십니까?"

"네?……아."

유미코는 구마지마의 시선을 좇아 고개를 돌렸다.

텔레비전 받침대 뒤편에 전통 활과 화살집이 세워져 있었다.

"졸업한 뒤로는 하지 않아요. 이 집으로 이사 오고 나서는 침실 구석에 눕혀놨었는데, 혹시 밟기라도 하면 위험하니까 저쪽으로 옮겼죠."

그러고 보니 지난번에 방문했을 때에는 그 자리에 궁도 도구가 없었다.

"그렇군요. 저도 졸업하고 나서는 한 번도 활을 안 쏴봤네요. 그때는 정말이지 덥든지 춥든지 매일—"

구마지마는 나무라는 듯한 유미코의 시선을 알아차리고 황급히 말을 끊었다. 구마지마가 말없이 고개를 숙인 후, 두 사람의 시선은 잠시 방 안을 헤맸다. 그리고 마지막에는 불단의 영정사진 위에서 겹쳤다. 유리 안쪽에 있는 웃는 얼굴 위에서.

유미코와는 대학 궁도부에서 만났다.

평소 밝고 장난기 많았던 유미코였지만, 궁도복을 갖춰 입고 과녁을 응시할 때만은 누구보다도 늠름한 표정을 지었다. 그 순간에 구마지마를 포함한 남자부원들은 일제히 마음을 **빼앗기고** 말았다.

유미코에게 마음을 둔 남자부원들 중에서 구마지마만 유미코와 친밀해진 건, 단순히 여자부와 남자부 부장이라 얼굴을 마주칠 기회가 다른 사람들보다 많았기 때문이리라. 구마지마는 아직도 그것 말고 다른 이유는 찾지 못했다.

"목격 정보는 여전히……?"

유미코가 구마지마에게 고개를 돌렸다. 구마지마는 턱을 당겨 고개를 끄덕였다.

"들어오지 않았습니다. 상대방이 떠날 때까지 현장을 지나간 차가 한 대 정도는 있었을 텐데 말이죠."

"아까 수사에 조금은 진척이 있다고 하셨는데요."

"네, 하지만……."

"아직 말씀하실 수 있는 단계는 아닌 거죠?"

"가까운 시일 안에 말씀드릴 수 있을 겁니다."

구마지마는 좌식 탁자에 시선을 떨어뜨렸다.

자신이 아는 사실을 모조리 털어놓고 싶다는 것이 구마지마의 본심이었다.

실은 수사에 조금 진척이 있는 정도가 아니었던 것이다.

지난주에 판명된 사실이다. 석 달 전인 4월 5일, 시로가마 해안 도로에 위치한 터널의 출구 부근에서 야스미 구니오가 운전하던 세단과 접촉한 차의 소유주로 보이는 인물을 마침내 찾아냈다. 세단의 범퍼에 묻은 도료를 통해서 차종은 두 달도 넘게 전부터 이미 알고 있었다. 수사본부는 가마쿠라 시내에서 그 차를 소유한 사람을 찾

앉지만 발견되지 않아, 수사구역을 주변 도시까지 확대해서 치밀한 탐문과 차량 수색을 실시했다.

그리고 드디어 한 젊은 남자에게 다다랐다.

그 남자는 해당 차종을 소유했으며, 사고 이틀 후인 4월 7일에 집 근처 가게에서 뒷범퍼와 깜빡이 커버를 구입했다. 교체는 분명 스스로 했을 것이다. 구마지마를 비롯한 수사진은 그 남자를 범인으로 확신했다. 이제 그 남자와 접촉해서 추궁만 하면 된다.

그런데 정작 그 남자를 체포할 수가 없었다.

남자는 가마쿠라 시에 인접한 하쿠타쿠 시의 연립주택에 혼자 살았다. 구마지와와 다케나시를 포함한 형사 몇 명이 교대로 연립주택을 감시했지만, 여태 접촉하지 못했다. 옆집 사람 말로는 평소 집에 잘 들어오지 않는다고 했다. 남자가 계약한 주차장에는 문제의 차가 없었다. 사고를 일으킨 차를 타고 나가서 어딘가에 몸을 맡긴 걸까. 또는 차에서 생활하고 있을 가능성도 있었다.

남자의 이름은 지금 이 순간에도 구마지마의 머릿속을 빙글빙글 맴돌고 있었다. 만약 앞으로 살면서 그 남자와 이름이 같은 사람을 만나면, 그 사람에게는 마음을 열지 못하지 않을까 싶은 생각마저 들었다.

"나오야……."

구마지마는 유미코의 목소리에 흠칫 놀라 고개를 들었다.

"뭐라고요?"

"남편이 응급실 침대 위에서 안간힘을 다해 그렇게 말했어요. 몇 번이고 되풀이해서……."

유미코의 두 눈에 금세 눈물이 고였다.

할 말을 찾았지만 결국 찾지 못해, 구마지마는 그저 등을 쭉 펴고 유미코의 얼굴을 바라보았다.

"반드시 체포하겠습니다. 체포해서 영정사진 앞에 무릎을 꿇리고, 목이 쉬도록 사죄하게끔 만들겠습니다. 반드시."

창문으로 비쳐든 햇빛이 불단을 비췄다. 멀리서 축제 음악이 들렸다. 벽에 걸린 흔해빠진 아날로그 시계는 6시 50분을 가리키고 있었다.

영정사진 앞에 무릎을 꿇리고 사죄시켜야 할 남자가 고작 한 시간쯤 전에 죽었다는 사실을 그때 구마지마는 몰랐다.

5

같은 날, 오후 5시 39분.

그는 레저용 차량의 운전대를 잡고 시로가마 해안 도로를 따라서 남쪽으로 달리고 있었다.

이 길을 달리는 것은 석 달 만이었다. 그날 밤 이후로 이 길을 지나기는커녕 가마쿠라 시내에 들어가지도 못했다.

이유는 두 가지다.

하나는 시내 여기저기에서 검문이 벌어졌다는 것. 검문 정보는 그날 밤 조수석에 탔던 마사에게서 들었다.

—적어도 두 군데에서 봤어. 내 동생도 거기 말고 다른 곳에서 봤다더라.

마사는 전화로 충고했다.

—분명 그날 밤 사고 현장을 지나간 차를 찾는 거겠지. 목격 정보를 모으려고. 단독사고가 아니라고 의심하는 건 아니겠지만, 아무튼 한동안 가까이 가지 않는 편이 좋겠어.

또 하나는 공포 때문이었다.

그날 밤 자신이 운전대에 얼굴을 내리친 남자. 피투성이가 된 눈, 코, 입. 이 차를 몰다가 문득 고개를 돌리면 그 남자가 조수석에 앉아 있을 것만 같았다. 시뻘건 얼굴로 가만히 자기를 보고 있을 것만 같았다.

"지랄하네……."

그는 가속 페달을 꾹 밟았다.

오늘 가마쿠라 시로 돌아가서 이 길을 지나가기로 결심한 것은 일종의 담력 시험이었다. 언제까지나 겁에 질려 꼴사납게 살 수는 없다. 이대로는 못 견딘다. 혹시 검문을 받더라도 모르는 척 잡아떼면 그만이다. 이렇게 시로가마 해안 도로를 달려서 다시 한번 그 장소를 통과한 후, 껄껄 웃으며 그 이야기를 친구들에게 들려주겠다. 그러면 전부 원래대로 돌아온다.

왼편에 유미나게 절벽이 나타났다. 바다로 튀어나온 절벽 두 개. 저곳에는 죽은 사람들의 영혼이 모여 있다고 한다. 이 도로를 달릴 때 유미나게 절벽을 보아서는 안 된다. 영혼과 눈이 마주치면 저세상으로 끌려가기 때문이다.

"당신도 있나?"

그는 창문 밖에 있는 유미나게 절벽을 노려보았다.

그 남자도 절벽 위의 영혼들 사이에서 이쪽을 보고 있을까. 다른 영혼들과 함께 이 세상을 저주하고 있을까. 자기를 죽음으로 몰아넣은 상대를 찾고 있을까. 그렇다면—.

"어디 한번 덤벼봐."

그는 절벽에 시선을 고정한 채 속력을 더 높였다. 엔진 소리가 차 안을 가득 채웠고, 노면의 진동이 하반신에 전해졌다. 차가 그대로 커브를 돌자 앞유리 너머에 터널 입구가 나타났다.

"이미 죽은 놈이 뭘 어쩌겠다는 거야."

터널에 진입했다. 어두운 색의 콘크리트 벽. 엄청난 속도로 지나쳐가는 주황색 전등. 그 아래로 길이 똑바로 이어졌다. 출구 부근의 왼쪽 벽 앞에 수북하게 놓인 꽃이 보였다. 차가 그 옆을 지나친 직후, 앞유리에 밝은 풍경이 펼쳐졌다.

"어……."

잠깐.

방금 시야 가장자리에 비친 것.

그건 뭐였지? 내가 지금 뭘 본 거지?

"설마……."

그럴 리 없다. 절대로.

그러나 오른발은 브레이크 페달을 밟고 있었다. 타이어 네 개가 지면을 문지르며 끼익 소리를 냈고, 상반신이 운전대 쪽으로 확 쏠렸다. 속력이 단숨에 0으로 떨어지고 차가 덜컥 멈췄다.

그는 부리나케 운전석 문을 열고 도로로 튀어나갔다. 방금 지나친 곳으로 뛰어서 돌아갔다. 터널 출구 부근. 그날 밤 남자의 세단이 들이받은 곳 근처.

그는 그곳에 우뚝 섰다. 터널 벽이 끝나고 밖으로 나오는 지점이었다. 잎이 질긴 잡초가 콘크리트 도로 틈새를 기어가듯 덮고 있었다. 그것은 잡초 잎에 얹혀서 햇빛을 반사하고 있었다.

반투명한 흰색 플라스틱 조각.

그는 쪼그려 앉아서 떨리는 손가락을 뻗었다. 틀림없다. 깜박이 커버의 일부다. 보통 차에 달린 노란색 커버가 아니다. 이 차를 샀을 때 일부러 교체한 흰색 커버. 그날 밤, 세단과 접촉하는 바람에 깨진 커버.

분명히 그렇게 보였다.

"내 건가⋯⋯?"

마사와 히로가 전부 주운 줄 알았다. 하지만 두 사람이 모은 플라스틱 조각을 나중에 깨진 부분에 맞춰보지는 않았다. 녀석들이 이 조각만 보지 못하고 넘어간 걸까. 그리고 그게 지금까지 경찰에 발견되지 않고 여기에 방치되어 있었던 걸까.

"그렇구나, 잡초가—"

잡초가 자라서 이 플라스틱 조각을 밀어올렸다. 지금까지는 잡초 잎에 가려서 주변에서 잘 보이지 않았다.

그랬을지도 모른다.

위험했다. 이 플라스틱 조각이 발견되었다면 단순한 단독사고가 아니라 접촉사고로 의심받았을지도 모른다. 그렇다면 당장 경찰이 그를 찾아왔을 것이다. 어디서 듣기로는 부품 하나로도 꼬리가 잡힌다고 했다.

물론 착각일 수도 있다. 이 플라스틱 조각은 그의 차 깜빡이 커버가 아니고, 그 사고와도 전혀 상관없을지도 모른다. 그냥 쓰레기일 가능성도 있다. 아니, 오히려 그럴 가능성이 높다.

그렇지만 주워서 손해 볼 일은 없다.

그는 플라스틱 조각을 주워서 청바지 호주머니에 넣었다. 입가에 맺히는 웃음을 억누를 수 없었다. 역시 세상에 무서울 것은 없다. 나쁜 짓을 저질러도 운만 좋으면 이렇게 미꾸라지처럼 빠져나갈 수 있다.

그리고 나는 운이 좋다.

어디선가 풀이 버스럭거리는 소리가 들려 그는 저도 모르게 숨을 멈추고 좌우를 둘러보았다.

아무것도 보이지 않았다. 아무도 없었다. 벌레 소리만 희미하게 들려왔다.

그는 다시 입꼬리를 끌어올려 웃으며 차로 돌아갔다. 운전석 문을 잡고 다시 뒤를 돌아보았다. 터널 저편에 유미나게 절벽이 보였다. 크고 작은 낭떠러지 두 개가 바다로 튀어나와 있었다. 바람도 없고 바다는 잔잔해서 참으로 온화한 풍경이었다.

"어이……안 덤비는 거야?"

보이지 않는 상대에게 말한 직후, 머리가 폭발하는 듯한 충격을 받았다. 시야가 새하얘졌다가 금세 검붉게 바뀌었고, 온몸이 무감각에 빠졌다. 무슨 일이 일어난 걸까. 그는 그대로 아스팔트에 얼굴부터 풀썩 쓰러졌다. 의식을 잃기 직전, 바로 옆에서 어떤 목소리가 들렸다.

"오후 5시, 42분."

여자 목소리였다.

6

구마지마가 유카리장의 현관문을 나섰을 때 바깥은 이미 어두워지고 있었다.

"여기서 현장까지는 일직선이로군요."

2층 바깥 복도에서 오른쪽으로 나아가 계단 앞에서 멈췄다. 그대로 시선을 뻗어 밤 저편을 보았다. 오른편에 펼쳐지는 어두운 바다. 그 윤곽을 따라서 시로가마 해안 도로의 가로등이 띄엄띄엄 늘어서 있었다.

유미코가 구마지마의 등 뒤에 섰다.

"그런 일이 일어나지 않고, 조금만 더 무사히 운전했다면……."

그렇다, 그야말로 '조금만 더'였다. 현장인 터널을 빠져나와서 조금만 나아가면 왼편에 일방통행 길이 나온다. 그 길로 진입해 가드레일을 따라서 5분만 달리면 이 연립주택에 도착한다.

"예전에는 남편하고 같이 자주 해안 도로 옆 자전거 도로를 달렸어요."

숨결이 섞여서 희미해지고 몹시 지친 목소리였다. 십수 년 만에 재회한 뒤로 구마지마는 이 목소리밖에 듣지 못했다. 유미코의 진짜 목소리는 아직 듣지 못했다. 투명한 물이 흐르는 듯 싱싱했던 학창 시절의 목소리는 어떻게 변했을까.

"자전거 도로……아래 자전거 주차장에 있는 그 자전거로요?"

구마지마는 황록색 자전거를 떠올리며 물었다. 앞쪽에 바구니가 달려 있어서 주로 장을 볼 때 사용하는 자전거였다. 석 달 전에 병원으로 급히 왔을 때에도 유미코는 그 자전거를 타고 왔다. 그게 택시를 잡는 것보다 빨라서 그랬을 것이다.

"설마요. 중앙 상점가 남쪽에 자전거 대여점이 있잖아요? 자전거 판매점도 겸한 가게. 거기서 사이클링용을 빌렸어요."

처음으로 유미코가 뺨을 끌어올렸다. 하지만 그 표정은 미소를 짓기 전보다도 훨씬 구슬퍼 보였다.

"그 가게 주인은 건강하시려나. 연세가 꽤 많아 보이셨는데."

"다음에 들러서 확인해보겠습니다."

유미코가 고개 숙여 인사하자 구마지마는 바깥 계단을 내려갔다.

골목길 모퉁이를 돌았을 때 와이셔츠 주머니에 넣어둔 휴대전화가 울렸다. 화면에 다케나시의 이름이 떴다.

"지금 서에 돌아왔는데 엄청난 일이 벌어졌습니다. 이미 다른 팀이 현장에 출동했고 감식과도 함께—"

"야, 진정하고 차분히 말해."

"죄송합니다. 시로가마 해안 도로를 달리던 트럭 운전사의 신고를 받고 출동한 경찰관이 서에 연락했답니다. 해안 도로의 터널을 빠져나온 곳에서—"

바로 믿기는 어려운 보고였다. 구마지마는 즉시 통화를 종료하고 휴대전화를 쥔 채, 북쪽을 향해서 골목길을 달렸다.

7

시로가마 해안 도로에는 전면 통행금지 조치가 내려졌다.

경찰이 조명을 비추고 있는 길가에 레저용 차량이 한 대 서 있었다. 가드레일 가까이 정차한 검은색 차량은 연일 수사를 하며 반복해서 보아온 차종이었다. 구마지마도, 다른 형사들도 이것과 형태와 색상이 같은 차량을 헤아릴 수도 없이 많이 보았다. 다만 지금까지는 전부 구마지마가 찾고 있던 차가 아니었다. 찾고 있던 것은 지금 바로 눈앞에 있는 이 차였다.

피해자의 시신은 이미 병원으로 운반되어 부검에 들어갔다. 자세한 결과는 아직 보고되지 않았지만, 사인은 정수리를 돌로 맞은 것이 틀림없다는 모양이었다.

구마지마는 돌아다니는 형사들과 감식관 사이에서 다케나시를 찾아냈다. 구마지마보다 두 살이 어리니까 올해로 서른일곱 살이지만, 가지의 하얀 속살처럼 미끈한 얼굴은 발령 당시와 거의 달라지지 않았다.

"흉기로 사용된 돌은?"

"아, 구마지마 선배, 수고 많으십니다. 흉기는 감식과가 회수했는데요."

"알아. 어디에 떨어져 있었는지 묻는 거야."

그만 말투가 거칠어졌다. 상상도 하지 않았던 사태에 머릿속이 혼란스러운 데다가 다른 형사들과 다케나시에게 추월당했다는 사실에 언짢음을 억누를 수가 없었다.

"시신 바로 옆에 있었답니다. 시신이 엎드린 자세로 쓰러져 있었는데, 그 어깨쯤에요. 어린아이 머리만 한 돌인데 한쪽에 피가 잔뜩 묻어 있었대요."

"그 돌이 흉기인 건 확실한 거지?"

"아까 감식과에서 연락이 왔는데, 돌 모양이 피해자 머리에 생긴 상처의 형태하고 일치하는 모양입니다."

"한 방인가?"

"네, 딱 한 방."

다케나시는 양손으로 돌을 내리치는 시늉을 했다. 그리고 자신의 머리카락을 위로 잡아당기며 설명했다.

"피해자는 금색으로 염색한 머리를 이렇게 위로 세웠는데, 그 한복판에 검은 구멍이 뻥 뚫려 있었답니다. 화산 분화구처럼요."

"돌에서 지문은?"

"못 찾은 것 같습니다. 돌의 표면은 비교적 매끈매끈했지만, 범인은 분명 장갑을 꼈을 거예요. 뭐, 요즘 세상에 맨손으로 사람을 죽이는 얼간이는 없겠죠."

"장갑을 끼고 죽이면 얼간이가 아닌가?"

"그게 아니고요……."

다케나시는 놀란 듯이 구마지마의 얼굴을 올려다보았다. 구마지마는 후배 형사에게 화풀이한 것을 반성하며 시선을 돌려 유카리장이 있는 방향을 보았다.

가드레일로 구분된 자전거 도로 너머는 키 큰 참억새와 미국미역취가 자라는 완만한 비탈이었다. 낮이라면 여기서 유카리장의 지붕 정도는 보였을지도 모른다. 하지만 지금은 그저 어두운 풍경이 쭉 펼쳐져 있을 뿐이다.

뱃속에서 정체 모를 뭔가가 꿈틀거렸다. 그것은 밝은 땅에서 움직이려 들지 않는 그림자처럼, 모호한 불안감으로 구마지마의 몸을 단단히 옭아맸다.

"맞다, 구마지마 선배."

선배의 기분이 언짢다는 사실을 눈치챘는지 다케나시가 아주 밝은 목소리로 말했다.

"피해자의 바지 호주머니에서 재미있는 게 나왔습니다. 아, 그게 재미있는 건 아닌가. 죄송합니다."

"됐어. 뭐가 나왔는데?"

"플라스틱 조각이요. 지금 자세하게 조사하는 중인데, 아마 깜빡이 커버의 일부가 아니겠냐던데요."

구마지마는 다케나시의 얼굴을 보며 천천히 턱을 쓰다듬었다. 깎지 않아서 삐죽삐죽한 수염이 엄지손가락에 쓸려 사라락 하는 소리를 냈다.

"색깔은?"

"네?"

"커버 색깔 말이야. 흔히 사용되는 노란색이었어?"

"아니요, 흰색이었습니다."

"저 차처럼?"

구마지마는 길가에 서 있는 레저용 차량을 보았다.

"네, 저런 종류입니다."

구마지마는 그 자리를 떠나서 터널 쪽으로 이동했다. 조명을 비추고 있어서 터널 출구 부근도 마치 한낮처럼 밝았다. 날벌레가 이리저리 날아다녔고, 묵직한 발전기 소리가 벽에 부딪혀 울렸다.

구마지마는 걸음을 멈추고 벽 앞에 놓인 꽃들을 내려다보았다. 색깔이 생생한 것도 있었고, 이미 말라버린 것도 있었다. 꽃다발 사이에 롤링페이퍼 한 장이 놓여 있었다. "기억할게요", "함께 놀아줘서 고마웠습니다" 등등 삐뚤빼뚤한 글씨가 가득했다. 유치원 아이들이 쓴 것이리라.

"피해자의 호주머니에 들어 있던 플라스틱 조각, 이번 사건과 관계가 있겠죠?"

뒤에서 날아든 다케나시의 목소리가 터널에 넓게 울려퍼졌다.

"저어, 구마지마 선배. 이거, 어쩐지 엄청 복잡한 사건으로 발전할 것 같은데요……지나친 생각일까요?"

구마지마는 대답하지 않았다. 대답할 수 없었다.

어떤 물건에 시선을 빼앗긴 것이다.

"무슨 꿍꿍이야……."

팔을 뻗어 다른 것보다 한층 커다란 꽃다발을 집어 들었다. 아주 최근에 놓아둔 듯 꽃잎이 아직 싱싱했다. 꽃다발 아래쪽을 묶은 흰색 리본에는 두꺼운 종이로 만든 카드가 붙어 있었다. 거기에 마치 무슨 광고 문구처럼 '십왕환명회'라는 글씨가 큼지막하게 인쇄되어 있었다.

"이런 꽃다발을 바친다고 사람이 되살아나지는 않겠지만, 그래도……."

다케나시는 더 이상 말을 잇지 않고 쪼그려 앉아서 십왕환명회라고 인쇄된 카드에 가만히 손을 얹었다. 그 옆얼굴은 마치 감수성이 예민한 어린아이가 자기희생에 관련된 구슬픈 옛날이야기라도 들었을 때처럼 순수한 애수로 가득했다. 구마지마는 십왕환명회에 소속된 여자가 유미코의 집을 방문한 후 차에서 무슨 말을 했는지 다케나시에게 알려주고 싶었지만, 간신히 꾹 참고 두 주먹을 불끈 쥐었다.

8

7월 6일, 오후 3시 50분.

구마지마는 가마쿠라 경찰서의 복도에 설치된 긴 의자에 앉아서 고개를 푹 숙인 채 이마를 문지르고 있었다. 오후 수사회의가 막 끝난 참이었다.

"약간 의외였네요."

다케나시가 옆에 앉았다. 구마지마가 담배를 꺼내 불을 붙이자, 그는 연기로부터 달아나듯 떨어져 앉았다. 흡연구역과 금연구역을 철저히 구분하자는 움직임이 활발해지고 있고 가마쿠라 경찰서에도 복도 끝에 흡연실이 있기는 있지만, 아직 복도의 재떨이는 치우지 않았다.

회의에서 보고된 어제 사건의 자초지종은 이랬다. 오후 6시경, 현장을 지나가던 트럭 운전사가 정차해 있는 수상한 차량과 그 옆에 쓰러진 젊은 남자를 봤다. 운전사는 그곳을 지나가면서 휴대전화로 경찰에 신고했고, 즉시 경찰관이 경찰차를 타고 출동해 현장 보존 조치를 취하는 동시에 가마쿠라 경찰서의 형사과에 연락했다.

검시관의 보고에 따르면, 피해자의 사망 추정시각은 오후 5시 30분에서 6시 사이라고 한다. 발견이 빨라서 판정하기가 어렵지 않았기 때문에 거의 확실하다는 모양이었다. 현장에서 범인이 남기고 간 듯한 물건은 전혀 발견되지 않았다. 감식관이 땅에 떨어져 있던 머리카락 여러 올을 채취했지만, 사건에 관계가 있는지 없는지는 아직 확실하지 않았다.

피해자의 레저용 차량을 조사한 결과, 역시 사망사고가 발생한 4월 5일 야스미 구니오가 운전한 세단과 접촉한 차임이 확인되었다. 이건 수사본부의 예상과 일치했다.

그리고 방금 다케나시가 말했듯이 '약간 의외'인 점이 두 가지 있었다.

일단 피해자의 바지 호주머니에 들어 있던 반투명한 흰색 플라스틱 조각. 그것은 역시 깜빡이 커버였다. 다만 피해자의 레저용 차량에 적합한 상품은 아니라고 한다. 다른 차종에 장착하기 위한 부품이었다.

"왜 피해자는 자기 차량 상관없는 부품을 가지고 있었을까요?"

다케나시가 가지 속살 같은 얼굴을 찌푸리고 무릎 위에 얹은 메모장을 펄럭펄럭 넘겼다. 메모장은 수사회의 때 적은 내용으로 가득했지만, 글씨체가 지저분해서 본인 말고는 제대로 알아보지 못하는 필기였다. 다케나시는 얼마 전에 축하할 일이 생겼을 때 구마지마가 사준 몽블랑 볼펜을 소중하게 사용하면서도 악필만은 여전해서, 구마지마는 서류를 읽을 때마다 고생을 하고 있었다.

"글쎄."

구마지마는 한숨과 함께 담배 연기를 내뿜었다.

"그것보다 나는 그게 더 마음에 걸려. 왜, 흉기로 사용된 돌의—"

그때 흰 가운을 입은 시로타가 복도를 지나갔다. 조금 전 수사회의에서 흉기에 대해서 설명한 감식관이었다.

"시로 씨, 잠깐 물어볼 게 있는데요."

구마지마가 부르자 시로타는 복도에 감도는 연기를 힐끗하고는 노골적으로 인상을 찡그리며 다가왔다.

"흉기로 사용된 돌 말인데요, 현장에 있던 게 아니라는 거 확실합니까?"

"확실해. 그러니까 그렇게 설명했지."

시로타는 이제 50줄에 들어섰지만 머리카락이 새하얀 데다 가끔 몹시 케케묵은 말투를 써서 모르는 사람은 대개 노인으로 본다.

"염분이 어쩌고저쩌고한 거요?"

"어쩌고저쩌고가 아니라, 흉기로 사용된 돌의 표면에는 염분이 붙어 있지 않았다고 했어. 현장 근처에서 채취한 돌들에서는 바닷바람에 실려온 염분이 검출됐지. 하지만 흉기는 그렇지 않았고. 따라서 그 돌은 다른 데서 가져왔을 가능성이 높아. 똑같은 이야기를 두 번 하게 하지 말게. 담배 연기 때문에 귀가 나빠진 거 아닌가?"

"오감은 정상입니다."

말하고 나서 구마지마는 복도를 슬쩍 둘러보았다. 그러고는 방금 한 발언은 그다지 바람직하지 않았다고 반성했다.

"염분은 전혀 검출되지 않았습니까?"

"그야 조금은 나왔지. 흉기로 사용된 순간부터 증거품으로 확보된 순간까지 거기서 바닷바람을 맞고 있었으니까."

"하지만 검출된 염분의 양은 기껏해야 그 사이에 부착된 정도다?"

"그래."

대답한 뒤 시로타는 "회의에서도 말했건만" 하고 덧붙였다. 그러고는 몸을 휙 돌려 뭐라고 투덜거리면서 복도 저편으로 멀어졌다.

구마지마는 담뱃불을 재떨이에 비벼서 껐다. 의자에서 일어섰을 때 여러 사람의 목소리가 겹쳐서 들렸다. 계단 어귀에서 동료 형사가 고개를 내밀고 구마지마에게 말했다.

"피해자의 친구를 하나 데려왔어. 네가 할래?"

"취조를? 친구라니 누군데?"

동료 형사는 의기양양하게 입술 가장자리를 끌어올려 웃었다.

"모리노 마사야. 4월 5일 밤에 그 레저용 차량의 조수석에 타고 있었던 놈이야."

9

"이유를 증명해, 이유를."

모리노 마사야는 취조실 탁자 너머에서 구마지마를 노려보았다. 반쯤 벌린 입, 작은 파리 같은 눈빛, 그야말로 교양 없어 보이는 얼굴이었다. 그는 의자에 똑바로 앉을 생각이 없는지 엉덩이를 앞으로 쭉 빼고 등받이에 몸을 기댄 채, 호주머니에 양손을 넣고서 동전을 짤랑거렸다. 짧게 깎은 머리카락을 갈색으로 염색했고, 드러낸 두 어깨는 구릿빛으로 타 있었다. 두 눈이 부자연스럽게 충혈된 것은 대마초를 피웠기 때문일까. 그럴 가능성은 있었지만 지금은 추궁하지 않기로 했다.

"설명이 아니라 증명하라고?"

경찰서에 끌려온 젊은이와 이야기를 나눌 때마다 구마지마는 똑같은 소리를 하고 싶어졌다. 신문을 좀 읽으라고. 어휘를 모르고, 세상도 전혀 모르면서 왜 그들은 불안해하지 않을까. 어떻게 이렇게 얄아빠진 속을 늘 태평하게 드러내놓고 다닐 수 있는 걸까.

말이야 어쨌든, 하고 모리노 마사야는 고개를 획 돌렸다.

"아까 그 형사가 아무런 설명도 안 해줬다고. 그날 밤에 내가 나오의 차에 타고 있었다는 사실 하나만 가지고 대뜸 여기로 데려왔다니까."

동료 형사의 설명에 따르면 터널 출구에서 살해당한 남자의 스마트폰을 출발점으로 이 젊은이를 찾아냈고, 집을 방문해 임의 동행을 요구했다고 한다.

"그날 밤 사고에 대해 난 아무것도 몰라. 운전은 나오가 했어. 확실히 나오 탓에 그 세단이 사고가 난 건 인정해. 그건 이미 알잖아. 하지만 운전한 건 내가 아니라 나오야. 그리고 나오는 살해당했어. 이미 죽었다고. 내가 여기에 끌려올 이유가 전혀 없다고."

무슨 논리인지는 전혀 모르겠지만 모리노 마사야는 우쭐거리며 그렇게 말했다.

구마지마는 신중하게 단어를 골라서 대답했다.

"그래—석 달 전 그날 밤, 레저용 차량을 운전했던 네 친구는 어제 죽었어. 그래서 우리도 골치 아파. 그날 어떤 상황에서 사고가 일어났는지 불투명해졌거든."

이 젊은이의 머릿속을 상상했다.

뭘 알고 있을까.

뭘 모르는 걸까.

"사고 당시 상황을 자세하게 설명해주지 않겠나?"

구마지마는 탁자에 양손을 짚고 머리를 약간 낮추었다. 그 상태로 상대의 표정을 살피자, 작은 파리 같은 두 눈이 한순간 우월감으로 빛나는 것이 보였다.

"하지만 난 정말 아무 상관도 없어."

"알아. 넌 그냥 조수석에 앉아 있었을 뿐이지. 네 친구 때문에 한 남자가 사고로 사망했어. 경찰에 신고할 의무를 이행하지 않고 도주하려는 운전자를 말리지 않은 건 네 잘못이지만, 우리는 그 점을 추궁할 생각은 없어."

뭘 알고 있을까.

뭘 모르는 걸까.

모리노 마사야는 어깨를 움츠리고 콧숨을 내쉰 후 알았어, 하고 중얼거리더니 의외로 순순히 사고 당시 상황을 설명했다.

"그날 밤, 나오는 나를 조수석에 태우고 시로가마 해안 도로를 달렸지. 터널을 통과하다 히……가 아니라 나오가 유미나게 절벽을 보러 가자고 했어. 그래서 일단 차를 어딘가에 세우려는데, 그 세단이 뒤쪽에서 엄청난 속도로 다가오더라고. 나오가 속도를 좀 낮추니까 세단 운전자는 놀라서 운전대를 꺾었을 거야. 그대로 터널 벽에 들이박았지. 그때 세단 앞부분이 나오의 차 꽁무니를 긁었어⋯⋯그랬던 것 같아."

모리노 마사야는 거기까지 설명한 후, 자신이 말한 내용을 곱씹는 것처럼 잠시 천장을 올려다보다가 다시 구마지마를 보았다.

"⋯⋯그게 전부야."

"거짓말은 하지 마."

"거짓말? 뭐가 거짓말인데?"

모리노 마사야는 바로 받아쳤지만 살짝 동요한 기색이었다. 구마지마는 다시 신중하게 말을 고르며 대답했다.

"동승자가 한 명 더 있었을 텐데. 아까 그 형사―너를 데려온 형사가 이미 다 알아냈어. 그날 밤, 너랑 운전자 외에 한 명이 더 있었잖아."

구마지마는 상대에게 얼굴을 가까이 댔다.

"누구야?"

모리노 마사야는 상체를 뒤로 물리고 가느다란 눈썹을 찡그렸다. 한참 후에야 목구멍 안쪽에서 작게 앓는 듯한 소리를 흘리더니 겨우 입을 열었다.

"⋯⋯히로."

"너희들 친구지?"

"내 남동생."

이건 의외였다.

남동생의 이름은 모리노 히로유키로, 형제는 하쿠타쿠 시내에 있는 연립주택을 빌려서 살고 있다고 했다.

"지금 어디 있어?"

"적어도 집에는 없어. 그 형사가 오기 조금 전에 나갔어."

"어디에?"

"몰라."

"집 전화번호 불러봐."

"요즘 집 전화를 놓는 집이 어디 있어."

"휴대전화는?"

모리노 마사야는 구마지마에게 동생의 휴대전화 번호를 알려주었다. 구마지마는 그 자리에서 휴대전화를 꺼내 전화를 걸어보았지만, 전파가 닿지 않는 장소에 있거나 전원이 꺼져 있다는 메시지가 나왔다. 구마지마는 휴대전화를 와이셔츠 주머니에 넣고 모리노 마사야에게 동생이 집을 나섰을 때 입은 옷과 생김새의 특징을 물었다. 하의는 청바지, 상의는 흰색 반소매 셔츠, 생김새는 '자신과 똑 닮았다'고 했다. 구마지마는 취조실 문을 열고 고개만 내밀어 밖에 있던 형사에게 사정을 설명하고 모리노 히로유키를 찾으라고 부탁했다.

"하지만 그 녀석도 사고랑은 상관없어. 그냥 뒤에 앉아 있었다고."

구마지마는 대꾸하지 않고 다시 모리노 마사야와 마주 앉았다. 일부러 아무 말도 하지 않고 가만히 있자, 모리노 마사야는 의자에 반쯤 누운 듯한 자세를 유지한 채 가끔 불안한 시선을 던졌다.

"……어이, 형사님, 누구 짓이야?"

마침내 모리노 마사야는 탁자에 팔꿈치를 얹고 얼굴을 앞으로 내밀었다.

　　"누가 나오를 죽였냐고. 날 데리고 온 형사 말로는 누가 힘껏 때려서 머리가 깨졌다던데?"

　　"힘껏인지 아닌지는 범인을 체포해서 물어봐야 알겠지."

　　"열 받네, 진짜 엿 같아."

　　"화가 나나?"

　　모리노 마사야는 턱을 삐딱하게 내밀고는 몇 번이고 고개를 끄덕였다.

　　"당연히 열 받지. 친구가 죽었다고. 나도 그렇지만, 히로는 나오를 진짜 동경했어서 엄청 화났어. 반드시 범인을 죽여버리겠대. 그 녀석은 열 받으면 나랑 나오보다 위험해. 가끔 어마어마한 짓을 한다니까. ……형사님, 범인은 누구야?"

　　"수사 중이야."

　　"그런데 세단 운전자는 마누라가 있었나?"

　　예상외의 말에 구마지마는 저도 모르게 상체를 세웠다.

　　"……왜 그런 걸 묻지?"

　　"그야, 꼭 복수한 것 같잖아. 자기 남편이 나오 때문에 사고로 죽었으니까 원한을 품고 같은 장소에서 나오를 죽인 거지. 어때, 그럴싸하지?"

　　구마지마는 머릿속이 뜨거워지는 것을 느꼈다.

　　"분명 그거야. 히로도 오늘 그러더라고. 더구나 세단 운전자가 살던 연립주택은 나오가 살해당한 곳에서 그리 멀지 않잖아. 그러니까 역시 나오를 죽인 범인은 세단 운전자의 마누라야. 거기로 나오를 불러내고 뒤로 다가가서……뭐, 방법은 모르겠지만. 아무튼 뭔가 수작을 부려서 죽인 거야."

"나는 네가 말하는 '마누라'를 만난 적이 있는데, 그 사람은—"

구마지마는 말을 끊고 모리노 마사야의 얼굴을 들여다보았다.

"어떻게 연립주택 위치를 아는 거지?"

한순간 모리노 마사야의 표정이 흔들렸다.

하지만 바로 입가를 일그러뜨리며 실실 웃었다.

"신문에서 봤어. 사고가 발생한 다음 날 신문에 '사망한 남성의 거주지는' 어쩌고저쩌고하면서 실려 있던데?"

"신문에 교통사고로 사망한 사람의 주소는 실리지 않아."

그러니까 신문을 읽으라는 거다.

"어? 아, 그렇지, 맞다, 맞다, 이름만 났더라고. 그래서 히로가 전화번호부에서 찾아봤어. 왜, 사고가 난 사람이 어디에 사는 누구인지 아무래도 신경이 쓰이잖아. 그래서 신문에서 이름을 보고 전화번호부에서 주소를 찾아봤어. 그게 전부야."

구마지마는 상대의 거짓말을 들으며 석 달 전의 광경을 떠올렸다. 그날 밤 현장에서 야스미 구니오의 세단을 조사했을 때였다. 사이드브레이크 옆에 떨어져 있던 지갑을 다케나시가 발견했다. 내용물을 확인하자 카드와 잔돈은 있었지만, 지폐는 한 장도 없었다.

이놈들은 그날 밤, 야스미 구니오의 지갑에서 돈을 **빼냈다**. 분명 그때 지갑에 들어 있던 면허증을 본 것이다. 그래서 그의 주소를 알았다. 또는 '유카리장'이라는 연립주택 이름만 기억하고 나중에 위치를 알아봤는지도 모른다.

그때 갑자기 머릿속에서 비상벨이 울렸다.

"동생은 나갔다고 했지? 어디로 갔어?"

"모른다고 했잖아. 왜 째려보는 거야?"

"정말 몰라?"

모리노 마사야의 얇은 입술이 씰룩하더니, 충혈된 눈 속에서 뭔가가 빛났다.

—그런데 세단 운전자는 마누라가 있었나?

—히로는 나오를 진짜 동경했어서 엄청 화났어.

—반드시 범인을 죽여버리겠대.

"설마 동생이 연립주택에 갔나?"

"몰라."

인내심의 한계에 달한 구마지마는 모리노 마사야의 멱살을 잡고 끌어당겼다.

"갔느냐고!"

배까지 탁자 위로 끌려올라온 모리노 마사야는 뒤집어진 목소리로 말했다.

"왜 나한테 지랄이야, 히로가 멋대로……악!"

구마지마가 확 밀치자 모리노 마사야는 접의사와 함께 쓰러져 등을 바닥에 찧었다.

"아이고……."

"그 정도는 사람이 죽을 때의 고통에 비할 바가 못 돼."

그대로 취조실을 나서려던 구마지마는 마음을 바꾸어 문 앞에서 돌아섰다.

"너한테 중요한 사실을 하나 알려주지."

바닥에 주저앉은 모리노 마사야에게 그 사실을 알려준 후, 구마지마는 다른 형사를 불러 뒷일을 부탁하고 계단을 뛰어내려갔다.

10

유미코의 휴대전화에 몇 번이나 전화를 걸었지만, 연결음만 들릴 뿐 유미코는 받지 않았다.

경찰서를 뛰쳐나온 구마지마는 유카리장으로 달렸다. 연립주택으로 가는 길에는 여기저기 일방통행로가 많은 데다가, 저녁 시간대에는 보행자와 자전거가 많이 오가므로 차를 타고 가면 시간이 더 걸린다. 앞쪽에서 흰색 밴이 다가와 구마지마를 지나쳐갔다. 한순간 눈에 들어온 차 안에는 요전에 보았던 두 사람이 타고 있었다. 몸집이 작고 안경을 낀 여자와 양복 차림의 운전사였다.

유카리장의 계단을 뛰어올라 2층 바깥 복도로 들어갔다. 유미코의 집 현관문 바로 왼쪽 옆에 흰색 화단형 화분이 있었다. 폭이 70-80센티미터쯤 되는 화분이고, 흙은 들어 있지 않았다. 어제는 이런

게 없었을 텐데.

"야스미 씨, 계십니까. 야스미 씨."

초인종을 누르고 문을 두드렸다. 잠시 후 자물쇠가 풀리고 문틈으로 유미코의 얼굴이 보이자 구마지마는 일단 안심했다.

"구마지마 씨, 어쩐 일이세요?"

"뭔가 특이한 일은 없었습니까?"

"일을 마치고 이삼십 분 전에 막 돌아온 참이라……."

"누가 찾아오지는 않았고요?"

그 질문에 유미코의 눈이 한순간 커졌다가 원래대로 돌아왔다.

"누가 왔군요?"

"네……하지만 방금 돌아가셨는데요."

돌아가셨다고?

"누가 왔는데요?"

"십왕환명회 사람이요."

구마지마는 힘이 쭉 빠지는 동시에 초조함을 느꼈다.

"그 사람밖에 안 왔습니까?"

"네, 안 왔어요. 여러모로 생활에 대해, 뭐랄까, 조언을 해주셨죠."

"조언—"

"네. 예를 들면, 거기 있는 그것도."

유미코는 문 옆에 놓인 화분을 가리켰다.

"아직 아무것도 안 심었지만, 십왕과 원만하게 교섭하려면 여기에 하얀 꽃이 피는 식물을 키우는 게 좋대요. 지금부터 시작하려면 하얀 코스모스나, 좀 이르지만 안개꽃이나 이베리스도 괜찮겠네요. 직접 씨를 뿌려서 키워야 한대요."

—그 여자, 넘어올 거야.

"이런 곳에 뒀다가 발에 걸리기라도 하면 위험할 텐데요."

"하지만 미야시타 씨가 그러라고……."

구마지마는 마음이 무거워졌다.

물론 모리노 히로유키가 오지 않았으니 그나마 다행이지만.

"어제, 사고 현장에서 십왕환명회의 카드가 달린 꽃다발을 봤습니다."

"맞아요."

유미코의 표정이 확 밝아졌다.

"미야시타 씨가 놓아두셨대요. 앞으로 매일 거기에 꽃을 놓아두겠다고 아까—"

미야시타는 밴을 타고 가던 그 여자일 것이다.

"그런 작자들을 너무 믿으면 안 됩니다."

그 여자가 뒤에서 무슨 말을 했는지도 모르면서 십왕환명회에 빠져드는 유미코를 보고 있자니 너무 안쓰러웠다. 하지만 자신이 과도하게 참견할 일도 아니고, 지금은 어쨌거나 사건을 우선시해야 했다.

"야스미 씨. 잠깐 안에서 이야기를 좀 했으면 하는데요."

유미코는 입을 다물고 블라우스 옷깃에 손을 댔다.

"수사의 일환입니다. 부탁드립니다."

"그럼, 그……빨래만 잠깐 정리하고요."

집 안으로 돌아간 유미코는 잠시 후에 다시 문을 열었다.

"들어오세요."

거실로 들어가자 유미코가 좌식 탁자 한쪽을 가리키기에 구마지마는 그 자리에 앉았다. 좌식 탁자 위에는 사용한 흔적이 있는 한 사람 몫의 그릇이 놓여 있었고, 그 옆에 조간신문이 펼쳐져 있었다. 펼쳐진 페이지 가장자리에 어제 일어난 사건의 기사가 실려 있었다. 수사본부가 피해자의 성명은 공표하지 않기로 결정했으므로 내용은 아주 간략했다. 다만 장소만큼은 '가마쿠라 동터널 서쪽 출구 부근'이라고 자세하게 적혀 있었다.

"오늘 아침에 보고 놀랐어요."

구마지마의 시선을 알아차리고 유미코도 기사를 보았다.

"어제 살인사건이 일어난 곳, 사고 현장과 같은 곳이더라고요."

"맞습니다. 자세한 사정은 수사 중입니다만."

말을 얼버무리며 구마지마가 다시 기사로 눈을 돌렸을 때, 신문 끄트머리에 뭔가 살짝 튀어나온 것이 보였다. 예의가 아닌 줄 알면서도 신문을 들어 올리자 십왕환명회의 책자가 나왔다.

"아직 안 버리셨습니까?"

"시험 삼아 읽어보니 흥미로운 내용이 많더라고요."

"야스미 씨께 이런 건 필요 없습니다."

구마지마는 짜증을 억누르지 못하고 탁자 위의 책자를 난폭하게 잡아챘다. 그 서슬에 그릇 옆에 놓여 있던 간장통이 넘어졌다.

"죄송합니다—"

"괜찮아요, 안 쏟아지니까요."

옆 부분을 눌러서 간장을 따르는 부드러운 플라스틱 간장통이어서 다행이었다. 구매한 지 얼마 되지 않았는지 때 묻은 부분 없이 깨끗했다. 구마지마는 간장통을 원래 있던 곳에 세우려다가 손을 멈췄다.

어떤 생각이 떠오른 것이다.

아니, 그럴 리 없다. 구마지마는 즉시 그 생각을 떨쳤다. 고개를 들자 유미코는 방 옆쪽을 보고 있었다. 거기에는 불단이 있었다.

어라, 하고 구마지마는 속으로 고개를 갸웃했다.

자신이 앉은 자리가 어제와는 반대였다. 어제는 오른편에 보이던 불단이, 오늘은 왼편에 보였다. 물론 대단한 차이는 아니지만, 구마지마에게는 어쩐지 중요한 차이로 느껴졌다.

유미코는 왜 자신을 어제와 반대 위치에 앉혔을까.

상체를 돌려서 뒤를 보았다. 방구석에 놓인 텔레비전 받침대 뒤편에는 유미코가 대학교 때 사용했던 전통 활과 화살집이 기대어 세워져 있었다.

"화살이라도 손질하셨나요?"

화살집 뚜껑이 열려 있었다.

네, 하고 유미코는 눈을 가늘게 떴다.

"어제 구마지마 씨가 궁도 이야기를 하셔서 그런지 옛날 생각이 좀 나더라고요."

구마지마는 금세 눈치챘다. 유미코의 이 표정은 대학 시절에 두 사람의 관계가 삐걱거리기 시작했을 무렵에 자주 보았다. 거짓 웃음. 가슴속의 감정을 애써 숨기려고 할 때에 나오는 표정이었다.

"잠깐 실례하겠습니다."

구마지마가 일어나서 방구석으로 향하자, 뒤에서 유미코가 작게 숨을 내쉬었다. 구마지마는 뚜껑이 열린 화살집을 들여다보았다. 검은색 카본샤프트 화살 여덟 개가 촉을 아래로 향하게 해서 들어 있었다. 위를 향한 화살 깃 여덟 개. 그중 몇 개는 깃이 흐트러졌다. 막 손질을 끝낸 화살이 이럴 리 없다. 손을 뻗어 깃을 만져보았다. 흐트러진 부분이 손가락의 움직임을 따라서 원래대로 반듯해졌다. 흐트러졌던 흔적이 전혀 남지 않았다. 즉, 화살 깃은 아주 최근에 흐트러졌다는 뜻이다.

구마지마는 시선을 돌렸다. 거실과 침실을 구분하는 미닫이문이 닫혀 있었다. 어제는 분명 저 문이 열려 있었다.

"저 방에 들어가 봐도 될까요?"

"침실에요? 왜요?"

구마지마는 대답하지 않고 미닫이문으로 다가갔다.

"실례하겠습니다."

천천히 문을 당겼다. 안은 깔끔하게 정리되어 있었다. 바닥에 깔린 회색 카펫에는 쓰레기도 자질구레한 물건도 떨어져 있지 않았다. 벽 앞의 나무 선반장. 조그마한 책상. 벽장의 장지문. 그리고 침대가 하나.

"갑자기 왜 이러세요? 무슨 이유인지 설명도 없이, 좀 너무한 거 아닌가요?"

찌르는 듯한 유미코의 목소리가 뒤에서 날아들었다. 하지만 구마지마는 돌아보지 않고 어느 한 점을 응시했다.

"지금 같은 계절에 저렇게 두꺼운 이불을?"

여름치고는 이불이 부자연스러웠다. 오리털 이불일까, 침대 위에 놓인 이불이 불룩했다.

"추위를 많이 타서요."

유미코는 구마지마의 옆을 지나쳐 시야를 가로막듯이 앞에 버티고 섰다. 구마지마는 지척에서 유미코와 눈을 마주쳤다. **뭘 감추는 거지? 왜 감추는 거지?**

"야스미 씨—"

말을 걸었을 때였다.

"그냥 내버려둬요!"

유미코가 신경질적으로 소리를 지르면서 양손으로 구마지마를 떠밀었다. 가슴을 떠밀린 구마지마는 균형을 잃고 뒤쪽으로 비틀거렸다.

"왜 자꾸 남의 일에 간섭하는 거예요!"

"하지만—"

말을 꺼내다가 입을 다물었다. 자신을 노려보는 유미코의 눈 속에서 위태로운 뭔가를 보았기 때문이다. 아주 약한 충격에도 산산이 부서질 것만 같은 뭔가를.

"구마지마 씨, 부탁이에요. 이만 돌아가세요."

망설인 끝에 구마지마는 고개를 끄덕였다.

"알겠습니다."

그는 유미코에게 등을 돌리고 복잡한 마음을 꾹 누르며 침실에서 물러났다. 거실을 빠져나와 현관으로 향할 때, 구마지마는 큰마음 먹고 좌식 탁자 위에 놓인 십왕환명회의 책자를 집어서 쓰레기통에 버렸다.

"주제넘은 부탁이라는 건 잘 압니다. 하지만 제발 그 작자들은 가까이하지 마세요."

조그마한 등나무 쓰레기통에는 이런저런 일상적인 쓰레기와 함께 담뱃갑이 하나 들어 있었다. 구마지마가 피우는 담배와 똑같은 상표인 라크였다.

"……이건 야스미 씨가?"

"남편이 예전에 피우던 거예요. 애연가였지만 작년 말에 끊었죠."

그러고 보니 이 집에는 담배 냄새가 희미하게 배어 있었다. 반년 남짓으로는 사라지지 않을 것이다. 그나저나 작년 말에 금연을 시작했는데 왜 지금 쓰레기통에 담뱃갑이 들어 있는 걸까. 구마지마가 그 의문을 입 밖으로 꺼내기 전에 유미코가 설명했다.

"남편이 버리기 아깝다며 놔둔 건데, 언제까지고 가지고 있어봤자 별 소용없으니까—"

"오늘 버렸다고요?"

"네, 드디어."

라크 담뱃갑을 꺼내서 확인하자 담배가 절반쯤 들어 있었다.

"이거 제가 피워도 되겠습니까?"

유미코는 놀란 표정을 지었다.

"마침 제가 피우는 거랑 같아서요."

"네, 뭐……상관없는데요."

구마지마는 현관에서 신발을 신고 실내를 향해 깊이 머리를 숙였다. 어두운 바깥 복도를 오른쪽으로 걸어서 계단으로 향했다. 뒤에서 문이 열리는 소리가 들려서 돌아보자 유미코가 슬리퍼를 신고 다가왔다.

"저어……."

멈춰 선 유미코는 구마지마의 얼굴을 보며 겁먹은 것처럼 말꼬리를 흐렸다. 눈동자가 살짝 흔들렸고, 숨을 쉴 때마다 수척한 목의 피부가 움찔거렸다. 구마지마는 잠시 기다렸지만 유미코는 말을 이을 낌새가 없었다.

상대의 표정을 읽으며 구마지마는 물었다.

"어제 저녁 무렵에 어디 계셨습니까?"

"어……."

"그냥 수사 절차의 하나입니다. 어제 오후 5시 30분에서 6시경까지 어디에 계셨나요?"

터널 옆에서 머리가 깨진 채 죽은 젊은 남자의 사망 추정시각이었다.

"6시가 조금 지날 때까지 일하고 있었어요. 상점가에 있는 슈퍼마켓에서 계산대 업무를 보거든요."

"6시가 조금 지날 때까지요?"

그렇다면 어제 구마지마가 여기를 방문했을 때, 유미코는 일을 마치고 막 돌아온 참이었던 모양이다.

"아까도 일을 다녀왔다고 하셨죠. 역시 같은 시간까지?"

"네. 평일에는 매일 아침 10시부터 오후 6시까지 일해요. 남편이 그렇게 되고 나서 살림이 빠듯해졌거든요."

뒷부분은 중얼거리는 듯한 목소리였다.

"하지만 평일 내내라면—"

"그만하세요."

유미코는 구마지마의 말을 막았다.

잠시 둘 다 침묵을 지켰다. 축제 음악을 연습하는 소리가 완전히 저문 하늘에 작게 울려퍼졌다. 구마지마는 유미코의 눈을 보고 한마디 한마디가 확실히 들리도록 또박또박 말했다.

"오늘은 이만 돌아가겠습니다. 조만간 또 이야기를 들으러 올지도 모르겠네요. 괜찮으시죠?"

유미코는 굳은 표정으로 시선을 애매하게 피했다.

"그리고 부탁이 하나 있습니다. 어쩌면 젊은 남자가 여기를 찾아올지도 모릅니다. 하지만 절대로 상대해주시면 안 됩니다. 그런 일이 생기면 절대 문을 열지 말고 즉시 경찰에 신고하세요. 범죄 신고 번호 말고, 형사과 직통번호나 제 휴대전화로 연락해주시기 바랍니다."

구마지마는 명함에 휴대전화 번호를 적어서 내밀었다. 유미코는 마치 무거운 물건인 듯 명함을 두 손으로 받았다.

"알겠어요."

구마지마는 팔을 뻗어 유미코의 어깨를 잡았다. 유미코는 숨을 헉 삼키고 구마지마의 얼굴을 보았다. 얇은 블라우스를 통해서 가녀린 어깨가 굳어진 것이 느껴졌다.

"부디 조심해."

유미코가 집에 들어가는 것을 확인한 후, 구마지마는 발걸음을 돌려 계단으로 향했다. 바깥 복도 끄트머리에서 유미나게 절벽과 시로가마 해안 도로가 어렴풋이 보였다. 그 단색의 윤곽이 어둠으로 가라앉는 풍경 속에 떠올랐다.

계단을 다 내려왔을 때 목소리가 들렸다.

"구마지마 선배."

놀라서 고개를 들자 연립주택 앞 골목에 세단이 서 있었다. 운전석 창문을 내리고 능글맞게 웃고 있는 사람은 다케나시였다.

"야, 여기서 뭐 하는 거야?"

"선배가 멋대로 뛰쳐나간 후에 과장님이 지시하셨거든요."

"지시?"

"그 망나니의 남동생이 습격할지도 모르니까 야스미 유미코를 감시하라고요. 어차피 구마지마 선배도 여기로 갔을 테니 합류할지 물어보니, 혼자 일하고 싶어하는 것 같으면 알아서 하게 놔두라고 하시던데요."

"그건……고맙군."

특히 이번에는 더욱.

"녀석은 단독으로 행동할 때 괜찮은 걸 건져올 때가 많다면서요. 저도 해보고 싶네요, 단독 행동."

"늘 하잖아."

"단독 행동이 아니라 같은 팀 선배 형사에게 방치당하는 거겠죠."

다케나시는 반쯤 웃으며 말하고 유카리장 2층으로 눈을 돌렸다.

"그나저나 어땠습니까?"

"현재로서는 별일 없대. 단단히 경계하라고 주의를 줬어."

"선배는 어디 가시려고요?"

"서로 돌아갈 거야."

구마지마는 양손을 바지 호주머니에 넣었다. 오른손에는 아직 유미코의 어깨를 만졌을 때 느낀 온기가 남아 있었다.

"조사할 게 좀 있어서."

11

시로타는 구마지마가 호주머니에서 꺼낸 견본을 아주 의심스럽다는 듯이 내려다보았다.

"……이 머리카락은 어디에서?"

"그건 말 못해요."

"그럼 감식도 못해. 정규 절차를 밟지 않으면 기재를 사용할 수 없으니까."

"압니다. 그러니까 경험이 풍부한 시로 씨한테 부탁하는 거잖아요. 감식과에서 누구보다 신뢰받는 시로 씨라면 어떻게 잘 조치해서 몰래 조사할 수 있지 않을까 싶습니다만."

은근히 띄워주자 효과 만점이었던 듯 시로타는 입술을 씰룩여 쓴웃음을 지었다.

"뭐, 그야 못할 것도 없네만……."

형사과 동료가 두 사람 옆을 바쁘게 지나갔다.

"그래서? 이 견본을 어제 젊은이가 살해당한 현장에 떨어져 있던 머리카락과 비교하면 되나?"

"네. 현장에 머리카락이 몇 올 떨어져 있었던 모양인데, 그중에서 이거랑 일치하는 게 있는지 알고 싶습니다. 그거면 돼요."

"아쉽지만 오늘은 이만 돌아가야 해. 마누라가 아파서 손녀에게 저녁을 만들어줘야 하거든."

"그럼 내일 아침에, 부탁 좀 드립시다."

시로타는 작년에 싱글맘이었던 외동딸을 병으로 잃은 후, 딸이 남긴 두 살배기 손녀를 데리고 살고 있다.

"시로 씨 말고는 부탁할 사람이 없어요."

마지막으로 한 번 더 밀어붙이자, 시로타는 잠시 뜸을 들이다가 들으라는 듯이 한숨을 내쉬었다.

"알았어, 해볼게."

구마지마는 시로타의 모습이 복도 저편으로 사라지기를 기다렸다가 벽 앞의 긴 의자에 털썩 앉았다. 그러고는 깊은 숨을 내쉰 후 깍지를 끼고 고개를 떨구었다.

머릿속은 바늘구멍 하나 없을 만큼 의혹과 불안으로 가득했다.

아까 연립주택 바깥 복도에서 젊은 남자가 오면 경찰에 신고하라고 구마지마가 말했을 때, 유미코는 아무것도 묻지 않았다. '젊은 남자'가 어디의 누구인지 확인도 하지 않고 그냥 알겠다고 답했다. 왜 궁금해하지 않은 걸까. 젊은 남자를 조심하라는 애매모호한 말을 듣고 왜 자세하게 물어보지 않은 걸까.

부자연스러운 점은 더 있다.

—추위를 많이 타서요.

오리털 이불.

침대 위에 있던 그 불룩한 형태.

"구마지마, 큰일이야. 야단났어!"

다급한 발소리가 다가왔다. 방금 구마지마와 시로타 옆을 지나간 동료 형사였다.

"무슨 일인데?"

"모리노 마사야가 튀었어!"

"튀었다고? 어쩌다?"

"네가 취조실에서 놈을 밀쳤잖아. 그때 바닥에 찧은 부분이 아프다고 하도 난리를 치길래, 젊은 녀석을 붙여서 병원에 보냈지. 그런데 진료 중에 의사를 때리고—"

12

구마지마와 헤어지고 현관문을 닫은 순간, 유미코는 온몸에 힘이 쭉 빠져서 팔다리가 따로 노는 것만 같아 그 자리에 주저앉았다. 시야가 뿌옇게 흐려지고, 두 귀에는 가느다란 목소리가 섞인 자신의 숨소리만 들렸다. 지금까지 간신히 버텨온 정신력이 한계를 맞았음을 유미코는 똑똑히 자각했다.

―하얀 꽃이 피는 식물을 키우는 게 좋대요.

구마지마는 그런 거짓말을 믿었을까.

바깥 복도에 놓아둔 화단형 화분 아래에는 검붉은 핏자국이 있었다. 걸레로 아무리 닦아도 콘크리트에 스며든 색깔까지는 지워지지 않았다. 그래서 유미코는 베란다에 있던 화분을 그쪽으로 옮겼다. 십왕환명회의 충고라고 설명했던 건 순간적인 기지였다. 화분을 그곳에 놓고 서둘러 집으로 들어가려고 했을 때 우연히 미야시타라는 여자가 또 찾아왔으므로 그런 거짓말이 떠올랐을 뿐이다. 미야시타가 충고를 해주기는커녕, 실제로는 그녀와 무슨 이야기를 나누었는지도 제대로 기억나지 않았다. 미야시타가 말하는 내내 유미코는 동요했다는 사실을 들키지 않도록 애써 웃음을 지으며 상대의 이야기에 그저 고개를 끄덕였을 뿐이다. 미야시타가 앞으로 매일 가마쿠라 동터널의 사고 현장에 꽃을 놓아두겠다고 한 것만 기억에 남아 있었다.

―어제 저녁 무렵에 어디 계셨습니까?

구마지마는 눈치챈 걸까.

—아까도 일을 다녀왔다고 하셨죠. 역시 같은 시간까지?

알아차리지 못했다면 그런 질문을 할 리가 없다.

유미코는 뒤편의 벽에 의지해 간신히 일어섰다. 거실을 통과해 어두운 침실로 들어가서 창가로 다가갔다. 한 손으로 커튼을 살짝 걷고 얼굴을 가까이 댔다. 골목에 정차한 세단 한 대가 보였다. 저건 형사일까.

"오후 7시, 36분……."

세단 운전석에 앉아 있던 남자가 이쪽을 보았다. 눈이 마주치자 그는 고개를 불쑥 내밀더니 꾸벅 인사를 했다. 유미코는 커튼을 치고 창가에서 물러났다.

침대 옆에 섰다.

불룩한 오리털 이불 끄트머리를 떨리는 손으로 들어올렸다.

"어쩌면 좋지……."

젊은 남자의 하얀 팔. 유미코는 이불을 더 젖혔다. 남자의 팔은 가슴 쪽으로 구부러진 채 딱딱하게 굳어버렸고, 손에는 여전히 가슴에 박힌 검은색 카본샤프트 화살을 쥐고 있었다. 티셔츠 가슴께를 물들인 붉은색은 매트리스와 오리털 이불 아래쪽까지 번져 있었다.

"어쩌면 좋으냐고……."

유미코는 바닥에 무릎을 꿇었다. 이가 따닥따닥 맞부딪혔다. 유미코는 양손으로 카펫을 움켜쥐고 울었다. 소리 내어 울었다. 오열하면서 유미코는 남편의 이름을 불렀다.

13

7월 7일 오후 6시 5분.

어젯밤 병원에서 달아난 모리노 마사야는 아직 발견되지 않았고, 그의 남동생 모리노 히로유키도 여전히 행방이 묘연했다. 가마쿠라 경찰서는 인원을 최대한 동원하여 두 사람을 추적하고 있었다. 오락실과 패스트푸드점 등, 젊은 사람이 갈 법한 곳들을 훑으며 탐문을 했고 역과 버스 정류장에는 잠복 형사를 배치시켰다. 택시 회사들에도 연락해서 짧은 갈색 머리 청년을 태우면 즉시 신고해달라고 부탁했다. 짧은 갈색 머리는 모리노 형제의 공통적인 특징이었다.

그러나 발견되지 않았다.

동생은 애초부터 근처에 없는지도 모른다. 구마지마는 그런 생각이 들기 시작했다. 모리노 히로유키가 유미코의 집으로 갔다는 건 자신의 착각이고, 처음부터 어딘가 아예 다른 곳으로 가버린 것 아닐까.

그러나 병원에서 도망친 형은 분명 아직 시내에 있을 것이다.

구마지마는 가마쿠라 중앙 상점가를 남쪽에서 북쪽 방향으로 걸었다. 모리노 마사야를 찾아 주변을 샅샅이 살피면서.

오후부터 칠석 축제가 시작되어 상점가는 사람으로 넘쳐났다. 색색의 종이가 달린 커다란 대나무가 길 한복판에 죽 늘어서서 인파를 둘로 나누었다. 화려한 전구 장식이 아케이드를 사방팔방 치장했고, 금색, 은색의 별과 달이 여기저기 매달려 있었다. 그러한 장식을 보수하는 자원봉사자 같은 일꾼들. 노점에서 목소리를 높이는 장사꾼. 유카타(목욕 후나 여름에 주로 입는 무명 홑옷/옮긴이) 차림으로 돌아다니는 사람들. 물론 그냥 장을 보러 나온 사람도 있다. 상점가의 많은 가게가 앞에 특별 세일 판매대를 내놓고 손님을 모으고 있었다.

—왜 자꾸 남의 일에 간섭하는 거예요!

어제 들었던 유미코의 목소리가, 그후로도 몇 번이나 귓속에서 되풀이되었다.

오늘 오전 중에 유미코의 증언은 확인이 끝났다. 살인이 발생한 그저께도, 어제도 유미코는 분명 상점가의 다이헤이 슈퍼마켓 가마쿠라점에서 일했다. 다만 도중에 자리를 비운 적은 없었느냐는 구마지마의 질문에, 유미코의 동료들은 전부 애매한 표정으로 대답했다.

잘 모르겠다는 것이다.

다이헤이 슈퍼마켓은 그저께도 어제도 자신들이 협찬하는 칠식 축제 준비를 돕고, 가두판매를 위한 설비를 설치하느라 정신이 없었다. 평소보다 많은 파트타임 직원들이 하루 종일 계산대, 매장, 축제 준비 공간을 바쁘게 오갔다. 즉, 한 사람쯤 도중에 어딘가로 사라져도 아무도 몰랐을 거라는 뜻이다.

다이헤이 슈퍼마켓은 남북으로 뻗은 상점가의 한복판에 있다. 유미코는 늘 가게까지 자전거를 타고 다녔다.

유미코는 사건과 관련이 있을까, 없을까. 마치 의구심이 불면증에 걸린 것처럼, 온갖 의혹들이 하루 종일 구마지마의 머릿속을 오갔다.

오늘은 토요일이라 유미코는 일을 쉰다. 아까 다케나시에게 연락해보니 오늘 아침부터 집에서 나오는 모습은 보지 못했다고 했다. 현재까지는 집을 찾아오는 사람도 없었다고 한다.

구마지마는 뒷주머니에서 지도를 꺼내 펼쳤다. 관공서와 자전거 대여점, 경찰서에도 비치되어 있는 이 지역의 자전거 지도였다. 싸구려 티가 나지만 도로와 해안선의 모양이 꽤 정확하게 그려져 있었다. 구마지마는 지도에 유카리장의 위치를 표시해놓았다. 그곳에서 세로로 시로가마 해안 도로를 향해 이어지는 길을 천천히 눈으로 좇았다. 자신이 품고 있는 의혹을 더듬듯 몇 번이고 시선을 왕복시켰다.

"죄송합니다. 조금만 비켜주세요."

상가 마크가 들어간 한텐(에도 시대 때에 가게 점원이나 장인들, 육체 노동자들이 작업복으로 많이 입은 옷/옮긴이)과 반바지 차림의 남자가 다가와, 구마지마와 주변 사람들에게 이동해달라고 큰 소리로 요

청했다. 커다란 축제 수레가 남자를 뒤따라오고 있었다. 축제 음악을 연주하기 위한 망대를 실었지만, 지금은 연주자가 없었다. 6시 30분부터 시작되는 본무대에서는 연주자들이 특별 무대에 올라가서 대나무 피리를 불고 큰북을 친다. 그렇듯 흥겹게 음악을 연주하며 한 시간에 걸쳐 상점가를 북쪽 끝에서 남쪽 끝까지 천천히 이동한다.

휴대전화가 울렸다. 화면에 시내 번호가 표시되었다.

"구마지마입니다."

"형사님이세요? 저, 아오키 모터스의 아오키인데요."

"아, 아침에는 감사했습니다."

오늘 오전에 다이헤이 슈퍼마켓에서 탐문을 마친 후 구마지마는 시내에 있는 카센터들을 돌아다녔다. 아오키 모터스는 그중 한 곳이었다.

"물어보신 거 확인했습니다. 형사님 말씀대로였어요."

갈비뼈 안쪽에서 심장이 쿵쿵 뛰었다.

"그럼 제가 여쭤본 일이 실제로 있었던 거로군요?"

"우리 젊은 직원들한테 물어봤죠. 한 녀석이 기억하고 있더군요. 분명 5월 중순에 전화가 왔었답니다. 흰색 깜빡이 커버를 주문할 테니 집으로 배달해달라고요."

"그래서, 실제로 배달하셨고요?"

"네, 배달했답니다."

"고객의 나이와 인상착의는요?"

"형사님 말씀과 대체로 일치했습니다."

구마지마는 저도 모르게 눈을 감았다.

"그런데 형사님, 이거 이상한 사건과 관련이 있다든가 그런 건 아니겠죠? 우리 직원도 좀 걱정인 모양이라—"

구마지마는 가게에 피해가 가지 않도록 하겠다고 약속하고 전화를 끊었다. 주변에서 되살아난 떠들썩한 소리가 열기와 함께 온몸을 감쌌다.

이제 틀림없다.

"아니, 아직이야."

구마지마는 일부러 소리 내어 말하고는 휴대전화를 고쳐 잡았다. 한 가지 더 확인해야 할 사항이 있었다.

경찰서에 전화를 걸어서 시로타를 연결해달라고 했다. 어제 감식을 부탁했던 머리카락에 대해서 묻자 시로타는 느긋한 목소리로 답했다.

"아, 그거. 방금 결과가 나왔어."

시로타는 자신이 맡은 일의 성과를 들려주었다. 내용은 간단했다. 구마지마가 제공한 견본이 그저께 살인 현장에서 채취한 머리카락 중 하나와 동일한 것으로 확인되었다는 것이다. 그 말을 들은 순간 구마지마의 머릿속에서 의혹은 확신으로 바뀌었다.

구마지마는 전화를 끊고 양복 호주머니에 손을 넣어 유미코의 집 쓰레기통에서 가져온 라크 담뱃갑을 꺼냈다.

인파 속에서 그 담뱃갑을 가만히 바라보았다.

14

같은 날 오후 7시 7분.

"8월이 되기 전에 포섭할 거야."

밴 뒷좌석에 앉은 미야시타 시호는 입술 가장자리를 끌어올려 웃었다.

"야스미 유미코 씨요?"

운전대를 잡은 봉사부의 부하 요시즈미가 백미러로 미야시타를 쳐다보았다. 미야시타는 고개를 끄덕이며 타이트스커트에 붙은 노란 국화 꽃잎을 털어냈다. 방금 시로가마 해안 도로의 터널에 새 꽃다발을 놓고 온 참이었다.

"응, 그 여자. 니이본(고인의 사십구재를 마치고 처음으로 맞이하는 오본. 오본은 한국의 추석과 비슷한 일본의 큰 명절이다/옮긴이)이 되면 법사 때 스님이 쓸데없는 소리를 할 테니까 그 전에 입회시켜야지."

"꽃은 효과가 있습니까?"

"어제 느낀 바로는 성공한 것 같아."

어제 미야시타가 앞으로 매일 사고 현장에 꽃을 놓아두겠다고 했을 때, 야스미 유미코는 웃음을 지었다. 조금 딱딱한 웃음이기는 했지만, 얼떨떨함과 기쁨이 뒤섞여서 그랬을 것이다. 지금까지 십왕환명회 봉사부 소속으로 포교 활동을 해온 경험으로 판단하건대, 머지않아 야스미 유미코가 입회할 가능성은 꽤 높았다. 생판 남이 추모의 마음을 공유하려고 할 때 유족이 보이는 반응은 둘로 나뉘

었다. 기분 좋아하거나 기분 나빠하거나. 유미코는 틀림없이 전자
였다.

"요 앞이 그 연립주택인데 오늘도 들렀다 가시겠습니까?"

밴은 시로가마 해안 도로에서 갈라진 길을 따라서 남쪽으로 나
아가고 있었다. 곧 왼편에 유카리장이 보일 터였다.

"오늘은 그냥 갈래. 곧장 지부로 돌아가. 사흘 연속 방문은 역효
과가 날 때가 많아. 기본은 바위, 바위, 보야."

방문, 방문, 반응 기다리기. 방문, 방문, 반응 기다리기. 이 방법이
가장 효율적이라는 것이 미야시타의 지론이었다.

"연립주택 앞은 최대한 빨리 지나가. 그 여자가 보면 바위, 바위,
바위가 될 테니까."

"보기만 하는 정도라면 바위, 바위, 바 아닐까요?"

"그러게. 바네, 바."

두 사람이 함께 웃고 있을 때 앞쪽의 어둠 속에서 유카리장의 외
벽이 보이기 시작했다. 요시즈미가 가속 페달을 밟아서 속도를 높
였다. 엔진 소리가 커지고, 주변 풍경이 잽싸게 뒤쪽으로 흘러갔다.
미야시타는 다리를 꼬고 편안히 시트에 몸을 맡겼다. 그런데 유카
리장 앞을 지나치려고 했을 때, 느닷없이 앞유리 오른편에서 사람
이 나타나더니 둔중한 충돌음과 함께 어둠 속으로 튕겨 나갔다. 요
시즈미가 브레이크 페달을 밟자 타이어의 절규가 울려퍼졌다. 몸이
앞쪽으로 쏠리면서 안전벨트가 가슴을 압박했다. 차에 부딪힌 사
람이 몸을 비틀면서 데굴데굴 굴렀고, 손에 쥐고 있던 뭔가가 허공

으로 날아갔다. 차가 덜커덩 소리를 내며 멈춘 직후에 그 뭔가가 어두운 길바닥에 소리도 없이 떨어졌다.

오후 7시 8분에 일어난 일이었다.

15

모리노 마사야는 주변을 두리번거리며 가마쿠라 중앙 상점가를 나아가고 있었다.

축제를 즐기며 실실 웃는 사람들을 한 명도 남김없이 죽여버리고 싶었다.

어젯밤, 의사를 때려눕히고 병원에서 달아난 뒤로 아무것도 먹지 못했다. 하지만 배 속이 불안감으로 싸늘하게 부풀어 허기는 전혀 느껴지지 않았다.

도망치는 동안 형사로 보이는 사람을 몇 명 보았다. 우르르 몰려나와서 자신을 찾는 것이 분명했다. 사람들로 붐비는 곳에 있어야 눈에 띄지 않을 것 같아서 이 상점가로 숨어든 지 두 시간쯤 지난 참이었다.

휴대전화로 시간을 확인하자 6시 58분이었다. 축제 음악이 요란하게 울려퍼지는 가운데, 모리노 마사야는 다시 동생의 번호로 전화를 걸었다.

"빌어먹을……."

역시 연결되지 않았다. 전원이 꺼져 있는 모양이었다.

─우리가 죽인 그 남자의 마누라가 어떻게 한 거야. 확실해.

히로는 살해당한 나오를 진심으로 우러러보았다.

─내가 복수할 거야. 당장 그 집에 가서 그 남자 마누라를 죽여버리겠어.

어제 오후, 히로는 집을 뛰쳐나갔다. 화가 나서 눈에 쌍심지를 켠 채. 위에서 가죽을 잡아당긴 것처럼 팽팽하게 굳은 얼굴로. 그때 모리노 마사야는 동생을 말리지 않았다. 하고 싶은 대로 놔두기로 했다. 하지만 사실은 무서웠던 것이다. 작년에 크게 싸웠을 때, 자신이 제대로 일어서지도 못하는데 그런 줄 모른다는 듯이 때리고 걷어차던 동생이 무서웠다. 그후 만신창이가 된 자신을 내려다보며 진심으로 놀란 듯한 표정을 지은 동생이 무서웠다. 어제 히로가 집을 뛰쳐나간 후, 모리노 마사야는 오랫동안 방에 주저앉아 있었다. 쫓아가야 한다. 말려야 한다. 하지만 히로가 그 남자의 마누라를 죽여버리겠다고 말한 건 진심이 아니었는지도 모른다. 실은 고함을 지르고 으름장을 놓아서 나오를 돌로 때려죽였다는 사실을 실토시킨 후, 무릎을 꿇리고 사죄를 받아내는 정도로 끝낼지도 모른다. 형사가 찾아와서 경찰서로 끌고 간 건 그런 생각을 하고 있을 때였다.

"어떻게 된 거야, 히로……."

동생이 아직 그 집에 가지 않았으리라고 보기는 힘들었다. 히로는 화가 나면 무슨 일이든 즉시 행동에 옮겼다. 녀석은 어제 집을 뛰쳐나간 그길로 유카리장에 갔을 것이다. 녀석은 분명히 갔다. 모리노 마사야는 그걸 안다. 아니까 어제 병원에서 도망치자마자 온 힘을 다해 유카리장으로 달려갔다. 꽤나 멀었지만 한 번도 멈추지 않고 달렸다. 하지만 건물에 다가갈 수는 없었다. 골목에 주차된 차의 운전석에 남자가 앉아 있는 것이 보였기 때문이다. 그 남자도 분명 형사였으리라. 히로가 연립주택으로 갔다는 것을 구마지마라는 형사에게 들키고 말았다. 그러니 만약에 대비해 다른 형사가 지키고 있던 것이 틀림없다.

대체 어떻게 된 걸까. 동생은 분명 그 집에 갔을 텐데, 그곳은 형사가 지키고 있다. 마치 아직 히로가 나타나지 않은 것처럼. 만약 아직 그 집에 가지 않았다면 왜 히로와 전화가 연결되지 않고, 메시지를 보내도 읽었다는 표시가 뜨지 않는 걸까.

"당한 건가……."

반격을 당한 것 아닐까. 상대는 여자지만 흉기를 가지고 있다면 그럴 수도 있다. 동생은 그 남자의 마누라에게 반격을 당하고 움직일 수 없을 만큼 크게 다쳐서, 그 집에 감금당한 것 아닐까. 연립주택을 지키고 있는 형사는 그 사실을 모르는 것 아닐까. 가능성은 있다. 아니, 있는 정도가 아니라 상당히 높다. 생각하면 할수록 그게 맞는다고 느껴졌다.

"확인하는 거야……."

모리노 마사야는 고개를 들었다. 상점가 한복판쯤에 해당하는 곳이었다. 유카타 차림으로 활기차게 웃는 사람들 너머로 다이헤이 슈퍼마켓 가마쿠라점의 간판이 보였다.

"확인하는 거야."

지나가는 사람들과 어깨를 부딪치며 슈퍼마켓으로 다가갔다. 가게 앞에 내놓은 판매대를 살펴보자 오른쪽 가장자리에 놓인 판매대에서 주방기구를 팔고 있었다.

"네, 어서 오세요."

포장된 식칼을 판매대에서 집어 말없이 중년 여자 판매원에게 내밀었다. 판매원은 이쪽의 얼굴을 확인도 하지 않고 식칼을 비닐봉지에 넣었다. 계산을 마치고 판매대에서 멀어지며 슬쩍 뒤를 돌아보았다. 중년 여자 판매원과 눈이 마주쳐 냉큼 시선을 돌렸다. 얼마쯤 더 걸어가다 다시 돌아보자 판매원과 상사 같은 남자가 뭐라고 빠르게 이야기를 나누고 있었다. 두 사람이 동시에 이쪽을 보더니, 남자가 판매대 바깥으로 나와서 다가왔다.

"제기랄……!"

모리노 마사야는 옆에 있던 커플을 밀쳐내고 냅다 달렸다. 드높은 대나무 피리 소리가 가까이에서 들렸다. 커다란 축제 수레가 축제 음악을 연주하며 슈퍼마켓 앞을 지나갔다. 축제 수레를 앞질러 정신없이 달렸다. 이대로 상점가 남쪽 끝까지 가서 왼쪽으로 돌면 연립주택 앞 골목으로 나간다.

"히로—"

붙잡혔다면 내가 구해줄게. 모리노 마사야는 비닐봉지와 포장용기를 땅에 버리고, 움켜쥔 식칼을 티셔츠 안쪽으로 넣어서 숨겼다. 앞을 가로막는 사람들을 지그재그로 피하며, 때로는 떠밀면서 달렸다. 말을 듣지 않고 꼬이는 다리에 화가 났다. 초조함만 앞섰고 귓속에서는 히로의 목소리가 들렸다.

―내가 복수할 거야. 당장 그 집에 가서 그 남자 마누라를 죽여버리겠어.

―나오토 씨를 죽인 건 그 남자의 마누라가 분명해.

―내가 나오토 씨의 원수를 갚겠어.

그 목소리에 겹치듯이 형사의 목소리가 들렸다. 취조실에서 느닷없이 멱살을 잡고 떠밀었던 구마지마라는 형사의 목소리가.

―한 가지 중요한 사실을 알려주지.

바닥에 쓰러진 모리노 마사야를 내려다보며 형사는 말했다.

―너희들은 큰 착각을 하고 있어.

내가 바보였어. 우리가 멍청했어.

―세단 운전자는 죽지 않았어.

우리가 신문을 읽지 않아서. 우리가 뉴스를 보지 않아서.

―죽은 건 조수석에 앉아 있던 네 살배기 아들 나오야야.

차는 조수석이 무참하게 찌그러져 밖에서 시신이 보이지 않는 상태였다. 아동용 카시트를 사용했으므로 빨리 구급차를 불렀다면 아이의 목숨을 건질 가능성이 있었다고 했다.

―너희가 죽이려 했던 사람은 두 눈의 시력을 잃고 집에서 요양하고 있지.

전부 너무 늦었다. 이제 내가 할 수 있는 일이라고는 동생을 찾아내는 것밖에 없다. 모리노 마사야는 애가 탄 나머지 목구멍 깊은 곳에서 끙끙거리는 소리를 흘리며 달렸다. 필사적으로 두 다리를 움직였다.

티셔츠 안쪽에서 식칼을 꽉 움켜쥔 채.

16

구마지마는 상점가 한복판에 우두커니 서 있었다.

대나무 피리와 큰북 소리가 점점 커졌다. 축제 음악 연주자들을 태운 수레가 다가왔다. 나는 대체 뭘 하는 걸까. 언제까지 이런 곳에서 어정거리고 있을 건가. 뭘 해야 할지 다 알면서. 당장이라도 유카리장으로 돌아가 야스미 구니오를 추궁해야 하는데.

구마지마는 손에 든 라크 담뱃갑을 노려보았다.

유미코의 집 쓰레기통에서 이 담뱃갑을 꺼낸 것은 같이 들어 있던 머리카락을 얻기 위해서였다. 먼지 사이로 라크 담뱃갑 옆에 있던 머리카락 한 올이 보였던 것이다. 유미코의 머리카락보다 굵고 짧은 머리카락. 야스미 구니오의 머리카락.

그 견본은 살해 현장 근처에서 채취된 머리카락과 동일한 것으로 밝혀졌다.

이제 틀림없다.

하지만 구마지마는 발을 떼지 못했다. 도저히 유카리장의 문을 두드리고 야스미 구니오에게 설명을 요구할 수가 없었다. 구마지마는 십수 년이나 형사로 살아왔다. 그러나 그보다 훨씬 오랫동안 인간으로 살아왔다.

야스미 구니오가 마지막으로 본 것은 청년들의 얼굴이었던 모양이다. 레저용 차량의 소유자인 가지와라 나오토, 그리고 모리노 마사야와 모리노 히로유키 형제. 4월 5일 밤, 세 청년이 타고 가던 차는 가지와라 나오토의 부주의한 운전 때문에 야스미 구니오의 차와 사고를 일으켰다. 가지와라 나오토는 사고를 은폐하고자 아직 살아 있던 야스미 구니오를 무참히 살해하려고 했다. 운전대에 야스미 구니오의 얼굴을 수없이 내리치는 방법으로. 다른 두 사람은 말리지도 않고 그 광경을 보고만 있었다. 어린 야스미 나오야가 조수석 밑에서 죽어가는 것도 모르고서.

내가 야스미 구니오였다면 똑같이 행동했을까. 구마지마는 무작정 아니라고 부정할 수 없었다. 방법은 어쨌거나 자신도 분명 몸이 불타버릴 만큼 청년들에게 격한 살의를 품었을 것이다.

야스미 구니오가 저지른 짓을 순서대로 머릿속에 그려보았다.

그는 아오키 모터스라는 카센터에 전화를 걸어 흰색 깜빡이 커버를 집으로 배달시켰다. 이게 5월 중순이었다. 야스미 구니오는 분명 전화번호 안내 서비스에 전화를 걸어서 시내의 카센터라면 어디라도 상관없다는 식으로 말했을 것이다. 상담원은 목록의 가장 위에 있는 가게 전화번호를 알려주었다. 아오키 모터스가 전화번호부 가장 위에 있다는 사실은 이미 확인했다.

야스미 구니오는 입수한 깜빡이 조각을 사용해서 덫을 놓았다.

본인에게도 위험한 덫이었다. 같이 죽더라도 상관없다는 각오였을지도 모른다. 그는 매일같이 시력을 잃은 몸을 이끌고 터널 출구 부근으로 가서 사고 현장에 깜빡이 커버 조각을 놓아두었다. 그리고 상대가 나타나기를 기다렸다. 아마도 그 키 큰 참억새와 미국미역취 덤불 속에서. 성공할 확률이 얼마나 낮은지는 분명 그의 머릿속에 없었다. 그저 자신이 실행할 수 있는 방법으로 상대에게 복수하려고 했다. 유카리장에서 길을 쭉 따라가면 터널이 나온다. 그 길을 왕복하는 건 눈이 보이지 않는 야스미 구니오에게도 불가능한 일이 아니었다.

그리고 상대는 마침내 덫에 걸렸다. 레저용 차량을 운전하던 가지와라 나오토는 길가에 떨어져 있는 플라스틱 조각을 보고 자신의 차에서 떨어져나갔을지도 모른다고 생각해 차를 세우고 플라스틱 조각을 주웠다. 그리고 다시 차로 돌아가려다가 야스미 구니오에게 살해당했다. 흉기로 사용한 돌은 가방에라도 넣어서 가지고 다닌 걸까. 돌로 정수리를 내리칠 수 있었던 이유는 아마도 가지와라 나오토가 바른 헤어왁스의 냄새였을 것이다. 야스미 구니오는 시력을 잃은 대신 후각이 민감해졌을 테니까. 단번에 죽일 수 있다는 확신은 없었을지도 모르지만, 상대의 머리가 어디에 있는지는 짐작했으리라.

사람을 착각할까 봐 염려되지는 않았을까. 구마지마는 그게 의문이었다. 동시에 가장 무섭게 느껴지는 부분이기도 했다. 오직 냄새를 근거로 상대를 가지와라 나오토로 판단해 죽였는데, 만약 그 사람이 우연히 똑같은 헤어왁스를 사용한 다른 사람이었다면.

"뭔가 말했나……?"

살해당하기 직전에 가지와라 나오토가 말을 꺼냈을 가능성도 있다. 그는 거기서 뭔가를 말했다. 야스미 구니오는 그 목소리를 듣고서 상대가 자신을 지옥으로 떨어뜨린 인물이라고 확신하고 돌로 내리쳤다.

어제 유카리장에서 본 광경. 바깥 복도의 화단형 화분. 뚜껑이 열린 화살집. 흐트러진 화살 깃. 궁도에서 사용하는 화살은 그렇게 예리하지는 않지만, 남자의 힘이라면 충분히 그걸로 사람을 찔러 죽일 수 있다. 어제 오후, 모리노 마사야의 동생 모리노 히로유키는 유카리장을 찾아갔다. 사정을 오해하고 유미코에게 복수하려고. 유미코가 일하러 나가서 집에 없는 시간대에. 그때 야스미 구니오가 바로 문을 열었는지는 알 수 없다. 아무튼 문에는 체인을 걸어놓았을 가능성이 높다. 실내에 격투를 벌인 흔적이 없었으니, 모리노 히로유키가 집 안으로 들어가지 않았을 것으로 추정되기 때문이다. 야스미 구니오는 문 밖에 있는 상대가 증오스러운 세 사람 중 한 명이라는 사실을 깨닫자 거실 구석에 있던 화살을 꺼내서 현관에 섰다. 체인을 건 상태로 문을 열고, 문틈으로 화살을 쑥 내밀었다. 그러고는 상대의 숨통이 끊어지자 시신을 끌고 집 안으로 들어왔다.

그리고 침실의 침대.

어제 야스미 구니오가 누워 있던 침대. 여름인데도 덮고 있던 오리털 이불이 불룩했다. 한 사람이 덮고 있는 것치고는 부자연스러웠다. 구마지마에게는 야스미 구니오의 얼굴밖에 보이지 않았지만, 그 오리털 이불 밑에는 커다란 뭔가가 들어 있었다. 모리노 히로유키의 몸뚱이. 카본샤프트 화살이 박힌 시신. 침대에 시신을 감춘 건 유미코일 수도 있고, 어쩌면 둘이 힘을 합쳤을지도 모른다. 어제 구마지마가 방문해 안에서 이야기를 하자고 했을 때, 유미코는 빨래를 정리하겠다며 잠시 현관문을 닫았다. 시신을 침대로 옮기기로 마음먹으면 그럴 수 있을 시간이다.

사실 구마지마가 야스미 구니오에게 의심을 품은 건 어제부터였다. 바로 연립주택 거실에 놓여 있던 간장통을 보았을 때부터. 넘어져도 내용물이 쏟아지지 않는 간장통. 구매한 지 얼마 되지 않은 듯했던 간장통. 원래 그렇게 자주 바꾸는 물건도 아니거니와 특히 이런 시점에 새 간장통을 사올까, 생각했을 때 눈이 보이지 않는 야스미 구니오를 위해서 구입한 물건임을 깨달았다. 그리고 시력을 잃은 사람도 혼자서 많은 일들을 할 수 있다는 사실에 새삼 생각이 미쳤다.

그래서 구마지마는 유미코가 평소 집을 비우는 시간대를 확인했다. 유미코는 평일에 아침부터 저녁까지 일을 하러 나간다. 요컨대 그동안 남편이 뭘 했는지 유미코는 모른다. 야스미 구니오가 매일같이 터널 출구에 덫을 놓은들, 그 덫에 걸린 가지와라 나오토를 돌로 때려죽인들. 어제 모리노 히로유키가 연립주택에 왔을 때에도 유미코는 아직 슈퍼마켓에서 근무하고 있었을 것이다.

시끌시끌한 축제 분위기 속에서 구마지마는 눈을 꼭 감았다. 자기가 가지고 있는 정보는 아직 수사본부와 공유하지 않았다. 야스미 구니오가 살인범일 가능성이 있다는 사실을 알아차린 사람은 자신뿐이다. 이대로 입을 다물고 싶었다. 모르는 척하고 싶었다. 하지만 그건 형사로서 용납되지 않는 짓이다. 이렇게나 절실히 형사를 그만두고 싶었던 적은 이번이 처음이었다.

이윽고 구마지마는 한 가지 결론을 내렸다.

수사본부에서 정보를 공유하기 전에 일단 혼자 야스미 구니오를 만나서 진위를 확인한다. 과연 내 추측은 옳은가 그른가. 만약 옳다면 그 자리에서 수사본부에 연락한다. 모든 것이 엉뚱한 망상이라면 그걸로 그만이다. 머리를 쥐어짜내 수사를 속행하면 된다.

결의가 달아나지 않도록 구마지마가 상점가를 걸어가려고 했을 때—.

"뭐야, 저 사람."

어디선가 목소리가 들렸다.

이어서 다른 목소리도 들렸다.

"저 사람 식칼 들고 있지 않았어?"

"헉, 겁주지 마."

그 순간 주변에서 웅성거리는 소리가 사라졌다. 별안간 머릿속에 생긴 공백에 모리노 마사야의 얼굴이 큼지막하게 떠올랐다. 병원에서 도주한 후 동생과 연락과 되지 않자 모리노 마사야가 유카리장으로 향할 가능성은 없을까. 주변을 둘러보았다. 축제 음악 연주자를 태운 수레가 눈앞을 막고 있었다. 구마지마는 인파를 헤치며 움직였다. 수레 너머로 다이헤이 슈퍼마켓의 간판이 보였다. 상점가의 남쪽 끝까지 나아가서 왼쪽으로 꺾어 10분쯤 달리면 유카리장이 나온다. 하지만 혼잡한 거리 상황을 고려하건대 그 두 배는 걸리리라. 일단 상점가를 빠져나와서 골목을 달리는 편이 빠를지도 모른다. 거리는 다소 늘어나도 시간은 단축될 가능성이 있다. 그렇게 생각하는 동시에 구마지마는 축제 수레 뒤를 돌아서 골목으로 뛰어들었다.

손에 라크 담뱃갑을 쥔 채.

17

"오후 7시, 4분."

여자의 기계음성이 작게 울렸다.

구니오가 시각 장애인용 손목시계로 시간을 확인한 것이다.

"내가 경찰에 가서 전부 말할게."

유미코는 침대 가장자리에 걸터앉은 구니오 앞에 꿇어앉아 남편의 셔츠를 양손으로 붙잡았다. 어젯밤에 침대에서 내려놓은 젊은 남자의 시신은 방구석에서 조용히 천장을 쳐다보고 있었다.

어젯밤에 구니오는 유미코에게 모든 사실을 고백했다. 두 사람이 제대로 이야기를 나눈 것은 그 끔찍한 사건이 발생한 뒤로 처음이었다. 구니오는 청년들에게 무참히 폭행을 당해 시력을 상실했다. 그리고 외아들 나오야를—이제 막 유치원의 중간 반으로 올라간 나오야를 잃었다. 그 사실을 알았을 때부터 구니오는 다른 사람이 되어버렸다. 껍데기는 남편이지만, 차갑고 속이 보이지 않는 뭔가로 변했다. 유미코가 아무리 말을 걸어도 그저 자기를 혼자 내버려두라고 말할 뿐이었다. 아무것도 보이지 않는 생활에 혼자 적응해야 한다고 구니오는 말했다. 혼자서 지내는 것이 지금 자신에게는 중요한 일이라고.

달리 어쩔 도리도 없어 유미코는 구니오의 말에 따랐다. 눈이 보이지 않는 남편이 걱정이었지만, 평일 아침부터 저녁까지 일을 하러 나가기로 했다. 그러나 구니오가 혼자 있고 싶어한 이유는 생활에 적응하기 위해서가 아니었다.

"내가 당신 마음을 이해하고 곁에 있었다면 이런—"

"당신 탓이 아니야. 당신은 아무 잘못도 없어."

남편은 두 눈을 꼭 감은 채 턱을 살짝 들어 얼굴에 형광등 불빛을 받으며 대꾸했다. 웃풍처럼 가느다란 목소리에서는 감정도 온도도 느껴지지 않았다.

"이건 내가 혼자 결정하고, 혼자 저지른 일이야. 그러니 내가 끝까지 마무리할게."

그 말을 듣자 온몸에서 핏기가 싹 가셨다. 유미코는 숨을 삼키며 남편의 셔츠를 끌어당겼다.

"끝까지라니……."

구니오는 얼굴에 형광등 불빛을 받으며 켈로이드 흉터가 남은 윗

입술을 들어올렸다.

"여기서 끝내면 의미가 없어. 나를 위해서가 아니라 나오야를 위해서야. 그 세 놈이 나오야의 목숨을 빼앗았지. 세 놈 중 아직 한 놈이 살아 있어."

"여보, 이제 그만—"

"어떤 방법이 좋을지 지금 생각하고 있어. 분명 잘 처리할 방법이 있을 텐데."

유미코가 떨리는 숨을 내쉬며 얼굴을 올려다보고 있으니 구니오는 천천히 입술을 오므리고 턱을 당겼다. 얼굴 전체가 옅은 그림자에 뒤덮였다.

"그래, 꽃이야."

"꽃이라니, 그게 무슨……."

"웬 종교단체가 나오야를 위해 꽃을 놓아둔다고 했잖아. 그 생각을 했더니 방법이 떠올랐어. 나는 또 같은 곳에서 기다리면 돼. 그러면 마지막 한 놈이 올지도 모르지. 친구를 위해 꽃을 들고 찾아올지도 몰라. 친구가 살해당한 그곳으로."

구니오는 유미코를 밀어젖히다시피 하며 일어섰다.

"다녀올게. 거기서 마지막 한 놈을 기다릴 거야. 누군가 나타나면 말을 걸어야지. 나타날 때마다 계속. 그 젊은 남자의 목소리가 들릴 때까지 기다리겠어."

구니오는 양손을 가슴 앞으로 들어올리고 침실을 나서려고 했다. 유미코가 등에 매달리자 휙 돌아서서 어깨를 떠밀었다. 침실을 나선 구니오는 거실 구석으로 다가가 텔레비전 받침대 뒤편의 화살집에서 화살 하나를 뽑았다.

"또 이걸로—"

유미코는 다시 남편의 등에 매달리려고 했다. 하지만 한발 먼저 구니오가 몸을 돌려 손에 든 화살을 내리쳤다. 바람을 가르는 날카로운 소리와 함께 오른쪽 어깨에 강한 충격을 받고 유미코는 거실 바닥에 털썩 무릎을 꿇었다.

"방해하면 용서하지 않겠어."

구니오는 몸을 돌려 현관으로 향했다. 유미코는 일어서려고 했지만, 무릎에 힘이 들어가지 않아서 몸을 일으키지 못하고 앞으로 고꾸라졌다. 구니오는 문을 열고 밖으로 나갔다. 유미코는 얕은 숨을 몰아쉬며 필사적으로 거실 바닥을 기어갔다. 겨우 현관에 다다라 문손잡이에 손을 뻗었다. 유미코는 문손잡이를 잡고 몸을 일으켰다.

"여보—"

몸을 문 밖으로 내밀고 바깥 복도의 난간을 양손으로 붙잡았다.

"구니오 씨!"

유미코는 난간에서 몸을 내밀고 어두운 골목을 향해 외쳤다. 귀를 찌르는 브레이크 소리. 그 속에서 들린 둔중한 충돌음. 사람이 어두운 땅바닥을 데굴데굴 구르고, 그 뒤를 좇듯 손에 쥐고 있던 물건이 아스팔트로 떨어졌다.

길가에 처박힌 뒤틀린 몸은 더 이상 옴짝달싹도 하지 않았다.

멀리서 축제 음악이 들렸다.

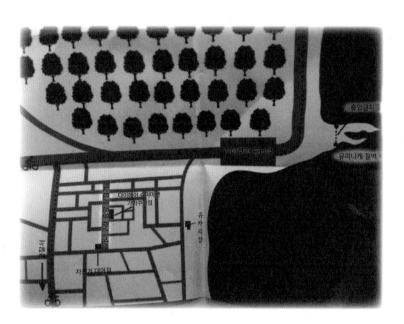

출입금지

가마쿠라 둘레길

유미나게 절벽

다이헤이 슈퍼마켓
가마쿠라점

유카리장

자전거 대여점

제2장

그 이야기를 해서는 안 된다

1

커는 바지 호주머니에 넣은 고추가 눈에 띄지 않도록 허리를 뒤로 **뺀** 자세로 가게를 돌아다녔다. 다이헤이 슈퍼마켓 하쿠타쿠점은 학교 체육관 정도의 규모라, 아주 큰 가게는 아니어도 출구까지의 거리가 너무 멀게 느껴졌다.

바로 근처에서 점원 아주머니가 진열대에 통조림을 진열하고 있었다.

아주머니가 문득 손을 멈추고 커에게 얼굴을 돌렸다. 코와 입은 마스크에 가려서 보이지 않지만, 눈빛만큼은 경찰처럼 날카로웠다. 그 시선을 받자 커는 온몸이 차가워졌지만, 고추 봉지가 든 오른쪽 호주머니만은 불타는 듯 뜨거웠다. 아주머니는 아무래도 커의 얼굴이 아니라 머리를 보는 듯했다. 새빨간 털모자. 어머니의 모

자. 어머니는 이 모자를 커가 태어나기 전에 중국 후베이 성의 집에서 찍은 사진 속에서도 쓰고 있었고, 커가 다섯 살 무렵 세 가족이 하네다 공항에 도착한 기념으로 찍은 사진 속에서도 쓰고 있었다. 그로부터 5년이 지난 지금도 여름을 제외하면 외출할 때 꼭 이 모자를 쓴다. 이걸 몰래 쓰고 온 것은 실수였을지도 모르겠다. 색이 많이 바랬다고는 하지만 역시 시선을 끈다. 지금 자신의 모습은 대체 어떻게 보일까. 반바지에서 튀어나온, 우엉같이 가느다란 다리. 소매가 지저분한 점퍼. 머리에는 빨간 털모자. 하지만 이 모자는 지금 호주머니에 든 작은 고추 봉지처럼 꼭 필요한 물건이었다.

커는 호주머니에 양손을 넣은 채 허리를 뒤로 빼고 걸어갔다. 아주머니가 드디어 시선을 거두고 상품 진열대로 고개를 돌렸다. 그 뒤를 지나칠 때 커는 자신의 작은 몸이 일으킨 약한 바람에 고추 냄새가 섞여서 아주머니의 코에 닿지는 않을까 걱정했다. 커는 의미도 없이 숨을 멈추고 아주머니 뒤를 지나갔다. 아주머니는 아무 말도 없었다. 이쪽을 돌아보지도 않았다. 조금만 더 가면 출구였다. 다섯 줄로 늘어선 계산대를 빙 돌아서—조금만 더. 지네처럼 줄지은 쇼핑 카트 옆을 지나서 자동문을 빠져나갔다. 커는 저도 모르게 발걸음이 빨라졌다. 일단 빨라지자 점점 더 빨라져서 어느덧 정신없이 골목을 달리고 있었다. 생쥐처럼 모퉁이를 돌았다. 한 번 더 돌았다. 곧은길로 나왔을 때 발을 멈추고 뒤를 보았다.

쫓아오는 어른은 없었다.

난생처음으로 시도한 도둑질은 아무래도 성공한 모양이었다.

푹 감싸듯 펼쳐진 겨울 하늘 아래서 커는 다시 걸음을 옮겼다. 아직 끝나지 않았다. 손에 넣어야 할 것이 하나 더 남았다. 반 아이가 일부러 밟아서 부러뜨린 빨강파랑 색연필. 아버지와 어머니에게 곧이곧대로 밝히지도 못하고, 그렇다고 스스로 부러뜨리거나 잃어버렸다는 거짓말도 하지 못해 고민하던 끝에 새것을 훔치기로 결심했다. 용돈을 받지 않으니까 전부 자기 힘으로 손에 넣는 수밖에 없었다. 부러진 색연필도, 고추도.

고추는 부모님이 운영하는 중국집 주방에 얼마든지 있었다. 빨강파랑 색연필도 한가운데가 부러졌으니까 빨간색과 파란색을 따로따로 사용할 수는 있었다. 하지만 만약 아버지나 어머니가 고추를 어디에 쓸 거냐고 물어보면 대답할 길이 없고, 새 빨강파랑 색연필은 더 이상 자괴감을 느끼지 않기 위해서 필요했다.

골목 왼편에 문방구가 보였다. 커의 집처럼 1층이 점포고, 2층은 가정집이었다. 가게 입구는 유리 미닫이문이었다. 미닫이문 옆의 차고에 우중충하니 때가 탄 흰색 소형 밴의 앞부분이 살짝 튀어나와 있었다.

간판의 한자는 '고세키'라고 읽는 걸까, '후루세키'라고 읽는 걸까. 커는 지금까지 두 번 이곳에 와봤다. 어머니가 가게에서 쓸 전표를 샀을 때, 그리고 기억은 나지 않지만 뭔가 다른 물건을 샀을 때 함께 들어갔다. 바닥도 천장도 허름했고, 나무로 된 계산대 너머에 작은방이 있었다. 어머니를 따라왔을 때에는 여름과 겨울이었다. 여름에는 그 작은방에서 선풍기가 덜덜 돌아갔고 겨울에는 고타쓰

(열원을 넣은 틀 위에 이불을 덮은 일본 고유의 난방 기구/옮긴이)가 놓여 있었다. 그리고 두 번 모두 동그란 얼굴에 눈빛이 다정한 할머니가 혼자 조용히 앉아 있었다. 그때 본 불상 같은 할머니의 모습도 오늘 이 문방구를 고른 이유였을지도 모르겠다. 나이 많은 사람은 공경해야 한다고 늘 배웠는데도.

커는 목에 힘이 들어가지 않아서 고개를 숙인 채 땅바닥을 바라보며 문방구로 다가갔다. 구름이 해를 가렸을 때처럼 가슴속이 어두침침한 색깔로 바뀌어갔다.

문득 시선을 느끼고 멈춰 섰다.

눈을 돌리기 전에 짐작은 갔다.

골목 오른편으로 뻗은 길. 그 길 곁에 동네 게시판이 있다. 플라스틱 커버가 갈라진 낡은 게시판. 누군가 있다. 게시판 옆에 서 있다.

쳐다보니 그건 역시 **놈**이었다.

널어놓은 빨래처럼 흐르르하게 마른 몸. 양옆으로 늘어뜨린 흰색 소매가 바람과 상관없이 흔들렸다. 얼굴을 봐서는 안 된다. **보면 끝장이다.** 온몸이 마비된 듯 굳어버렸고, 허파가 오그라들어 목구멍에서 저절로 신음이 섞인 목소리가 새어나왔다. 커는 이를 악물고 호주머니에 오른손을 넣어 고추 봉지를 움켜쥐었다.

"군추취—"

놈의 모습이 희미하게 흐려졌다.

"군추취, 군추취, 군추취—"

그 말을 되풀이하자 이윽고 놈은 옆으로 스르르 미끄러져 게시판 뒤편으로 사라졌다. 어느덧 게시판 아래에는 게시판을 지탱하는 기둥 두 개만 보였다.

커는 고추 봉지에서 손을 떼고 문방구로 돌아섰다.

유리문을 옆으로 살짝 당기자 가볍게 드르륵하며 문이 열렸다. 안에 손님은 없었다. 아니, 계산대 옆에 남자의 등이 보였다. 아주 어중간한 자세였다. 마치 계산대 안쪽에 있는 작은방으로 향하려다가 움직임을 딱 멈춘 듯한 인상이었다. 커의 아버지보다 나이가 좀더 많을까. 갈색 가죽 점퍼 차림이었다. 오래 입었는지 가죽 점퍼에 살아 있는 동물의 피부처럼 가느다란 주름이 져 있었다. 남자는 고개를 돌려 칼자국같이 가느다란 눈으로 커를 보았다. 하지만 바로 고개를 되돌리고는 다시 어중간한 자세를 취했다. 커는 남자 옆으로 안쪽의 작은방을 엿보았다. 고타쓰가 있었다. 고타쓰 앞쪽에 옆을 향한 발이 살짝 보였다. 두툼한 갈색 양말. 그것 말고는 벽에 가려서 보이지 않았다. 주인 할머니는 벽 너머에서 두 다리를 뻗고 앉아 있거나, 드러누워 있는 듯했다. 왜 따뜻한 고타쓰 안으로 들어가지 않은 걸까.

남자는 그저 거기에 서 있을 뿐 할머니에게 말을 걸려는 낌새는 없었다. 그는 등을 돌린 채 몰래 커의 기척을 살피고 있었다. 아니, 그렇게 느껴졌을 뿐인지도 모른다. 커는 입안이 바싹 말라서 따끔따끔했다. 눈만 움직여 주변을 확인했다. 집기 쉬운 곳에 어린이용 학용품들이 많이 진열되어 있었다. 향기 나는 지우개. 크레용. 어린이용 가위와 자. 필기구 진열대는—.

저기다.

그 진열대는 계산대 오른쪽에 있었다. 남자의 바로 옆이었다.

커는 그쪽으로 다가갔다. 진열대 가장자리에는 시필지가 연줄로 매달려 있었다. 그 종이에는 더러운 글씨로 '바카(일본어로 바보라는 뜻/옮긴이)'라고 커의 별명이 적혀 있었다.

마커馬珂라는 성과 이름을 일본에서 바카라고 읽는 줄은 몰랐다. 커가 태어났을 때 이름을 지어준 할아버지도, 멋진 이름이라고 기뻐한 부모님도 전혀 몰랐다. '커'는 하얗고 예쁜 구슬을 가리킨다. 그 구슬은 가족애를 상징하며, 소중한 사람과의 인연을 도탑게 하는 힘이 있다. '마'도 중국에서는 흔한 성씨다. 그 두 말을 붙이면 일본어로 바보를 가리키는 발음이 된다는 사실을 어떻게 상상하겠는가.

다른 것과 마찬가지로 위아래 2단인 필기구 진열대 위쪽 단에 빨강파랑 색연필이 죽 꽂혀 있었다. 캐릭터 샤프펜슬과 볼펜 사이에.

커는 진열대 앞에 섰다.

남자는 이쪽을 보고 있지 않았지만 커와의 거리가 너무 가까웠다. 겨드랑이에 땀이 배고, 머리가 쇠공처럼 무거워져서 커는 고개를 숙였다. 바닥에 볼펜이 떨어져 있었다. 진열대 다리에 반쯤 가려진 상태로. 커는 쪼그려 앉아 볼펜을 집었다. 딱딱한 촉감에 표면이 아주 매끈매끈했다. 언젠가 텔레비전에서 본 오래된 프랑스제 권총이 생각나는 것이, 아무래도 어린아이가 건드리면 안 될 듯한 느낌이 들었다. 커는 진열대로 눈을 돌렸다. 똑같은 볼펜 몇 자루가 아래쪽 단에 꽂혀 있었다. 투명한 아크릴 펜꽂이에 붙은 가격표에 100엔이라고 적혀 있었다. 뭔가 잘못된 걸까. 500엔이나 어쩌면 1,000엔쯤은 할 것 같은데.

커는 주운 볼펜을 그 자리에 꽂았다. 남자가 그 모습을 보고 착한 일을 했으니까 학용품을 하나 사주겠다고 하지 않을까 살짝 기대했다. 하지만 남자는 여전히 이쪽을 보고 있지 않았다. **보고 있지 않았다.**

커는 턱을 들고 빨강파랑 색연필에 손을 뻗었다.

그러나 금방 손을 거두었다.

겁이 나서 그만둔 것이 아니다. 키가 작아서 위쪽 단의 상품에 손이 닿지 않은 것이다. 손이 닿지 않으면 훔치지 못한다. 남자나 방에 있는 할머니에게 이걸 꺼내달라고 부탁하고서 훔치는 건 더욱 안 된다. 낙담과 안도감이 온몸에 스며들었다. 커는 쪼그라든 풍선처럼 숨을 내쉬고 고개를 숙이며 뒤로 돌아섰다. 그대로 문으로 향하는데, 저건 뭘까―.

커는 문방구를 나섰다.

하지만 잠깐 걸어가다가 멈춰 섰다.

방금 본 것들이 뒤섞여서 머릿속을 돌아다녔다.

남자의 묘한 모습. 고타쓰 앞쪽에 보였던 발. 집기 쉬운 곳에 놓여 있던 크레용, 향기 나는 지우개, 어린이용 가위와 자. 비싸 보이는데 100엔이었던 볼펜. 손이 닿지 않는 곳에 꽂혀 있던 어린이용 필기구. 마지막에 얼핏 보인 **바닥의 붉은 얼룩.**

심장이 쿵쿵쿵쿵 뛰었다. 커는 어린이집에서도 학교에서도 바보라고 불리며 놀림을 받았다. 하지만 커는 바보가 아니다. 머리가 좋다고 자부한다. 일본어도 금방 배웠고, 시험 문제도 전부 풀 줄 알았다.

심장 소리가 점점 커졌고, 차가운 뭔가가 두 발에서 배로 기어올랐다. 그런데 눈 안쪽은 점점 밝아졌다.

커는 주변을 둘러보았다. 놈의 기척은 없었다. 어머니의 털모자와 호주머니에 넣어둔 고추 덕분일까. 아니다. 커는 알고 있었다. 놈은 커가 이렇게 고개를 들고 있을 때에는 절대로 나타나지 않는다. 커가 축 처져서 몸을 웅크리거나 고개를 숙였을 때 모습을 드러낸다. 예를 들면 등하교를 할 때. 쉬는 시간이 끝나기를 가만히 기다리고 있을 때. 반 아이들에게 하려는 말을 가슴과 목구멍 사이로 왕복시키다가 결국 아무 말도 하지 못하고 급식 반찬을 삼킬 때. 놈은 골목 모퉁이, 교문 밖, 다른 학년이 체육 수업을 받는 운동장 구석 등에 서서 흰색 두 소매를 흔들흔들 흔든다.

차락, 하고 짤막한 소리가 들렸다.

뒤쪽에서였다. 커가 돌아보자 문방구 유리문에 무늬 같은 것이 보였다. 아니, 저건 커튼이다. 안쪽에 있는 커튼을 친 모양이었다. 커는 귀를 기울였다. 아무 소리도 들리지 않았다. 유리문 쪽으로 한 발짝 다가갔다. 한 발짝 더. 또 한 발짝. 커튼을 쳐서 안은 보이지 않았다. 하지만 커튼 아래쪽에 2센티미터 정도의 틈이 있었다.

길 앞뒤를 확인했지만, 여전히 아무도 지나다니지 않았다.

커는 재빨리 납작 엎드려 차가운 아스팔트에 왼쪽 뺨을 댔다. 계산대 안쪽에서 아까 그 남자가 몸을 웅크리고 있었다. 고타쓰가 있는 작은 방. 방금 양말을 신은 두 발이 보였던 바로 그곳. 손은 벽에 가려서 보이지 않았지만, 다다미에 한쪽 무릎을 짚은 남자가 자잘한 작업을 한다기보다는 **커다란 뭔가**를 상대하듯이 움직이는 것이 보였다. 가끔 무릎을 띄우고 온몸을 앞으로 내밀거나 게처럼 옆으로 이동했다가 다시 돌아오기도 했다. 잠시 후 남자가 갑자기 얼굴을 이쪽으로 돌려서 커는 뒤로 펄쩍 물러났다.

귓속이 끼잉, 하고 울렸다.

머릿속에 영상이 뚜렷이 보였다. 커가 문방구에 들어가기 조금 전의 영상이었다. 남자가 유리문을 열고 문방구로 들어간다. 할머니가 안에서 나온다. 두 사람은 뭔가 짧은 대화를 나눈다. 남자가 느닷없이 할머니에게 덤벼들자 할머니는 도망치려고 한다. 남자가 뒤에서 할머니를 붙잡자 할머니는 몸부림을 친다. 둘 중 한 명의 손이 필기구 진열대를 잡고 쓰러뜨린다. 남자는 칼을 꺼내서 할머니의 가슴을 찌른다. 바닥에 쓰러진 할머니는 움찔움찔 경련하며 몸을 좌우로 비틀다가 이윽고 잠잠해진다. 남자는 할머니의 시체를 작은 방으로 끌고 가서 고타쓰 앞에 눕힌 후, 가게로 돌아와 넘어진 진열대를 원래대로 되돌린다. 바닥에 엎질러진 필기구도 다시 꽂으려고 하지만 원래의 위치가 기억나지 않는다. 실은 다른 진열대와 똑같이 어린이용은 아래쪽 단에, 어른용은 위쪽 단에 놓아야 하지만, 그걸 모르고 어린이용을 위에, 어른용을 아래에 진열한다. 각

상품이 어느 펜꽂이에 들어 있었는지도 기억나지 않으므로, 역시 되는대로 넣는 수밖에 없다. 그래서 100엔 가격표가 붙은 펜꽂이에 고급 볼펜을 넣고 만다. 그후에 남자는 할머니의 시체를 처리하려고 한다. 그런데 그때 커가 들어온다. 남자는 작은방 앞에 서서 방해자가 사라지기를 가만히 기다린다. 잠시 후 커가 밖으로 나간다. 남자는 할머니의 시체를 커다란 천에 둘둘 만다. 그리고 시체를 짊어지고는 작은방 안쪽으로 향한다. 그곳에는 차고로 통하는 문이 있다. 전에 왔을 때 커는 그걸 보았다. 남자는 천에다 둘둘 만 시체를 짊어진 채 문을 빠져나가서 우중충하니 때가 탄 흰색 소형 밴의 슬라이드 도어를 열고—.

짧게 으르렁거리는 듯한 소리가 났다.

분명 자동차 슬라이드 도어가 열리는 소리였다.

그것이 진짜 소리임을 알아차리기까지 몇 초가 걸렸다. 상상 속에서 본 소리 없는 영상과 조금의 차이도 없이 똑같은 시점에 진짜 소리가 들렸기 때문이다.

커는 재빨리 몸을 움직여 문방구 벽에 찰싹 달라붙었다. 눈앞의 차고에서 소형 밴이 앞부분을 빼꼼 내밀고 있었다. 그 차와 벽 사이에 있는 세로로 긴 어둠. 그쪽으로 천천히, 느릿느릿 상체를 기울였다. 먼저 드러난 왼쪽 귀에 어둠 속의 차가운 공기가 닿았다. 이어서 왼쪽 눈이 어둠을 들여다보았다. 뭔가가 꾸물꾸물 움직였다. 아까 본 남자가, 모포에 둘둘 만 길쭉하고 큼지막한 뭔가를 끌어안고 있었다. 그걸 뒷좌석에 쑤셔넣자 차가 살짝 흔들렸다. 남자가 슬라이드 도어를 닫고 얼굴을 이쪽으로 돌리는 순간, 커는 상체를 옆으로 확 뺐다.

아마도 들키지 않았을 것이다.

몸을 돌린 커는 골목 모퉁이로 뛰어들어 벽에 몸을 붙였다. 운전석 문이 닫히는 소리. 시동이 걸리는 소리. 엔진 소리가 점점 커지더니, 소형 밴이 바로 눈앞을 달려갔다. 좁은 골목에 알맞지 않은 속력으로. 차가 지나칠 때 운전석에 앉은 남자의 옆얼굴이 아주 잠깐 눈에 들어왔다. 운전대를 덮을 것처럼 몸을 웅크린 채 앞으로 바짝 붙어 앉은 남자는, 할아버지가 들려준 요괴의 모습처럼 사납게 눈을 치켜뜨고 있었다.

2

커는 꿈속을 걷는 듯한 기분으로 집으로 돌아갔다.

발에 닿는 땅바닥의 감촉은 느껴지지 않았고, 그저 거리의 풍경만이 얼굴 양옆을 스르르 흘러갔다. 어쩌지. 어쩌지. 어쩌지……상상이 들어맞았는지도 모른다. 마침내 상상한 일이 현실이 되었는지도 모른다.

지금까지 상상이 실현된 적은 없었다. 잠자리에 들었을 때나 학교에서 쉬는 시간을 혼자 보낼 때에 상상한 일들은 단 한 번도 실현되지 않았다. 만약 내일부터 학교에서 중국어 수업을 한다면. 만약 중국어 시간에 선생님이 막막한 표정으로 내게 중국어를 묻는다면. 만약 중국어 시간이 끝나고 아이들이 중국어를 배우려고 내 자리로 몰려온다면. 만약 텔레비전 방송에 부모님의 가게가 소개되어서 손님이 늘어난다면. 만약 돈을 많이 벌어서 부모님의 가게가 더 커지고 깔끔해진다면. 만약 좋은 집으로 이사 간다면. 세 가족의 이부자리를 깔면 방이 꽉 차는 집 말고, 내 공부방이 있는 집에 산다면. 만약 아버지가 역시 가게를 그만두고 중국으로 돌아가자고 한다면.

가게 건물 옆쪽에 붙은 바깥 계단으로 2층에 있는 집에 들어갈 수 있다. 하지만 커는 그 계단을 올라가기 전에 커다란 종이에 '하오짜이라이(好再徠 : 좋았으면 또 오라는 뜻의 중국어/옮긴이)'라고 적어서 붙인 가게 유리문을 열었다.

"다녀왔습니다······."

아버지는 볼일이 있으면 2층 내선전화로 말하고, 웬만해서는 가게에 드나들지 말라고 했다. 처음부터 그랬던 건 아니다. 일본에 와서 가게를 차린 직후에는 자주 식탁에 앉아서 빙수를 먹거나, 그릇에 남은 얼음을 깨물어먹거나, 숙제를 하거나, 종이접기를 하면서 놀기도 했다. 아버지가 가게에 드나들지 말라고 한 건 손님들의 발길이 끊기고 나서부터였다. 분명 텅 빈 가게를 커에게 보여주기 싫었던 것이리라. 가게는 통유리로 되어 있어서 바깥에서도 안이 보였다. 하지만 썰렁한 공간을 밖에서 봤을 때와 실제로 그 안에 들어갔을 때 받는 인상이 천지 차이임은 커도 알고 있었다. 가게 안은 오래 전부터 멈춰 있었음을 알 수 있는 분위기로 가득했다. 지금도 커는 그 분위기에 몸을 적시며 다가오는 어머니의 얼굴을 올려다보았다.

"들어오면 안 된다고 했잖아."

어머니는 주방에 있는 아버지에게 들리지 않도록 속삭이는 목소리로 따끔하게 말했다.

중국을 떠나기로 결정했을 때부터 어머니는 일본어를 열심히 공부했고, 일본에 온 뒤로도 헌책방에서 교재를 사서 연습했으므로 어느 정도는 일본어를 구사할 줄 알았다. 손님과도 물론 일본어로 말했다. 하지만 아버지와 커하고는 중국어로 대화했다. 일본어를 쓰면 아버지가 화를 내기 때문이었다. 화가 났을 때 아버지는 꼭 애국심이라는 말을 썼다. 아버지는 일본에 와서 중국집을 운영하는 것도 애국심 때문이라며 알쏭달쏭한 논리를 폈지만, 그게 거짓말이라는 사실은 커도 잘 알고 있었다. 중국에 살던 시절 아버지는 나라와 정치에 불평만 늘어놓았다.

"이상한 걸 봤어."

커의 말에 어머니는 "응?" 하고 눈살을 모으고 귀를 내밀었다. 커는 발돋움을 해서 어머니의 귀를 보며 같은 말을 했다. 어머니는 무뚝뚝하게 고개를 끄덕이고는 더 이상 듣지 않겠다는 듯이 얼굴을 들었다.

"지금은 일하느라 바쁘니까 나중에 이야기해."

어머니는 뒤쪽 주방을 신경 쓰며 그렇게 말했다.

그 이야기를 해서는 안 된다   107

환풍기가 돌아가는 소리가 나지 않는 것으로 보아 아버지는 요리를 하는 것 같지 않았지만, 아까부터 뭔가 쇠붙이가 서로 부딪히는 소리가 들렸다. 냄비나 프라이팬이라도 정리하는 걸까. 들려오는 소리는 아주 요란했다. 손님도 오지 않고, 돈도 없고, 자기 외아들이 이렇게 기운 없이 말하는 사람으로 변한 데에 화풀이라도 하듯이.

"손님도 없으면서."

커는 일본어로 최대한 빨리 그렇게 중얼거렸다. 어머니는 또 "응?" 하고 못마땅한 듯이 눈살을 모았다.

"아무것도 아니야."

커는 돌아서서 유리문을 밀고 가게를 나섰다. 줄줄이 주차된 차가 눈에 들어왔다. 시간제 주차장은 늘 거의 가득 차 있다. 가게는 큰길에 면해 있지만, 이 주차장 때문에 달리는 차에서는 가게가 보이지 않는다. 그래서 손님이 오지 않는다. 아니, 처음에는 왔으니까 주차장 탓은 아닐지도 모른다.

옆에서 불어온 바람에 앞머리가 흔들렸다. 귀가 찢어질 것처럼 아팠다. 그제야 커는 어머니의 모자를 쓰지 않고 있다는 사실이 떠올랐다. 아까 가게에 들어갈 때 멋대로 가져간 걸 들키지 않도록 벗어서 책가방에 쑤셔넣었던 것이다.

커는 고개를 숙인 채 이마를 올려다보듯이 눈을 치켜떴다.

길 저편에 놈이 있었다.

얼굴을 보기 직전에 턱을 당겼지만, 상대의 몸은 아직 시야에 남아 있었다. 흐르르하게 마른 몸으로, 양옆으로 늘어뜨린 흰색 소매를 흔들고 있었다. 커는 호주머니에 오른손을 넣어 고추가 든 봉지를 움켜쥐었다. 등을 돌려 2층으로 이어지는 바깥 계단을 뛰어올라가기 직전, 놈이 한 손을 이쪽으로 슥 뻗는 것이 보였다.

3

이쪽을 향해 서 있던 소년이 멍한 표정으로 오른손의 식칼을 쳐들어 자기 정수리에 꽂았다. 머리에서 뿜어져나온 검은 피가 소년이 입은 반소매 티셔츠에 쏟아졌다. 어깨, 가슴, 배를 적신 피는 반바지에도 스며들어 온몸을 시커멓게 물들였다. 그림자 같은 모습으로 변한 소년은 질척질척하게 녹아서 진짜 그림자처럼 지면에 퍼지더니 갑자기 사라졌다. 커는 엄지손가락으로 교과서 모서리를 젖혀 종이를 촤라락 넘겼다. 다시 소년이 이쪽을 향해 서 있었다. 오른손의 식칼을 머리에 꽂고, 피로 검게 물든 온몸이 질척질척하게 녹아서 사라졌다. 커는 엄지손가락으로 교과서를 모서리를 다시 젖혔다.

한 번 더 소년을 죽인 후 커는 책상 위의 교과서를 뒤집었다. 이쪽 페이지 모서리에는 다른 만화를 그려놓았다. 둘 다 이 교과서를 받고 첫 수업 시간에 그린 것이었다. 이쪽 페이지 모서리에서는 소년이 왼쪽으로 비틀비틀 걸어갔다. 그 앞에 소년과 키가 비슷하고 얼굴이 흐릿한 인간 형체가 서 있다가 다가오는 소년에게 한 손을 뻗었다. 그 손이 소년의 소맷자락을 붙잡고, 두 사람은 왼쪽으로 훌쩍 이동해 페이지 바깥으로 사라졌다.

시낭에 대해서는 할아버지가 말해주었다.

—산속에서 살지.

무시무시한 요괴라고 했다.

—가만히 서 있다가 옆으로 다가온 사람의 소맷자락을 잡아. 소맷자락을 붙잡힌 사람은 죽는단다.

중국에서 함께 살 때, 할아버지는 밥을 먹은 후 커다란 주무랑마(에베레스트의 중국어 명칭/옮긴이)의 사진을 걸어둔 거실에서 차를 마시며 늘 요괴 이야기를 해주었다. 커가 부모님과 일본에 오기까지, 할아버지의 이야기에 흥미를 느낀 것은 기간으로 따지면 약 1년 정도였지만 들은 이야기는 허다하게 많았다. 할아버지는 늘 평소와 다름없이 쾌활하게 이야기했다. 그래서인지 요괴가 존재한다는 것이 아주 당연하게 느껴졌다.

—반대로 놈의 소맷자락을 붙잡으면 죽일 수 있어. 뭐, 그럴 용기가 있는 사람은 없겠지만.

그러므로 시낭은 지금도 어딘가에 살아 있다고 했다.

할아버지가 요괴 이야기를 해줄 때마다 커는 정말로 무서웠다. 입술에 힘을 주지 않으면 눈물이 터질 것 같았고, 늘 이야기를 듣다가 할아버지의 무릎에 매달리게 되었다. 어쩌면 할아버지는 그게 재미있어서 요괴 이야기를 들려주었는지도 모르겠다.

—하지만 걱정 말거라.

무슨 이야기든 할아버지는 반드시 그렇게 끝맺었다.

—잘 기억해두렴. 이 말을 읊으면 모두 쫓아버릴 수 있으니까.

할아버지는 '군추취'라는 말을 가르쳐주었다. 들을 때마다 커는 머릿속에 단단히 새겼다. 하지만 자신이 언젠가 정말로 그 말을, 그 것도 외국에서 읊을 날이 올 줄은 상상도 하지 못했다. 그때는 그저 소리로만 기억했지만, 이제는 글자와 뜻도 알았다. 군추취滾出去는 일본어로 '꺼져'나 '사라져'에 해당하는 말이었다.

"이 글자는 거기서 생겨난 거야."

칠판 앞에서는 담임인 이소베 선생님이 '인印'이라는 한자가 만들 어진 배경을 설명하고 있었다. 왼쪽 부분이 아래를 향한 손. 오른쪽 부분이 꿇어앉은 사람. 원래는 '꿇어앉은 사람에게 표시를 하다'라 는 뜻이라고 한다.

"이것저것 조사해봤지만 무슨 표시인지는 나도 잘 모르겠구나."

예를 들면 학생들이 자기 소지품에 이름을 적듯이, 옛날에는 높 은 사람이 노예의 머리에 무슨 표시를 한 걸까. 아니면 착한 일을 한 사람을 칭찬하는 의미에서 표시를 한 걸까. 커는 자신이 누군가 의 앞에 꿇어앉은 모습을 상상했다. 그 누군가가 한 손을 자신의 머 리에 대는 모습을 떠올렸다. 중국 한자라면 왼쪽 부분의 가장 아래 가로획은 오른쪽 위로 삐친다. 그걸 염두에 두고 상상해서인지 커 의 머리로 다가오는 것은 손이라기보다 칼날 같은 이미지였다. 머 리에 칼날이 깊이 박히자 교과서 가장자리에 그려놓은 소년처럼 피가 뿜어져 나와서 온몸이 검게 물들었다.

선생님이 이름을 불러서 커는 고개를 들었다.

"……네."

반 아이들은 몸도 입도 움직이지 않았지만, 뭔가를 재빨리 공유하는 기척이 느껴졌다.

"중국에서도 같은 한자를 쓰니?"

선생님은 친구가 없는 커를 가엾게 여겼다. 그래서 이렇게 가끔 중국에 대해서 묻곤 했다. 그런 행동이 반 아이들에게, 예를 들면 밥공기에 밥 말고 이상한 것이 한 알 들어 있는 듯한 기분을 불러일으키는지도 모르고서.

생각하듯 잠깐 뜸을 들인 후 커는 대답했다.

"모르겠어요."

다른 아이들보다 뭔가를 잘 알아서는 안 된다. 커는 초등학교에 입학해 처음 친 시험에서 만점을 받았다. 그리고 결국 1년 내내 전 과목 만점이었다. 1학년 마지막 시험 결과가 나왔을 때, 쉬는 시간에 화장실에 다녀오자 책상 속에 넣어둔 답안지가 갈가리 찢어져 있었다. 그후로 커는 시험에서 꼭 50점 정도만 받았다. 답은 전부 알지만, 정답 칸의 반 정도를 틀린 답과 빈칸으로 채웠다. 그래서 성적도 2학년 1학기부터 쭉 '보통'이었다. 일본에서 좀처럼 찾을 수 없는 것이 성적표에만 있었다.

"모르는구나. 하긴 너도 일본에 온 지 오래되었으니."

사람을 투명인간으로 만드는 듯한 소리를 아무렇지도 않게 하고 나서 선생님은 다시 수업을 진행했다.

교과서 가장자리에 그린 만화로 시선을 돌리자 바로 왼쪽에 있는 창문 너머에서 하얀 것이 살짝 흔들리는 게 보였다. 커는 목에 힘을 꽉 주었다. 아니면 창문으로 고개를 돌릴 것만 같았다. 오른손을 바지 호주머니로 뻗어 어제부터 계속 넣어둔 고추 봉지를 만졌다. 속의 고추가 부러지지 않도록 조심스레 움켜쥐었다. 눈을 반쯤 감아 시야를 좁히면서 어제 문방구에서 있었던 일을 떠올리자 불안과 공포가 거품처럼 다시 솟아올랐지만, 반쯤 감은 눈 안쪽에서는 밝은 빛이 희미하게 부풀어올랐다. 나는 엄청난 광경을 보았다. 그 할머니는 살해당해서 어딘가로 옮겨졌다.

"무슨 일 있었지?"

쉬는 시간이 되자 어느 틈엔가 야마우치가 책상 옆에 서 있었다.

반에서 유일하게 커에게 말을 걸지만, 반에서 유일하게 이야기를 하기 싫은 아이였다.

"있었던 거지, 무슨 일이."

할아버지가 가지고 있던 옛날 흑백사진에 찍힌 사람처럼 새하얀 얼굴. 웃음을 짓자 가느다란 두 눈이 손톱 끝처럼 활 모양으로 변했다. 커의 책상을 짚은 삐쩍 마른 오른손 손등에는 시커멓게 때가 탄 거즈가 종이테이프로 고정되어 있었다.

커는 시선을 돌리고 고개를 저었다.

"아무 일도 없었어."

"거짓말."

야마우치는 4학년이 된 지 얼마 지나지 않아서 커에게 살갑게 굴기 시작했다.

어느 날 수업을 마치고 집으로 돌아갈 때였다. '전철 공원' 옆에서 둔탁한 소리가 들렸다. 뭔가를 비비는 듯한 소리가 그 뒤를 이었다. 전철 공원은 통칭이고, 진짜 이름은 몰랐다. 선로 옆에 있지만 안쪽이 벽돌담으로 막혀 있어서 사실 전철은 보이지 않았다. 소리가 들린 곳은 벽돌담 근처였다. 하지만 공원은 조용하니 아무도 없었다.

대체 뭔가 싶었는데 또 들렸다.

둔탁하고 묵직한 소리와 뭔가를 비비는 듯한 소리.

커는 그때 가만히 서서 샤오헤이를 생각했다. 할아버지가 주워 와서 키우기 시작한, 척 보기에도 잡종 같은 느낌의 개였다. 쓰다듬어주면 늘 커의 손에 몸을 비비며 재롱을 떨었다. 일본에는 데려오지 못해서 지금은 할아버지와 함께 중국에서 살고 있다.

어째서인지 벽돌담 너머에 개가 있는 듯한 기분이 들었다. 커는 상상 속에서 담에 매달려 건너편을 들여다보았다. 검고 작은 개가 이쪽을 올려다본다. 개는 지금까지 무엇을 하고 있었는지 알려주기라도 하듯, 벽돌담을 향해 힘껏 뛰어올라서 몸을 쿵 부딪친 후 땅으로 주르르 미끄러져 떨어진다. 아무래도 잘못해서 선로 쪽으로 들어갔다가 어떻게든 이쪽으로 돌아오려는 모양이다. 커는 몸을 담 위로 끌어올려서 배로 균형을 잡으며 건너편에 양손을 내민다. 개는 커의 뜻을 이해하고 다시 뛰어오른다. 커는 타이밍을 맞춰서 개의 앞다리를 붙잡는다. 그러고는 개를 끌어올려서 품에 안고 공

원으로 뛰어내린다. 기르고 싶었지만 집으로 데려가면 아버지에게
혼날 테니 여기에 놔두는 수밖에 없다. 커가 등을 돌려 걸어가자 개
가 따라와서 결국 개는 커의 집 옆에서 살게 된다. 다른 사람들 몰
래 건물과 건물 사이에서. 커는 자신의 급식과 저녁밥을 늘 조금 챙
겨두었다가 개에게 먹이러 가서 해가 질 때까지 놀아준다.

커는 그런 상상을 하면서 벽돌담으로 다가갔다.

그러나 담은 멀리서 볼 때보다 훨씬 높아서 도저히 매달릴 수 있
을 것 같지 않았다. 옆에 은행나무가 있었다. 봄이어서 나뭇가지에
는 아직은 조그맣고 나긋나긋한 잎들이 잔뜩 달려 있었다. 커가 나
뭇가지를 손으로 잡고 발로 밟으며 올라가자 보드라운 잎에서 신
선한 샐러드 같은 냄새가 났다.

커는 높은 나뭇가지에 달라붙어서 벽돌담 너머를 내려다보았다.

몇 번 본 적이 있는 노숙자 할아버지와 같은 반 야마우치가 함께
있었다. 야마우치와 같은 반이 된 지 얼마 되지 않았지만 성씨가 중
국어로 '산속'이라는 뜻이라서 기억하고 있었다. 두 사람은 뭘 하고
있는 걸까. 노숙자 할아버지는 야마우치가 꼼짝도 하지 못하도록
운동복을 붙잡고 있었다. 소매를 걷고 있어서 볕에 탄 팔이 보였다.
해골처럼 수척한 얼굴만 봐서는 상상도 하지 못할 만큼 근육이 탄
탄했고, 세로로 뻗은 힘줄이 굵은 철사처럼 단단해 보였다. 할아버
지는 입속으로 알아듣지 못할 말을 하고 나서 야마우치의 팔을 양
손으로 붙잡더니, 벽돌담으로 힘껏 떠밀었다. 그러고는 야마우치
가 등과 뒤통수를 담에 세게 부딪힌 후 아래로 주르르 미끄러져 내

리자, 또 뭐라고 말하며 야마우치의 멱살을 잡고 일으켜세웠다.

뭐라고 소리를 질렀는지는 모르겠다. 일본어였는지 중국어였는지도 기억이 나지 않는다. 아무튼 할아버지가 번개같이 얼굴을 커쪽으로 돌렸다. 불룩하니 벌건 두 눈이 당장이라도 터질 것 같았다. 할아버지는 무슨무슨 인간은 어쩌고저쩌고라고 소리쳤다. 그때까지 커가 들어본 어른 목소리 중에 가장 컸다. 할아버지는 나뭇가지에 달라붙어서 꼼짝도 하지 못하는 커에게서 눈을 휙 돌리더니, 손에 든 쓰레기를 버리듯이 야마우치의 멱살을 놓고 등을 돌려 걸어갔다.

그 뒷모습이 아주 작아져서 혹시 쫓아와도 달아날 수 있을 만큼 거리가 벌어지자, 커는 나뭇가지에서 벽돌담 위로 이동해 건너편으로 뛰어내렸다.

—……괜찮아?

—괜찮아.

야마우치는 아무렇지도 않게 고개를 끄덕이고는 뒤통수를 문질렀다. 다섯 손가락이 전부 새빨갰다. 야마우치는 피를 바지에 문질러 닦고 다시 뒤통수를 만지더니, 손에 묻은 피를 바지에 닦았다. 몇 번 그러는 동안 손에 묻는 피의 양이 점점 줄어들었다. 어쩌면 오른손 손등의 상처가 더 심각할지도 몰랐다. 벽돌담에 쓸렸는지, 새끼손가락 밑동이 찢어져 있었다. 피를 씻어내면 뼈가 보일 것 같았다. 가슴에는 노숙자 할아버지가 붙잡은 자국이 남아 있었다. 원래부터 때가 찌들어 더러운 흰색 운동복. 그 가슴팍에 검은색으로 인쇄된 'HAPPY'의 H와Y 언저리에 손가락 모양이 갈색으로 남아 있었다.

―굳이 나무에 올라가지 않아도 이쪽으로 들어올 수 있는데.

야마우치는 커의 옆을 지나쳐 벽돌담을 따라서 노숙자 할아버지와 반대 방향으로 걸어갔다. 공원 옆의 봉제공장이 있는 쪽이었다. 크게 다쳤는데도 야마우치는 멀쩡하게 걸었다. 아니, 다치기는커녕 마치 자기한테 아무 일도 일어나지 않았다는 듯한 분위기였다. 한편 얼떨떨하게 야마우치를 따라가는 커는 다리에 힘이 들어가지 않아서 몸을 똑바로 가누기조차 힘들었다. 앞에서 걸어가는 야마우치의 창백한 목덜미에서 피가 흘러내렸다. 세 줄기가 따로따로 마치 내 천川자의 획순처럼 흘러내려서 흰색 운동복에 스며들었다.

―선생님이나⋯⋯경찰서에 알려야 하지 않을까.

커의 목소리가 떨렸다.

―됐어.

야마우치는 몸을 돌리지 않은 채 옆으로 걸었다. 벽돌담 끝부분과 봉제공장 외벽 사이에 비좁은 틈새가 있었다. 커도 그곳으로 빠져나갔다. 그러자 전철 공원 가장자리, 키가 큰 나무가 심긴 화단 옆으로 나왔다.

―도움을 받았으니 보답을 해야겠네.

골목을 성큼성큼 걷던 야마우치는 커가 따라오기를 기다렸다가 말했다.

―무슨 일 생기면 말해.

─그 할아버지는 왜 그런 거야?

─저기서 자고 있길래 입에다 오줌을 쌌거든.

야마우치는 마치 가게에서 뭘 샀느냐는 질문을 받은 것처럼 대답했다. 순수하게 그저 물어봤으니 대답한다는 식이었다. 어쩌면 설명을 해줄지도 모른다 싶어서 커는 뒤따라 걸으며 기다렸다. 하지만 야마우치는 목덜미의 빨간 세로 줄무늬를 비스듬히 비틀며 고개를 돌려, 무슨 일이 생기면 말하라고 아까와 똑같은 말을 되풀이했다.

─왜 그랬는데?

─뭐가?

─입에……오줌 싼 거 말이야.

그러자 야마우치는 몹시 어려운 질문을 받은 것처럼 애매하게 고개를 갸웃거리며 대답했다.

─입을 벌리고 있었으니까.

커는 아무 말도 나오지 않았다. 그저 묵묵히 뒤를 따라서 야마우치네 집까지 걸었다. 야마우치네 집은 수없이 늘어선 셋집 가운데 한 곳이었다. 옆에 있는 커다란 맨션 때문에 볕이 들지 않아서, 벽 전체에 부스럼 딱지처럼 이끼가 끼어 있었다.

─무슨 일 생기면 말해. 꼭 보답하겠다고 약속할게.

야마우치가 현관문을 열고 들어갈 때 잠깐 눈에 들어온 집 안은 아주 어두웠고, 실제로 그럴 리는 없지만 바닥도 벽도 이끼에 푹 덮인 것처럼 보였다.

이튿날부터 야마우치는 교실에서 커에게 말을 걸기 시작했다.

다른 아이와 이야기하는 모습은 지금까지 한 번도 보지 못했다.

커의 가슴속에서 야마우치가 역겹다는 마음이 매일 조금씩 커졌다. 생김새도, 몸을 흔들지 않는 독특한 걸음걸이도 전부 역겨웠다. 무엇보다 역겨운 것은 오른손 손등에 붙인 거즈였다. 전철 공원에서 그 일이 있은 다음 날부터 야마우치는 손등에 거즈를 붙이고 왔다. 그리고 무엇 때문인지 반년이 넘게 지난 지금까지 떼지 않았다. 분명 심하게 다치기는 했지만, 이미 다 나았을 것이다. 시간이 흘러 손등에 붙인 거즈와 종이테이프가 더러워지고 너덜너덜해져서 더 이상 버티지 못할 듯하면 새것으로 바꾸어 붙였다. 그리고 또 조금씩 더러워지면 바꾸어 붙였다. 야마우치는 그런 짓을 몇 번이고 되풀이해왔다.

"거짓말."

야마우치가 같은 말로 대꾸했다.

"무슨 일 있었잖아."

불쾌함이 개미 떼처럼 온몸을 내달렸다. 커는 상대를 노려보며 으름장을 놓는 기분으로 말했다.

"그래, 있었어. 하지만 절대로 말 못할 일이야."

"아, 그렇구나."

야마우치의 가느다란 눈초리가 이마 쪽으로 슥 올라갔다.

"말하고 싶은 것처럼 보이는데, 커."

마지막 부분이 까마귀 울음소리처럼 들렸다. 지금 일부러 입이 아니라 목구멍으로 소리를 냈다. 아니, 그런 기분이 들었을 뿐인지도 모른다. 커는 갑자기 냉정해진 머리로 열심히 생각했다. 그러자 역시 일부러 그런 것이 아닐까 싶었다. 커가 이야기를 들려주지 않으니까 심술을 부리려고 그런 것이 틀림없었다. 이렇게 역겨우면서. 역겨워서 상대해주는 사람이 아무도 없는 주제에.

"어떻게 쉽게 말하겠어?"

억누를 틈도 없이 말이 불끈 쥔 주먹처럼 쑥 솟아올라 목구멍에서 튀어나왔다.

"사람이 살해당했을지도 모르는데."

"이야."

야마우치의 두 눈초리는 여전히 이마 쪽으로 올라간 상태였다. 그 눈으로 커를 보는 것이 아니라, 그 눈을 커에게 보여주고 있었다. 커는 콧속이 뜨끈해져 야마우치에게 몸을 돌렸다. 그리고 젖니를 억지로 비틀어 뽑는 듯한 기분으로 입을 열었다.

"문방구 주인 할머니가 살해당했을지도 모르는데."

"어느 문방구?"

커가 어딘지 말하자 야마우치는 아, 하고 고개를 끄덕였다.

"왜 살해당했는데?"

"그건 모르지. 하지만 여러 가지를 봤어."

"여러 가지라니?"

야마우치가 반쯤 웃는 얼굴로 재촉하자 커는 분노와 초조함에 떠밀려 어제 자신이 본 광경을 설명했다. 목소리는 작았지만 최대한 현장감을 살려, 소형 밴을 엄청난 속도로 운전해서 달아난 남자의 뭔가 썬 것 같은 표정까지 자세하게 말해주었다. 그 일을 어머니에게 알리려고 했으나 들어주지 않았다고도 하마터면 말할 뻔했지만, 간신히 참았다. 그런 소리를 했다가는 마치 지금 자신이 야마우치를 필요로 하는 것처럼 들린다.

"그러니까 아마 할머니는 죽었을 거야."

이야기가 끝나자 올라간 야마우치의 눈초리가 원래 위치로 돌아왔다.

그때 마침 쉬는 시간이 끝났음을 알리는 종이 울렸다.

"뭔가 착각한 거겠지."

야마우치는 별것 아니라는 듯이 말했다.

"그런 일이 생길 리가 있나."

커도 자신의 착각일 가능성은 어제부터 수십 번이나 생각했고, 그렇게 받아들이려고 노력했다. 하지만 야마우치에게 그런 소리를 들으니 반항심이 왈칵 솟구쳤다. 야마우치는 칠판 위의 시계를 힐끗 보면서 등을 돌렸다.

"기껏 뭔가 도움을 줄 수 있을 줄 알았더니만."

마치 커 때문에 손해를 봤다는 듯한 목소리였다. 커는 뭔가 돌이킬 수 없는 말을 크게 외치고 싶은 충동에 사로잡혔다. 그런데 그때 야마우치가 몸을 빙글 돌렸다.

"이거 보답 좀 빨리 하자."

야마우치는 거무스름하니 너덜너덜해진 거즈가 보이도록 오른손을 가슴께로 들었다. 마치 지금 이 순간을 위해서 상처가 다 나은 곳에 거즈를 계속 붙여놓기라도 한 것처럼, 야마우치는 손을 딱 멈춘 채 가만히 있었다.

"기껏 약속했으니까 말이야."

야마우치가 왼손을 오른손으로 가져갔다. 두 번째 손가락을 구부려서 거즈 위쪽에 붙인 더러운 종이테이프에 댔다. 손톱에는 검붉은 뭔가를 후벼 판 것처럼 때가 끼어 있었다. 야마우치가 손가락을 당기자 종이테이프가 짤막한 한숨 같은 소리를 내며 피부에서 벗겨지고, 거즈가 아래로 젖혀졌다. 손등에 검은 구멍이 뻥 뚫려 있었다.

그건 정말로 구멍이었다. 말도 안 되는 줄 알지만, 손바닥의 두께와 폭과는 상관없이 한없이 깊어 보였다.

커가 아무 말도 하지 못하자 야마우치는 익숙한 손놀림으로 달랑거리는 거즈를 잡고 종이테이프를 도로 붙여서 구멍을 덮었다. 그러고는 오른손을 다시 커의 책상으로 뻗어서 국어 교과서를 만졌다. 말릴 새도 없이 야마우치가 교과서 모서리를 좌라락 넘겼다. 페이지 왼쪽 구석에 나타난 소년이, 커가 모서리를 넘겼을 때보다 부드럽게 앞으로 걸어갔다. 앞쪽에 서 있는 인간 형체가 소년에게 한 손을 내밀었다. 그 손이 소년의 소맷자락을 붙잡자 두 사람은 왼쪽으로 홀쩍 이동해 페이지 바깥으로 사라졌다. 야마우치가 눈을 이쪽으로 빙글 돌렸다. 얼굴에 이야, 하고 감탄한 듯한 표정이 맺혀 있었다.

4

커는 일본에 오자마자 어린이집에 다녔다.

즈이오 강을 따라서 바다 방향으로 가면 나오는 하쿠타쿠 어린
이집에서 처음 사귄 친구는 고키라는 아이였다. 서로 말은 거의 통
하지 않았지만 사이가 좋았다. 다른 남자아이들도 딱히 변변한 말
을 주고받을 나이가 아니었으므로, 일본인끼리 친구가 된 것과 거
의 다르지 않았다.

저녁 무렵이 되면 정해진 시간에 고키의 어머니가 어린이집에 고
키를 데리러 왔다. 커는 그때마다 서운했다. 어느 날 초등학교 중
간 학년으로 보이는 여자아이가 고키의 어머니와 함께 왔다. 커는
척 보자마자 그 여자아이가 고키의 누나임을 알았다. 고키의 누나
는 선생님과 어머니가 고키를 부르러 간 사이에 커가 낙서를 하던
스케치북에 크레용으로 자신의 성씨와 이름을 적었다. 전부 한자
로 쓸 수 있으며 글씨가 예쁘다는 걸 자랑하고 싶은 모양이었다. 확
실히 그 나이치고는 글씨를 잘 썼다. 고키의 누나는 턱을 젖히며 커
에게 뭐라고 말했다. 커가 표정으로 되묻자, 몸동작과 함께 다시 한
번 똑같은 말을 했다. 당시 상황에 상상력을 가미해본다면, 아마 책
을 많이 읽어서 더 어려운 한자도 안다고 말한 것이리라. 그러나 일
본어 회화는 거의 못했지만, 커도 글씨 쓰기에는 자신이 있었다. 그
래서 자신의 이름을 고키의 누나 이름 옆에 적었다.

실제로 고키의 누나는 한자를 많이 알고 있었을 것이다. 그 누나

는 자기 이름 옆에 적힌 '馬珂'라는 한자를 보고 당장 커를 노려보았다. '馬珂'를 '바카'라고 읽는 것까지 고키의 누나가 알고 있었는지, 그저 '바'로 시작되는 두 글자를 보고 상상했는지는 모른다. 아무튼 커는 왜 고키의 누나가 노려보았는지 이해하지 못했다. 그래서 크레용 상자를 뒤집어서 고키의 누나에게 보여주었다. 거기에 히라가나로 '마커'라고 자신의 이름을 적어놓았기 때문이었다. 그 이름을 한자로 쓰면 '馬珂'가 된다는 사실을 부족한 일본어를 섞어서 설명했다. 고키의 누나는 그제야 이해하고 바카, 바카, 하며 웃었다. 커도 웃었다. 일본어로는 내 이름을 그렇게 발음하는구나 싶었다. 아직 그 말이 무슨 뜻인지는 몰랐다.

다음 날 어린이집에 가자 아이들이 커를 보고 바카라고 불렀다. 대체 무슨 영문인지는 몰랐지만, 놀리고 있다는 건 이해했고 전날 고키의 누나가 같은 이유로 웃었다는 것도 알 듯했다. 어머니가 일을 마치고 데리러 오자 커는 조금 울면서 그날 있었던 일을 전부 이야기했다. 그때는 어머니도 커와 마찬가지로 놀리는 이유를 이해하지 못하는 듯했다. 일본어를 공부하기는 했지만, 교재에 없는 말이었을 것이다. 아니면 모르는 척한 걸까. 가게로 돌아오자 어머니는 바로 일을 시작했다. 마침 미네타 씨가 와서 주방에서 아버지와 뭔가 이야기를 나누고 있었다. 미네타 씨는 중국집 공동 경영자였다. 음식점을 만드는 회사를 경영하는 사람으로, 성공을 보장하겠다며 중국에서 음식점을 하던 커의 아버지를 설득해 가족과 함께 일본으로 데려왔다. 커는 아버지와 미네타 씨의 대화가 끊기기를 기다렸다가 어린이집에서 있었던 일을 말해보았다. 그러자 미네타 씨가 마침내 이때가 왔다는 듯한 표정으로 뭐가 어떻게 된 건지 중국어로 설명해주었다. 대번에 가슴속이 꽝꽝 얼어붙었고 주변의 소리가 멀어졌다. 커가 난생처음으로 절망을 맛본 순간이었다.

그날부터 커의 목소리는 작아졌다. 작아지면 작아질수록 어린이집 아이들은 커의 이름을 더욱 놀림감으로 삼았다. 하지만 이윽고 커가 전혀 대꾸를 하지 않자 마치 처음부터 그런 아이는 없었던 것처럼 아예 상대를 해주지 않았다.

야스미라는 남자 선생님만이 그 사실을 눈치채고 아이들을 야단쳤다. 지금 돌이켜보면 야단치는 솜씨가 아주 훌륭했다. 그 덕분에 일단은 다시 아이들과 사이가 좋아졌다. 그러나 야스미 선생님은 커가 상급반으로 올라간 봄에 어린이집에서 갑자기 사라졌다. 이유는 어느 선생님도 가르쳐주지 않았고, 지금도 모른다. 야스미 선생님이 없어지자 아이들은 다시 커를 바카라고 불렀고, 놀림은 어린이집을 졸업할 때까지 계속되었다. 커의 목소리도 다시 작아져서 졸업식에서 이름을 불렀을 때 대답한 목소리는 자기 귀에도 들리지 않을 정도였다. 등을 쭉 펴고 서 있는 아이들 사이에서 커는 잇새에 낀 음식 찌꺼기가 된 기분으로 체육관 바닥만 내려다보았다. 그런 상황을 어떻게든 견뎌낸 건 사라진 야스미 선생님 덕분일지도 모른다. 누군가가 지켜주었다는 사실이 약간이나마 힘이 되었다. 간신히 쓰러지지 않을 정도의 힘이.

바카 공격은 초등학교에 입학한 후에도 계속되었고, 거기에 까마귀 공격도 더해졌다. 다들 카아, 카아, 하고 커의 주변에서 까마귀 울음소리를 흉내 냈다. 하지만 실은 '카'가 아니다. '쿠'와 '커'의 중간 발음이다. 그게 자신의 이름이다. 작년에 미네타 씨가 어딘가로 사라진 후, 커의 이름을 제대로 부르는 사람은 이제 아버지와 어머니밖에 없지만.

5

수업이 끝나자 커는 이름이 고세키인지 후루세키인지 모를 문방구로 향했다.

머릿속에서는 절대로 용납되지 않을 염원이 소용돌이치고 있었다. 상상이 진짜였으면. 할머니가 살해당했다는 자신의 상상이 무슨 착각이 아니라 사실이었으면. 그렇다면 야마우치에게 맞지 않느냐고 쏘아붙일 수 있다. 그 역겨운 얼굴이 창피함과 후회로 일그러지는 장면을 볼 수 있다.

문방구에는 이미 경찰이 왔을지도 모른다. 어쩌면 신문, 잡지, 방송국 사람들도 모여 있을지 모른다. 아니, 고작 하루밖에 지나지 않았으니 살인이 발생했다는 사실은 아직 드러나지 않았을까. 그렇다면 내가 경찰에 신고해야 할까. 물론 그럴 각오는 했다. 그래도 파출소나 경찰서를 찾아가기는 무서우니까 전화를 걸 작정이었다. 하지만 그후에 분명 경찰서에 불려가서 이런저런 질문을 받게 될 것이다. 뉴스에 나올지도 모른다. 전부는 아니더라도 제법 많은 반 아이들이 뉴스를 볼지도 모른다.

반에서는 온통 그 이야기만 나올 것이다. 아니, 분명 5년 전처럼 동네 전체가 떠들썩해질 것이다. 커가 일본으로 건너온 해에 시로가마 해안 도로의 터널 출구 부근에서 젊은 남자가 돌에 맞아 살해당하는 사건이 발생했다. 어머니 말로는 당시 만나는 사람마다 그 이야기를 했다고 한다. 범인은 아직 붙잡히지 않았다.

그런 생각을 하다가 커는 가슴이 철렁했다. 어쩌면 그 사건도 문방구 주인 할머니를 죽인 남자의 짓 아닐까. 만약 그렇다면 경찰은 커가 제공하는 정보를 통해서 가죽 점퍼를 입은 그 남자를 붙잡고, 전에 저지른 짓도 자백 받아서 두 사건을 동시에 해결하는 셈이다.

커는 얼굴을 내밀고 차가운 겨울 공기 속을 나아갔다. 뺨이 얼어붙을 것 같았지만 머리는 따뜻했다. 어머니의 모자를 썼기 때문이다. 아침에 집에서 들고 나온 모자를 수업 시간 동안에는 책가방에 숨겨놓았다. 커는 호주머니에 넣은 오른손으로 고추 봉지를 움켜쥔 채, 모자 덕분에 따뜻한 머리로 이런저런 상상을 하며 걸음을 바쁘게 옮겼다.

문방구 주위는 한산했다.

경찰은 출동하지 않았고, 신문, 잡지, 방송국 사람도 없었다. 문방구 옆 차고에서는 흰색 소형 밴이 어제와 다름없이 앞부분을 빼꼼 내밀고 있었다.

문방구의 유리문으로 다가갔을 때 **좋지 않은 예감**이 들었다.

유리문 안쪽의 커튼이 걷혀 있었다. 즉, 영업을 한다는 뜻이었다. 실제로 훤히 보이는 실내에는 불도 켜져 있었다.

유리문에 손을 대자 가벼운 소리와 함께 문이 옆으로 움직였다. 안에는 아무도 없었다. 계산대 안쪽을 보자 할머니는 고타쓰 앞에 앉아 있지 않았다. 그러자 희망이 조금 되돌아오는 느낌이었다. 필기구 진열대에 눈길을 주었다. 위쪽 단에 어른용 문구. 아래쪽 단에 어린이용 문구. 바닥에 떨어져 있었던 고급스러운 볼펜도 780엔짜리 가격표가 붙은 위쪽 단에 꽂혀 있었다. 전부 아무 일도 없었던 상태로 되돌아갔다. 바닥을 살펴보았지만 붉은 얼룩도 없었다. 커는 어제 남자가 소형 밴을 타고 떠난 후 지금 이 순간까지 무슨 일이 있었는지 상상하려고 했다. 그때, 안쪽의 작은방에서 소리가 들렸다.

"어서 오세요."

계산대 너머에서 할머니가 나타났다. 커가 기억하고 있는 동그란 얼굴이 미소를 지었다. 커가 그 자리에 가만히 서 있으니 할머니는 고개를 기웃했다.

"왜 그러니, 아가?"

커보다 더 어린아이를 상대하는 듯한 태도였다. 고작 그 정도의 반응이 차갑게 부풀어 오른 마음을 세게 할퀴었다. 팽팽해진 마음의 얇은 껍질이 찢어지자 그곳에서 말이 흘러나왔다.

"저, 어제 여기 왔었어요."

할머니는 고개를 기울인 채 다음 말을 기다렸다.

"그리고 할머니가 살해당했을지도 모른다고 생각했어요."

자칫하면 쏟아질 듯한 눈물을 꾹 참고 있자니, 두 눈이 당장이라도 바깥으로 튀어나올 것 같았다. 비스듬한 할머니의 얼굴은 마치 실감나게 만든 고무 마스크처럼 미동도 없었다. 그런가 싶더니 얼굴 전체의 주름이 한꺼번에 움직이면서 웃음과 난감함이 섞인 표정을 지었다.

"미안하구나……음, 뭐라고?"

"저기 계산대 안쪽에 남자가 있었고, 방에는 누군가의 발이 보였어요. 진열대의 펜이 전부 이상한 곳에 꽂혀 있고 바닥에는 빨간 피 같은 얼룩이 있었고요. 그후에 남자가 길쭉하고 커다란 뭔가를 천으로 둘둘 말아서 차에 싣고 갔어요. 그래서 저는 할머니가 살해당한 줄 알고—"

여기서 목격한 광경. 상상한 일. 찢어진 마음에서 차례차례 말이 쏟아져나왔다. 학교에서 야마우치에게 이야기했을 때와는 기분이 완전히 달랐다. 도중부터는 할머니가 살아 있다는 사실에 앙갚음이라도 하는 듯한 마음으로 말을 퍼부었다. 표정을 지운 할머니는 주름 하나까지 똑같은 위치를 유지한 채, 말을 늘어놓는 커의 얼굴을 그저 바라보았다. 그리고 이야기가 끝나자 고무를 다시 피부로 되돌려 활짝 웃었다. 이번에는 한참이나 순수한 웃음이 계속되었다. 도중에 한 번 그치는가 싶더니, 할머니는 트림하듯 숨을 내쉰 후 또 한바탕 웃었다.

"그 남자는 내 조카란다. 평소는 배달 일을 도와주는데, 어제는 내가 몸이 조금 안 좋아서 가게를 봐달라고 했지. 근처에 살거든."

그동안 자기는 누워 있었다며 할머니는 기름기 없이 거칠거칠한 손으로 배 언저리를 애매하게 문질렀다.

"그런데 몸이 영 좋아지지 않아서 가게를 닫고 조카한테 병원에 데려다달라고 했단다. 그나저나 못 쓰겠구나. 네가 들어왔는데 어서 오라는 말도 안 한 거지? 나는 정신이 없어서 몰랐다지만, 녀석도 참, 가게를 제대로 보지 않았구나."

할머니의 말을 되밀듯이 커는 다시 입을 열었다.

"펜은 왜 다른 곳에 놓여 있었는데요? 바닥에 묻은 빨간 얼룩이랑 그 커다란 짐은 또 뭐고요? 왜 계속 저한테 등을 돌리고 있었고, 그렇게 무서운 얼굴로 운전한 건데요?"

하다못해 야마우치에게 들려줄 만한 이야기가 필요했다. 자기가 본 것이 실은 뭐였는지, 강한 인상을 줄 수 있는 설명이 필요했다.

"글쎄다……."

그러나 할머니는 아무 일도 아니라는 듯 고개를 기울였다.

"펜은 아마 조카가 진열대 청소라도 하다가 잘못 놓았겠지. 바닥의 얼룩도……뭐, 오늘 아침에 가게를 열었을 때는 깨끗했고 말이다. 차에 실었다는 짐은 잘 모르겠지만, 네가 잘못 본 것 아니겠니? 병원에 갈 때 뒷좌석에 탔는데 딱히 이상한 물건은 없었거든."

주변을 둘러싼 세상이 싹 사라지는 듯했다. 자신이 교실 바닥에 떨어진 작은 쓰레기처럼 여겨졌다. 할머니의 다음 말이 결정타를 날렸다.

"그 짐은 아마 나였을 거야. 차에 탈 때 추워서 이불을 입고 있었 거든. 입는 이불이라고 알려나 모르겠네. 머리부터 푹 덮어쓰는 건 데, 소매도 달렸고. 우리 차고는 어두우니까, 후후후, 그래, 확실히 이상해 보였을지도 모르겠구나."

차고에 조명을 달아야겠다고 생각하면서 벌써 몇 년이나 그대 로 지냈다며 할머니는 고개를 살살 흔들었다. 커가 아무 말도 하지 못하자 할머니는 이제 끝났다는 듯이 계산대 뒤편으로 돌아 들어 갔다.

망상이 있지도 않은 광경을 보여준다.

생각해보면 커 자신이 누구보다도 잘 알고 있는 사실이었다. 이 제는 자신이 본 것이 어디까지 진짜인지도 모를 지경이었다. 고급 스러운 펜이 바닥에 떨어져 있었고, 가격표와 상품 진열 위치가 틀 렸던 것은 분명 사실이었다. 하지만 바닥에 묻은 붉은 얼룩은 진짜 로 보았을까. 그 남자가 방에서 뭔가 밀치락달치락하는 모습은 진 짜로 보았을까. 운전대를 잡은 남자는 사실 무서운 표정을 짓지 않 았다. 그건 그저 할머니의 몸 상태를 걱정하는 얼굴이었다. 나는 있 지도 않은 것만 보았다. 고개를 숙이고 비참함을 견딜 때에, 운동 장 구석이나 길가에 있는 놈의 모습을 보듯이. 고키의 누나가 자신 의 이름을 비웃었던 일이 방금 있었던 일처럼 똑똑히 떠올랐다. 똑 같은 표정으로 웃는 어린이집 아이들과 반 아이들, 카아, 카아 하며 책상 주변에서 날아다니는 까마귀 시늉을 하는 녀석들의 얼굴도 떠 올랐다. 계산대 뒤로 돌아간 할머니는 돋보기안경을 쓰고 뭔가 자잘한 글씨가 적힌 공책을 들여다보고 있었다. 하지만 커가 그 자리에 우두커니 서 있으니 숨을 풋 내쉬며 다시 웃었다.

"다른 사람한테 그런 이야기를 했니?"

할머니는 공책에서 눈을 떼지 않고 물었다.

"아니요."

왜 나는 야마우치에게 말했을까. 후회가 커를 발부터 통째로 집어삼켰다. 머리까지 삼켜져 숨을 쉴 수 없었다.

"……절대 안 돼, 말하면."

할머니는 웃음기가 남아 있는 얼굴로 눈을 들어 커의 가슴께를 보았다.

"일본인이니?"

커는 고개를 저었다.

학교 명찰에는 이름을 중국어로 적든 일본어로 적든 상관없다고 했지만, 커는 바보라고도 마커펜이라고도 불리기 싫었으므로 일본어와 중국어를 섞어서 적었다.

"중국인이구나. 맞지?"

할머니는 뺨을 끌어올려 자랑스럽게 웃었다.

"맞아요."

겨우 숨이 쉬어졌다.

"아직 가본 적은 없지만 아주 좋아하는 나라란다. 일본에는 아빠나 엄마를 따라왔니? 당연히 그렇겠지. 혼자서는 오지 못할 테니까, 후후후. 요 부근에 사니?"

할머니의 말투가 커의 마음을 조금 진정시켜주었다. 할머니에게
서는 예를 들면 동화 속에서 여우 등등의 동물들과 친구가 되는 착
한 사람 같은 분위기가 풍겼다.

"그렇게 가깝지는 않아요. 저쪽 길을 오른쪽으로 쭉 나아가면 나
오는 하오짜이라이라는 중국집을 부모님이 하시는데……좋다는
뜻의 호好에 또 오라는 뜻의 재래再來라는 한자를 써요."

"어머나, 거기 알아. 왜, 2층이 가정집인 가게잖니."

여기랑 같아서 기억한다면서 할머니는 실눈을 뜨고 웃었다.

"그럼 아빠랑 엄마가 늘 가까이 있어서 좋겠구나. 나도 옛날에는
아이가 생기면 일터랑 집을 5초 만에 왔다 갔다 하면서 돌볼 수 있
겠다고 우리 아저씨한테 말했단다. 아이는 결국 안 생겼고 우리 아
저씨는 이런저런 사정으로 집을 나가서, 아이는커녕 돌볼 사람도
없지만."

커는 우리 아저씨가 장푸(남편이라는 뜻의 중국어/옮긴이)라는 뜻임
을 이해하는 데에 잠깐 시간이 걸렸다.

"하지만 끝날 때까지 집에 안 와요."

"응?"

"가게가 끝날 때까지 아빠도 엄마도 집에 안 온다고요."

"어머나, 바쁘시구나."

어머니는 아마 집과 가게를 오가며 집안일을 하거나, 어쩌면 커
와 이야기를 하고 싶을지도 모른다. 분명 그럴 것이다. 하지만 아버
지가 허락하지 않았다. 미네타 씨가 있었을 적, 그러니까 손님이 좀

더 많이 왔을 적에 어머니는 늘 집과 가게를 바쁘게 오갔다. 하지만 손님의 발길이 끊기고 미네타 씨가 어딘가로 사라지자 아버지는 어머니를 가게에서 나가지 못하게 했다. 언제 손님이 올지 모른다는 이유였다. 바쁠 때에는 가게를 비워도 괜찮은데, 바쁘지 않을 때에는 가게에 있어야 한다는 게 커는 이해가 되지 않았다.

"형제는 없니?"

"없어요."

"그럼 늦게까지 집에 혼자 있겠구나."

커는 고개를 끄덕였다. 할머니가 그럼 쓸쓸하겠다느니 혼자서도 참 착하다느니, 하고 위로해줄 것 같은 느낌이 들었다. 그 예감을 쫓아가듯 가슴은 이미 따뜻해졌다. 하지만 할머니는 마치 보고 있던 텔레비전 방송이 끝난 것처럼 무덤덤한 표정으로 몸을 돌려 계산대를 떠났다.

할머니는 작은방으로 들어가서 고타쓰에 덮인 이불의 흐트러진 부분을 발로 다듬었다.

"그런데 물건은 안 살 거니? 안 살 거면 너무 오래 서성거리지 말려무나."

할머니는 커의 얼굴도 보지 않고 말하더니 2층으로 이어지는 계단을 올라갔다. 마치 커를 두고 카운트다운이라도 하듯이 발소리가 천천히 멀어졌다.

문방구에 혼자 남겨진 커는 고개를 살짝 기울인 자세로 말없이 서 있었다. 할머니의 발소리에 귀라도 기울이는 듯한 자세였지만,

실제로는 듣고 있지 않았다. 듣고 싶지 않았다. 점점 작아지는 할머니의 발소리도, 가슴속에서 당장이라도 솟아오를 듯한 목소리도.

커는 몸을 돌려 미닫이문을 열었다.

그러나 골목으로 나섰을 때 다리가 굳어버렸다.

야마우치가 서 있었다. 치켜세운 가느다란 눈초리, 이쪽으로 살짝 기울인 상반신, 금방이라도 움직일 것처럼 벌어진 입술. 주변의 풍경이 사라지고 야마우치만이 오려서 붙인 것처럼 커의 눈앞에 서 있었다. 늘 입고 다니는, 가슴팍에 HAPPY라고 적힌 흰색 운동복. 그 위의 역겨운 얼굴. 왜 여기 있는 걸까. 낮에 들은 이야기가 진짜인지 확인하러 온 걸까. 골목을 빠져나가는 찬바람 속에 아무 말도 없이 서 있는 야마우치를 보며 커는 자신의 얼굴이 점차 보기 싫게 일그러지는 것을 느꼈다. 그럴 생각이 없는데도 야마우치에게 웃음을 지으려고 하고 있었다.

"음, 안에 있었구나."

야마우치가 먼저 입을 열었다. 커는 금방이라도 밀려올 창피함과 속상함에 온몸으로 대비했다. 하지만 야마우치는 커의 각오를 슬쩍 피하듯 몸을 돌렸다.

"그 이야기가 어떻게 됐는지 다음에 알려줘."

야마우치는 그 자리에 커를 두고 상체를 흔들지 않는 걸음걸이로 멀어졌다. 커는 두 발이 땅에 박힌 것처럼 한 발짝도 뗄 수가 없었다. 아무것도 보지 않은 걸까. 야마우치는 가게 안을 들여다보지 않은 걸까. 아니, 그럴 리 없다. 야마우치는 보았다. 커의 이야기가 전부 망상이라는 것을 그 역겨운 눈으로 확인했다. 그 사실을 언급하지 않고 떠난 건, 커가 본인 입으로 야마우치에게 말하기를 기다리기 위해서다. 그리고 커가 야마우치의 기대대로 행동했을 때, 치켜올린 두 눈을 활 모양으로 만들며 아주 기쁜 표정을 지을 것이다. 그 얼굴을 상상하자 어느덧 노려보고 있던 땅바닥이 부예지며 흔들렸다. 야마우치가 어딘가로 가버렸으면 싶었다. 역겨운 존재가 사라지기를 바랐다. 하지만 그런 일은 결코 일어나지 않는다. 커가 염원한 일은 일어난 적이 없다. 야마우치는 사라지지 않는다. 아무것도 사라지지 않는다. 그러니까—.

흐려진 시야 가장자리에서 아까부터 놈이 흰색 소매를 흔들고 있었다.

이제나저제나 하고 기다리고 있었다.

커는 오른손을 들어 껍질을 벗듯이 머리에서 털모자를 벗었다. 털모자를 꽉 움켜쥐며 억지로 목을 움직여 얼굴을 들자, 실은 내내 알고 있던 사실이 꽂히듯이 두 눈에 들어왔다.

놈의 얼굴은 커의 얼굴이었다.

6

다음 날은 토요일이었다.

해가 기울기 시작할 무렵 커는 부엌 쓰레기통에 고추 봉지를 버렸다.

어머니의 빨간 털모자는 어제 옷장에 넣었다.

빨간 물건과 고추가 취셰(부적 등으로 악마를 쫓아낸다는 뜻의 중국어/옮긴이)를 한다고 가르쳐준 사람도 할아버지였다. 하지만 결국 의미는 없었다.

자기 자신을 쫓아낼 수는 없다.

커는 싱크대 문에 등을 대고 무릎을 끌어안은 자세로 차가운 바닥에 앉았다. 아버지는 가게 주방에서 저녁 장사를 위한 요리를 준비하고, 어머니는 찬거리를 사러 나갔을 것이다. 어차피 둘 다 대부분 버릴 텐데도.

어제부터 가슴의 출구가 막혀 달아날 곳을 잃은 감정이 금방이라도 터질 듯이 차갑게 부풀었다.

어젯밤에 잘 준비를 하고 있으니 가게를 닫고 돌아온 어머니가 물었다.

—무슨 일 있었니?

어른들은 늘 물어볼 뿐이었다. 무슨 일이 있었느냐고 묻는다면 아무 일도 없었다. 일본에서 지내는 삶도, 학교에서 보내는 일상도 변함없이 가장 비참한 상태였다. 마치 오늘과는 다른 내일이 자신에게 다가오려 할 때마다 구깃구깃 구겨져서 하수도로 흘러가버리는 것처럼, 똑같은 오늘만 계속되었다. 없어지지 않았으면 하는 것만 점점 사라졌다.

—아무 일도 없었어.

커는 솔직하게 대답하고 잠자리에 들었다. 꺼슬꺼슬한 이불 밑에서 세상에 덜렁 혼자 남았음을 의식했다. 머리카락과 손끝까지 외톨이였다.

커는 부엌에서 무릎을 끌어안고 생각했다. 여러 가지를 동시에 생각했다. 가슴에 가득 찬 감정이 명치와 목구멍을 압박했다. 거실 저편의 창문으로 큰길을 오가는 자동차 소리가 들려왔다. 가만히 듣고 있자니 끊임없이 이어지는 자동차 소리가 형체를 띠고 다가와서 두 귀를 통해 머릿속으로 스르르 들어오는 기분이 들었다. 머릿속에서 연결되어 고리를 이룬 소리가 커를 창밖으로 끌어내리려고 했다. 이러다가 일어설지도 모른다고 느꼈을 때에는 이미 무릎을 세운 뒤였다. 커는 소리에 이끌려, 마치 양치기를 따라가는 얌전한 새끼 양처럼 창문으로 향했다. 어두침침한 하늘빛이 시야 속에서 점점 퍼져나갔다. 생명보험은 아이에게도 적용될까. 지금까지 생각도 해보지 않은 의문이 머리에 떠올랐다. 자물쇠를 풀고 창문을 옆으로 열었다. 큰길의 소리가 커지고, 두 귀와 머리를 관통한 고리가 더욱 단단하고 튼튼해졌다.

큰길 너머에 놈이 서 있었다. 커의 얼굴을 하고 당장이라도 이쪽으로 손을 뻗으려고 했다. 하지만 거기서는 손이 닿지 않는다. 아래로 내려가서 옆에 서야 닿는다. 그렇게 생각했을 때 머리를 관통한 고리가 빙그르르 회전해서 커는 창문에서 등을 돌렸다. 머리가 현관 쪽으로 끌려갔다. 문이 위아래로 흔들리며 다가왔다. 커는 싸늘한 현관 바닥에 맨발로 서서 오른손으로 문손잡이를 잡았다.

그때 전화벨이 울렸다.

전화벨은 광고지와 학교 프린트물을 쌓아둔 부엌 구석의 받침대 위에서 울렸다. 익숙한 그 소리에 커를 붙들고 있던 것이 겁먹은 듯 갑자기 머리가 가벼워졌다. 커는 중심을 잡지 못하고 공기 속을 헤엄치듯 받침대로 다가가 수화기를 들었다.

"여보세요."

일본어로 말했지만 대답은 중국어였다.

"커니?"

할아버지의 목소리였다.

"이쪽이 3시니까 그쪽은 4시쯤 됐겠구나."

어떠냐고 묻는 듯한 그 말투에 눈 안쪽이 화끈해지는가 싶더니 커는 어느새 울고 있었다. 하지만 할아버지에게 들키지 않도록 수화기를 꼭 움켜쥐며 애써 숨을 참았다.

"커?"

할아버지의 목소리는 쾌활하던 예전 그대로였다. 커가 아무 대답도 하지 못하자 할아버지는 똑같은 목소리로 다시 커의 이름을 불렀다.

"미안해, 좀……"

커는 목구멍에 힘을 주어 겨우 목소리를 냈다.

"전화가 이상한 모양이야."

"감기 걸렸니?"

"응, 그런 것 같아."

진심을 알아차려주기를 바라는 마음이 있었다. 하지만 할아버지는 커의 말을 순순히 믿었다.

"여기만큼은 아니겠지만 거기도 춥겠지. 따뜻하게 있어야 해."

"응, 조심할게."

대답은 돌아오지 않았고 텔레비전 소리가 희미하게 들렸다. 할아버지는 분명 주무랑마 사진을 걸어둔 거실에서 의자에 편안히 앉아 수화기를 귀에 대고 있으리라. 테이블에는 점심 때 사용한 그릇이 아직 그대로 놓여 있을지도 모른다.

"할아버지, 어쩐 일이야?"

특별한 용건은 없다고 했다.

"그냥 잘 지내는가 싶어서. 편지를 보니 가게는 여전히 잘되는 모양이다만, 잘된다는 건 바쁘다는 뜻이니까 걱정이 되더라고. 여기에 컴퓨터나 휴대전화가 있으면 좀더 자주 연락할 수 있을 텐데."

"가게로 연결할까?"

"아니다, 바쁠 텐데 됐어. 그래서 이 시간에 전화한 거야. 너한테 물어보면 되겠구나 싶어서."

"아빠, 엄마 둘 다 잘 지내."

"넌 어떠니?"

"나도 잘 지내지."

할아버지는 만족스러운 듯이 암, 그래야지, 하고 말했다. 불그무레한 뺨을 끌어올려 웃으며 고개를 끄덕이는 할아버지의 모습이 보이는 듯했다.

"잘 지낸다니 됐다. 그럼 전화비도 아까우니."

커는 할아버지의 소맷자락을 붙잡듯이 급히 불렀다.

"할아버지."

"응?"

할 말이 떠오르지 않았다.

"샤오헤이는 잘 있어?"

"암, 잘 있지. 왠지 모르겠지만, 지금도 저기서 늘 가지고 놀던 네 옛날 신발을 물어뜯으며 난리를 치고 있어. 어허, 이 녀석아. 꽃이 다 자빠지겠네, 어허."

작은 발로 바닥을 돌아다니는 소리에 귀를 기울이고 있자니 물속에서 둥실둥실 떠오르는 것처럼 말이 솟아올랐다.

"할아버지, 나 궁금한 게 있는데."

"쯧쯧, 놓으라니까. 응?"

커는 머나먼 중국에 있는 할아버지에게 질문을 던졌다.

"사람은 죽으면 어떻게 돼?"

뭘 그런 걸 묻느냐는 듯 김빠진 목소리로 할아버지는 대답했다.

"그야 구이가 되지."

중국어로 구이가 '귀신'을 뜻하는 단어라는 사실은 커도 알고 있었다.

"모두 구이가 돼서 이 세상에 있었을 때와 똑같이 살아가. 유쾌한 사람은 유쾌하게, 재미없는 사람은 재미없게."

일본의 귀신과는 많이 다른 모양이었다. 텔레비전에서 몇 차례

본 일본의 귀신은 원한이 사람 모양으로 똘똘 뭉친 이미지라서 좀 더 무서웠다.

내가 이 나라에서 죽으면 일본 귀신이 될까, 아니면 중국인이니까 구이가 될까. 커는 귀신이 되고 싶었다. 귀신이 되어서 자신을 괴롭힌 반 아이들에게 교통사고를 일으키고, 역겨운 야마우치를 불행하게 만들고 싶었다.

"나도 구이가 될까?"

물어보자 할아버지는 당연하다며 웃었다.

"살아 있을 때의 모습 그대로 즐겁게 지내게 될 게다. 뭐, 네가 죽으려면 한참 남았다만."

전화비도 많이 나올 테고 샤오헤이의 장난을 말려야겠다며 할아버지는 전화를 끊었다.

커는 내려놓은 수화기에 손을 얹은 채 가만히 있었다.

한참 후에야 거실로 돌아가서 열어둔 창문을 닫고, 창문 아래쪽 벽에 등을 대고 앉았다. 방에 석양이 비쳐들었다. 해진 다다미가 주황색으로 물들자 자잘한 물결이 모인 바다처럼 보였다. 커는 무릎을 당겨 이마를 대고 눈을 감았다. 아버지의 커다란 목소리가 바닥을 뚫고 들려왔다. 뭐라고 하는지는 모르겠지만 혼잣말은 아닌 듯했다. 어머니가 장을 보고 돌아온 것이리라. 허벅다리에서 살 냄새가 났다. 숨결이 섞여서 따뜻했다. 고개를 숙이고 있어서 빠져나가지 못한 숨소리가 귓속에 웅웅 울렸다. 누군가가 바로 옆에서 함께 숨을 쉬는 것 같았다. 그 누군가의 호흡이 조금씩 느릿해지자 커도 따라서 천천히 숨을 쉬었다. 그러자 또 상대의 호흡이 느려지고, 커도 따라했다.

꿈속에서 커는 샤오헤이와 놀았다. 장소는 태어나서 5년을 지낸 중국의 집이었다. 방 군데군데가 초점이 맞지 않는 것처럼 흐릿해 보이는 이유는 기억이 희미해졌기 때문일까. 샤오헤이는 이제 많이 컸겠지만, 꿈속에서는 마지막으로 보았을 때보다 훨씬 작게 느껴졌다. 샤오헤이가 간지러울 정도로 살짝 깨문 뺨과 무릎이 침으로 뜨뜻하게 젖었다. 함께 뒹굴며 장난치는데 바닥도, 벽도, 기둥도 안전한 고무로 된 것처럼 하나도 아프지 않았다. 이대로 집 밖으로 나가도 역시나 부드러운 세상이 펼쳐져 있을 것 같았다.

커는 고개를 번쩍 들었다.

고개를 계속 숙이고 있어서 목이 아팠다.

커는 어느덧 캄캄해진 방을 잠시 바라보다 네발로 바닥을 기어갔다. 불을 켜는 대신 텔레비전 리모컨을 집었다. 사람 목소리를 듣고 싶었다. 가게로 내려가면 아버지도 어머니도 있다. 하지만 커는 자신과 상관없는 세상의 목소리를 듣고 싶었다. 벽 가에 있는 작은 액정 텔레비전은 일본에 온 지 얼마 되지 않았을 무렵, 가게가 조금 잘 될 때 아버지가 중고매장에서 사온 물건이었다. 그 옆에는 함께 사온 녹화기가 놓여 있었다. 리모컨 전원 버튼을 누르자 화면에서 뿜어져나온 하얀 빛이 커의 얼굴을 비추었다. 남자가 말하는 도중이었다.

양복을 입은 남자 캐스터가 뉴스 스튜디오에 앉아 있었다. 커는 네발로 엎드린 자세로 리모컨을 쥔 채 화면에 빠져들었다. 방금 이 사람이 뭐라고 한 걸까. 집중도 하지 않은 데다가 말이 아주 빨라서 방금 들은 일본어는 의미 없이 연속되는 소리로만 들렸다. ㅇㅗㄴ ㅡㄹㅇㅏㅊㅣㅁㅈㅡ_ㅇㅣㅇㅗㄱㅏㅇㄱㅏㅇㅂㅕㄴㅇㅔㅅㅓㅅㅣ ㅅㅣㄴㅇㅡ_ㄹㅗㄹㅏㄹㄱㅕㄴㄷㅚㄴㄴㅏㅁㅅㅓㅇㅇㅡㅣㅅㅣㄴㅇ ㅝㄴㅇㅣㅂㅏㄹㄱㅎㅕㅈㅕㅆㅅㅡ_ㅂㄴㅣㄷㅏ. 즈이오 강은 이 근처를 흐르는 기다란 강이었다. 하류는 시 동쪽 끝에서 바다로 흘러가고 상류는 산속으로 이어졌다. 오늘 아침 그 강의 강변에서 ㅂㅏㄹㄱㅕㄴㄷㅚㄴㄴㅏㅁㅅㅓㅇㅇㅡㅣㅅㅣㄴㅇㅝㄴㅇㅣ 밝혀진 모양이었다. 커가 나머지 부분을 이해하는 동안 스튜디오에서 짧은 대화가 오갔다. 대화에 따르면 아무래도 이건 최신 뉴스가 아니고, 낮 방송에서도 보도된 내용인 듯했다.

화면이 바깥 풍경으로 바뀌자 아는 곳이 나왔다.

아니, 아는 정도가 아니다. 어제도 갔고, 그저께도 갔다. 지금 마이크에 대고 말하는 사람도 얼굴은 나오지 않았지만 커가 아는 사람이었다.

"……적당한 거리를 유지했다고 할까, 사이좋게 지냈어요."

문방구 주인 할머니 목소리였다.

"같이 사신 건 아니죠?"

리포터가 염려가 담긴 목소리로 확인했다.

뒤편에 보이는 미닫이 유리문. 그 옆에서 흰색 소형 밴이 앞부분을 빼꼼 내밀고 있었다. 낮에 찍은 영상인 듯, 화면 속 풍경은 아직 밝았다.

"휴……이런저런 사정이 있어서요. 하지만 나쁜 사람은 아니었어요. 남한테 원한 살 만한 사람도 아니었고."

커는 두 눈을 부릅뜨고 텔레비전 화면을 응시했다. 할머니 옆에 한 사람이 더 서 있었다. 그쪽도 할머니처럼 가슴까지밖에 나오지 않았지만, 갈색 가죽 점퍼를 입은 남자라는 사실은 알 수 있었다. 커는 냉큼 리모컨을 고쳐 잡고 녹화 버튼을 눌렀다. 그 직후에 남자가 입을 열자 카메라가 그쪽으로 향했다.

"정말 좋은 분이셨어요."

줄로 문지르는 듯한 목소리.

"그러니까 원한 때문이 아니라, 묻지 마 범죄거나 남을 구하려다가 찔린 게 아닐까 싶네요. 숙부님은 절대 남들하고 다툴 만한 분이 아니셨거든요."

화면이 다시 스튜디오로 돌아갔다. 뉴스 캐스터가 빠르게 말했다. 이번에는 전부 알아들었다. "시신에 칼로 찌른 흔적이 남아 있어 경찰은 살인으로 보고 수사 중입니다."

"지금까지 뉴스를 전해드렸습니다."

커는 엎드린 채 입으로 숨을 쉬었다. 호흡이 점점 가빠졌다.

"이어서 스포츠 소식입니다."

서둘러 리모컨 채널 버튼을 눌러 다른 뉴스 방송을 찾았다. 하지만 전부 다른 뉴스가 나오고 있었다. 커는 화면을 녹화기로 바꾸어 방금 녹화한 영상을 재생했다.

"정말 좋은 분이셨어요."

화면을 정지시켰다. 이 웃옷은 똑똑히 기억한다. 몇 년이나 입어서 살아 있는 동물의 피부처럼 가느다란 주름이 생긴 갈색 가죽 점퍼.

"……거짓말."

아니, 거짓말이 아니었다. 내 생각이 맞았다. 내 상상은 진짜였다. 거짓말을 하는 건 이 사람이다. 그저께 커가 그 문방구에 들어갔을 때, 이 사람은 할머니의 장푸, 즉 본인의 숙부를 찔러 죽인 뒤였다. 중국에서는 형제의 조카와 자매의 조카를 구분해서 부르지만, 일본에서는 그러지 않는다. 따라서 이 사람이 할머니에게 어떤 '조카' 인지는 모른다. 할머니 형제의 아들일까, 자매의 아들일까. 아니면 살해당한 사람의 친척일까. 아무튼 이 사람은 '숙부'를 죽였고, 커가 문방구를 나서자 시체를 담요 같은 것으로 감싸서 차에 싣고 강변으로 날랐다. 보이는 곳에 버렸을까, 풀숲에 숨겼을까. 어쨌거나 그 시체는 오늘 아침에 발견되었고, 소지품 같은 것을 통해서 신원이 밝혀졌다.

아니, 잠깐만.

—병원에 갈 때 뒷좌석에 탔는데—.

거짓말을 하는 사람은 남자만이 아니다.

—딱히 이상한 물건은 없었거든.

할머니도 거짓말을 했다.

할머니도 살인이 벌어졌음을 알고 있었다.

—다른 사람한테 그런 이야기를 했니?

—절대 안 돼, 말하면.

—2층이 가정집인 가게잖니.

—그럼 늦게까지 집에 혼자 있겠구나.

컴컴한 방에서 일시정지된 화면만 소리 없이 밝게 빛났다. 나란히 선 두 사람의 허리부터 어깨까지가 화면에 비쳤다. 그것 말고는 하나도 보이지 않았다. 당장이라도 화면이 휙 올라가 두 사람이 갑자기 이쪽을 쳐다볼 듯한 기분이 들었다. 그래도 커는 눈을 돌리지 못하고 네발로 엎드린 채 입으로 숨을 쉬느라 혀가 바짝 말랐다. 경찰에 신고해야 한다. 아니다, 가게에 아버지와 어머니가 있다. 당장 계단을 내려가 두 사람에게 이야기하면 된다. 커는 리모컨을 내팽개치고 몸을 빙글 돌렸다. 현관으로 가서 문을 열려고 할 때 초인종이 울렸다. 누구지. 아니, 누구라도 상관없다. 적어도 지금 문밖에는 어른이 서 있다.

"늦은 시간에 죄송합니다. 경찰입니다."

그 목소리에 모든 것이 확 밝아졌다. 실제로 조명 스위치를 눌러서 방 구석구석까지 불빛이 비친 듯한 기분이었다. 커는 서둘러 자물쇠를 풀고 문을 열었다. 다음 순간 마치 공기가 투명한 플라스틱으로 변한 것처럼 꼼짝도 할 수가 없었다. 눈앞의 어둠 속에 그 갈색 가죽 점퍼가 보였다. 그 위에는 문방구 계산대 옆에서 이쪽을 힐끔 돌아본 그 얼굴이 있었다.

모든 것이 새카맣게 지워지자마자 발이 공중에 떴다. 남자가 커를 부여안고 들어올린 것이었다. 커가 몸부림을 치면서 고함을 지르자 남자는 커의 얼굴에 덮어씌운 자루로 코와 입을 막았다. 바깥 계단을 다급하게 밟는 발소리와 함께 어둠이 위아래로 흔들리다 큰길 소리가 가까워지더니, 몸이 허공을 날았다. 커는 대비할 틈도 없이 몸을 뒤틀며 어딘가로 떨어졌다. 뒤이어 드르릉, 하고 뭔가가 이쪽으로 미끄러지는 소리가 들렸다. 쾅, 하며 공기가 두 귀를 때린 후 큰길 소리가 뚝 끊겼다.

밀봉된 듯한 정적 속에서 차에 태워졌다는 사실을 알아차렸을 때, 이번에는 다른 문이 열리는 소리가 나고 차체가 한 번 흔들렸다. 커가 용을 써서 몸을 일으키며 얼굴에 씌워진 자루에 손을 대자 누군가가 손을 잡았다.

"거스르면 안 돼."

문방구 주인 할머니의 목소리였다.

"저 아이를 거스르면 안 돼."

지식이 없는 사람을 가르치듯 차분한 목소리였다. 커는 자루 가장자리에 양손 엄지를 댄 채 움직임을 멈췄다. 전부 무서웠다. 앞이 보이지 않는 것도, 운전석에 앉은 조카도, 옆에서 차분하게 말하는 할머니도, 앞으로 무슨 일을 당할지 모른다는 사실도, 그렇게 외면하고 있지만 실은 어떤 가능성이 보인다는 것도, 전부 공포라는 감정으로 똘똘 뭉쳐서 커의 온몸을 집어삼켰다. 가속 페달이 삐걱대고 기어가 난폭하게 움직이더니 차체가 떨렸다. 엔진 소리가 단번에 높아지자 커는 시트에 푹 파묻혔다.

"걱정 마."

집이 멀어진다.

"얌전하게 굴면 괜찮아."

왜 나는 빨강파랑 색연필을 훔치려고 했을까. 왜 그 문방구에 갔을까. 왜 내가 본 걸 할머니에게 전부 말하고, 왜 아까 현관문을 열었을까.

"문을 잠가요."

아까 텔레비전에서 들었던 줄로 문지르는 듯한 목소리.

"양쪽 다요."

옆에서 할머니가 움직이더니, 좌우에서 한 번씩 둔탁한 소리가 났다. 커는 다리를 움츠리고 시트에 옆으로 누운 채 자루 속에서 그저 자기 숨소리를 들었다. 숨소리가 점점 빨라지고, 목구멍에서 망가진 피리 같은 소리가 났다. 조카가 가속 페달과 브레이크 페달을 밟을 때마다 온몸이 앞뒤로 왔다 갔다 했다. 커는 움츠린 두 다리에 힘을 주어 몸을 지탱했다. 하지만 브레이크 페달이 세게 밟히자 더는 버티지 못하고 시트 위를 굴러 딱딱한 곳에 떨어졌다.

"얌전히 있어!"

폭발하는 듯한 고함소리였다. 할머니가 커의 두 어깨를 잡고 끌어당겨 시트에 앉혔다.

"밖에서 보이지 않도록 해줘요."

그 말에 따라서 할머니가 커의 머리를 밑으로 눌렀다. 커는 시트에 앉은 채 이마를 무릎에 댔다. 몇 초 후 엔진 소리가 조용해졌다. 어딘가에 도착한 걸까. 하지만 금방 기어를 넣는 소리가 나고 차가 다시 달리기 시작했다. 커는 시트 끄트머리를 잡고 뒤로 넘어가지 않도록 몸을 지탱하며 필사적으로 머리를 굴렸다. 밖으로 달아나야 한다. 하지만 양쪽 문은 잠겼다. 잠금장치가 어디에 있으며, 어떤 모양인지도 모른다. 한순간에 잠금장치를 풀고 문을 열기는 불가능하다. 뒤쪽은 어떨까. 문방구에서 차고를 엿보았을 때, 어두워서 잘 보이지 않았지만 뒷좌석 너머에도 문이 있었던 것 같다. 그걸 안에서 열 수 있을지도 모른다. 다음에 차가 멈췄을 때 얼굴을 덮은 자루를 벗자마자 등받이를 넘어 뒷문을 열고 도로로 나간다. 아니, 이건 더 불가능하다. 잠금장치도 풀까 말까 하는데 뒷문이라고 열겠는가. 게다가 자루는 두루주머니 같은 형태였다. 목 부분을 끈으로 조여놓아서 금방 벗을 수 없다.

두 사람이 방심한 틈을 타서 움직이는 수밖에 없다. 즉, **지금**이다. 차가 달리고 있을 때다. 차 안은 아마 캄캄할 테니 오른손을 슬그머니 움직여 잠금장치를 찾고, 엔진 소리를 방패 삼아서 풀 수 있을지도 모른다. 성공하면 자루를 뒤집어쓴 채 문을 열고 밖으로 뛰어내린다. 혹시 죽을까. 이대로 가만히 있는 쪽과 달리는 차에서 뛰어내리는 쪽 중에 뭐가 더 죽을 확률이 높을까.

갑자기 몸이 오른쪽으로 기울어져 문에 어깨를 부딪혔다. 지금일지도 모른다. 들키지 않고 잠금장치를 풀 수 있는 기회는 지금밖에 없을지도 모른다. 그러나 차가 바로 속력을 줄였다. 좌우로 한 번씩 흔들리고 잠시 더 달린 후, 엔진 소리가 약해지더니 마침내 차가 멈췄다.

운전석 측의 문이 열리자 차가운 바람이 불어들었다. 밖에서는 다른 차가 달리는 소리가 전혀 들리지 않았다. 여기는 어디일까. 왼쪽에 있는 할머니가 오른쪽 문으로 손을 뻗는지 소맷자락이 커의 목덜미를 스치는 느낌이 들었다. 잠금장치가 풀리자마자 밖에서 슬라이드도어를 열었다.

"일어서, 나와."

조카는 그렇게 말하면서 커의 옷깃을 잡고 끌어당겼다. 하마터면 굴러떨어질 뻔해서 급히 발밑을 확인하며 땅에 내려서자 옆에서 강한 바람이 불었다.

"역시 그것밖에 없겠니⋯⋯."

반대쪽 문에서 나온 할머니의 목소리.

"살려줄 수는 없을까."

"그러니까 평생 고생한 거잖아요?"

난폭한 목소리가 할머니의 목소리에 겹쳤다.

"돈도 일거리도 없으니 가엾다면서 숙부한테도 애써 모은 돈을 계속 주더니만."

"절대로 다른 사람한테 말하지 말라고 애한테 단단히 약속을 받으면⋯⋯."

"숙부한테 그렇게 당해놓고서! 이게 마지막이라는 그 인간 말을 믿다가 어떻게 됐죠? 한 푼도 못 돌려받았잖아요? 약속 같은 건 아무도 안 지킨다고요!"

고함이 사라지는 동시에 파도 소리가 들렸다.

커는 팔을 붙잡힌 채 앞으로 걸어갔다. 얼굴을 덮은 자루가 크고 작게 부스럭거리면서 귓속을 자극했고, 두 다리에는 아무 감각도 없었다. 방금 그 고함을 누가 듣지는 않았을까. 상황을 보러 오든지 경찰에 신고해주지는 않을까. 잠시 걸어가다 멈추자 바로 앞에서 쇠사슬 같은 것이 짤랑거리는 소리가 났다. 그 소리는 양쪽으로 넓게 퍼진 후 바람 소리에 섞여 사라졌다. 그제야 커는 이곳이 어디인지 알았다.

동시에 이제 희망이 없음을 깨달았다.

고함을 들은 사람은 분명 아무도 없을 테다. 이곳에서는 두 사람이 마음만 먹으면 커를 쉽사리 죽일 수 있다.

남쪽의 가마쿠라 시. 그 동쪽 끄트머리에 있는 유미나게 절벽. 바다를 향해 가재 집게발처럼 튀어나온 낭떠러지. 아까 짤랑거린 것은 분명 출입을 막기 위해 쳐놓은 쇠사슬이다. 쇠사슬을 넘어서 조금만 더 가면 땅이 끝나고, 몇 십 미터 아래에서는 거센 물결이 소용돌이친다. 뒤쪽에 해안 도로가 있지만, 거기까지는 거리가 제법 된다. 낮이라면 모를까 밤에는 도로에서 절벽이 보이지 않는다. 아무도 알아차리지 못할 것이다. 소리를 질러본들 이렇게 바람이 강하면 절대 남에게 들리지 않을 것이다.

커는 재촉을 받고 다시 앞으로 걸음을 옮겼다. 시든 식물들이 어깨와 팔, 다리를 스치는 감촉이 느껴졌다. 이곳은 자살의 명소라고 빈 아이가 이야기하는 걸 들은 적이 있었다. '유미나게'라는 명칭에서 '몸을 던진다'는 말이 연상되어서인지 죽고 싶은 사람들은 여기로 와서 바다에 뛰어든다. 절벽에 우글거리는 죽은 사람의 영혼과 눈이 마주치면 저세상으로 끌려간다. 폭발하는 듯한 파도 소리가 불규칙하게 울려퍼질 때마다 아랫배가 덜덜 떨렸다. 커는 옆에서 팔을 잡아당기는 대로 그 파도 소리를 향해 걸어갔다. 여기가 자살의 명소인 이유는 절벽 이름 때문이 아니라 방해하는 사람이 아무데도 없어서이다. 그리고 간단히 목숨을 끊어줄 거친 물결이 절벽 아래에서 늘 출렁거리기 때문이다. 처음으로 여기 와보고서야 커는 그 사실을 이해했다. 나는 자살로 처리될까. 아니면 사고로 처리될까. 누군가 시체를 발견해주기는 할까.

커의 팔을 잡고 있던 손이 커의 등으로 이동했다.

몸을 앞으로 떠밀렸다. 이제는 묵직한 파도 소리가 거의 바로 밑에서 들렸다. 몸은 저항하지 않았다. 떠미는 대로 두 발이 앞으로 나아갔다. 교과서 모서리에 그린 만화처럼. 이제 조금만 더 걸어가면 그 소년이 된다. 놈에게 소맷자락을 붙잡혀 페이지 밖으로 나가서 사라진다. 커는 줄곧 그런 상상을 해왔다. 그런 일이 일어나기를 바랐다. 그래서 그 만화를 그렸다. 그래서 지금까지 길가와 운동장에서 놈의 모습을 보아왔다. 절벽으로 떠밀리는데도 몸이 저항하지 않는 이유는 무서워서가 아니라, 스스로 바란 일이기 때문일까. 이대로 비틀비틀 걷다가 사라질 수 있기 때문일까. 하지만 커가 그런 상상만 한 건 아니었다. 학교에서 중국어 수업이 시작되거나, 부모님 가게에 손님이 많이 오거나, 넓은 집으로 이사하거나, 중국으로 돌아가서 할아버지와 샤오헤이와 노는 상상도 했다. 사라지면 아무 상상도 하지 못한다. 더는 아무것도 머릿속에 그릴 수 없다.

"자루—"

커는 목구멍에서 숨과 함께 일본어를 밀어냈다. 셔츠의 등 부분을 잡은 손이 망설이듯 아주 잠깐 멈칫하더니, 커를 뒤로 확 잡아당겼다.

"뭐라고?"

커에게 묻는다기보다 할머니에게 질문하는 듯한 목소리였다. 커는 자루 속에서 숨을 들이마시고 바람 소리에 지지 않도록 크게 말했다.

"자루를 벗기지 않으면 사고로도 자살로도 보이지 않을 거예요."

주위에서 마른 풀이 바람에 와삭와삭 휘날리는 소리가 들렸다. 발아래에서 파도가 폭발했다. 커는 몸을 뒤로 돌렸다.

"그래. 얘 말이 맞아."

"자루야 물결에 휩쓸리면 벗겨지겠죠."

"그래도 역시 일단은……."

설령 자루가 벗겨져서 앞이 보인들, 대체 어떻게 달아나겠다는 건가. 뛰어봤자 붙잡힌다. 풀 속에 숨어도 들킨다.

"응? 만약에 대비해서."

할머니의 목소리에 이어 바람 속에서도 알 수 있을 만큼 짜증 섞인 숨소리가 들리더니 커의 목에 두 손이 닿았다. 이 손은 이제 자루를 벗긴다. 눈앞에 두 사람이 나타난다. 목소리의 방향으로 추측건대 지금 두 사람은 삼각형을 그리듯 커의 대각선 앞쪽 방향에 각자서 있다. 커의 뒤쪽으로는 얼마 떨어지지 않은 곳에 새카만 허공이 입을 떡 벌리고 있다. 그 광경을 상상했을 때, 어떤 생각이 머릿속으로 뛰어들었다. 느닷없이 야생동물 같은 기세로. 살아날 가능성이 가장 높은 방법. 이 자리에서 살아남을 방법. 목을 조이던 끈이 느슨해졌다. 자루가 위로 끌려 올라갔다. 그 직전부터 부릅뜨고 있던 두 눈이 밤공기에 노출되었다. 두 사람의 모습과 두 사람을 둘러싼 마른 풀의 윤곽이 시야에 들어왔다. 그리고—.

"달아날 생각은 꿈에도 하지 마."

그 윤곽 사이에서 흔들리는 흰색 소매 두 개.

놈은 커를 보고 있었다. 눈이 똑바로 마주쳤다.

"뒤로 돌아."

그렇게 명령받은 순간, 정면에서 바다 방향으로 바람이 불었다. 절규하듯 시끄러운 바람 속에서 놈은 커에게 묻는 듯한 표정을 지었다. 커는 입술 양쪽 끝을 딱딱한 철사처럼 끌어올렸다. 놈은 두 눈을 활 모양으로 가늘게 뜸으로써 대답했다. 다시 바람이 불었다. 바람을 타듯 쏜살같이 접근한 놈이 가죽 점퍼의 소맷자락을 잡아당겼다. 바람 속에서 할머니가 비명을 질렀다. 놈은 할머니의 소맷자락도 붙잡았다. 두 사람의 모습이 컴컴한 어둠속으로 빨려들어 사라지자 커는 눈을 질끈 감았다. 바람 소리도 파도 소리도 들리지 않았고, 귓속에서는 그저 자신의 목소리만 되풀이되었다. 군추취, 군추취, 군추취, 군추취, 군추취, 군추취, 군추취, 군추취, 군추취, 군추취, 군추취, 군추취, 군추취, 군추취—

제3장

그림의 수수께끼를 풀어서는 안 된다

1

창밖을 보자 큰길 저편에 거대한 생일 케이크가 떠 있었다.

꼭대기에 삼각형 깃발이 세워진 하얀 케이크였다.

다케나시가 아내에게 케이크를 사준 지도 벌써 10년이 넘었다. 가마쿠라 중앙 우체국에서 발생한 강도사건의 범인이 기소되어 경찰서에서 간단하게 뒤풀이를 하고 귀갓길에 올랐을 때, 초여름이라 해는 아직 떠 있었다. 다케나시는 상점가에서 쇼트케이크와 'Happy Birthday'라고 적힌 깃발을 사서 집으로 돌아갔다. 부부 둘뿐이라 케이크는 한 손 만한 크기였다.

그런데 아내는 고작 한 입만 먹고 포크를 내려놓았다.

—생크림은 잘 못 먹어.

물론 다케나시는 당장 테이블 맞은편에 앉은 아내에게 가서 사과

했다. 생크림을 잘 먹지 못한다는 사실을 몰랐다는 것 자체보다, 결혼한 지 6년이 지났는데도 그 사실을 몰랐다는 데에 당황했다. 아내의 마음에 대못을 박은 것도 분명 그 점이었으리라. 희미하게 웃고 고개를 저으면서도 아내는 다케나시의 눈을 보려고 하지 않았다. 다음 날 당시 한 팀이었던 구마지마에게 그 이야기를 하자 그는 케이크를 사줄 사람이 있다는 사실만으로도 고마운 줄 알라며 예상과 한 치도 다름없는 말로 일축했다.

"**고놈**을 곰곰이 읽어봤자 아무것도 안 나온다네."

마주 서 있는 시로 씨의 말투에서는 변함없이 케케묵은 티가 났다. 그의 대화 상대는 다케나시가 아니라 그 옆에 서 있는 신입 형사 미즈모토였다. '고놈'이란 시로 씨가 작성한 감식 자료 채취 보고서였다.

"그래도 뭔가 놓친 게 있지는 않은지 아무래도 마음에 걸려서요."

"그건 자살이야."

시로 씨는 미간에 잡은 주름을 펴듯이 손바닥 아랫부분으로 눈썹 사이를 문질렀다. 시로 씨라는 별명은 성씨인 시로타代田에서 유래되었지만, 머리가 새하얀 데다 언제나 흰 가운 차림이므로 이미 지상으로는 시로代 씨라기보다 시로白 씨다.

"현장에서 빠뜨린 것도 없었고, 부검 결과를 봐도 분명히 자살일 텐데."

사건이냐 아니냐를 판단하는 사람은 시로 씨 같은 감식관도, 부검을 담당하는 검시관도 아니다. 그런 판단은 다케나시 같은 형사의 업무다. 평소라면 시로 씨도 그런 점을 잘 인지하고 있을 텐데, 이렇게 딱 잘라 말하는 이유는 웬일로 직접 현장 감식을 담당했기 때문일까. 그런 생각을 하면서 다케나시는 다시 창밖의 생일 케이크에 시선을 주었다.

"봐, 너희 선배는 이야기를 듣지도 않잖아."

"듣고 있습니다."

"빌딩 짓는 게 그렇게 신기한가?"

시로 씨가 백발이 성성한 머리를 내밀며 다케나시와 같은 곳을 보았다.

"아니요……어쩐지 저게 케이크로 보여서요."

"뭐라고?"

"왜, 꼭대기의 저 크레인이 깃발이고."

길 건너편에는 건설 중인 사무 빌딩이 있었다. 빽빽하게 설치된 비계가 4월의 햇살을 새하얗게 반사했고, 옥상 부분에서는 빨간 크레인이 느릿느릿 움직였다. 수직으로 뻗은 크레인 본체와 본체에서 수평보다 약간 아래로 기울어져 뻗어나온 팔이, 꼭 옆으로 긴 삼각형으로 보였다. 물론 아랫변은 없지만.

"타워 크레인이 깃발이라. 과연, 그렇게 보이기도 하는군."

"일요일이라 세상이 다 쉬는데, 건설 현장 노동자들은 힘들겠어요. 뭐, 저희도 마찬가지지만."

"달력만이 세상은 아니잖나."

"저 크레인……타워 크레인? 저건 건물이 완성되면 어떻게 되는 걸까요?"

"몰라."

해체됩니다, 하고 미즈모토가 퉁명스러운 목소리로 끼어들었다.

"건물이 높아지면서 저렇게 점점 높은 곳으로 올라가다가, 마지막에는 해체되면서 끝나요."

"마지막에 해체되다니, 허무하군."

다케나시의 말에 시로 씨가 콧방귀를 뀌었다.

"폐기되는 것도 아닌데 뭘."

"인간이랑은 다르니까요."

미즈모토가 서류로 눈을 되돌리며 말했다.

지금 그건 정년이 가까운 시로 씨와 중년이 된 다케나시를 비꼬는 말이었을까.

미즈모토는 경찰학교에서 형사과를 수료한 신입이었다. 고작 일주일 전에 가마쿠라 경찰서에 부임해서 교육 담당으로 뽑힌 다케나시 밑에서 한창 일을 배우고 있었다. 다케나시는 6년 전까지 선배형사인 구마지마와 한 팀이었고, 그후로는 쭉 동기와 팀을 이루었다. 신입과 일하는 건 신선하다면 신선하지만, 미즈모토가 온몸으로 발산하는 눈부신 싱싱함에는 아직 적응이 되지 않았다.

구마지마가 없어지고 6년간 가마쿠라 경찰서는 많이 변했다. 구닥다리 컴퓨터는 전부 새것으로 교체되었고, 모든 형사에게 스마트폰이 지급되었다. 복도에 놓여 있던 재떨이도 전부 철거되었는데, 사실 다케나시는 이 변화가 가장 기뻤다. 구마지마와 일을 할 때에는 늘 간접흡연에 시달렸기 때문이다.

"맞다, 시로타 과장님. 그 꽃잎은 어떻게 됐어요?"

미즈모토가 서류에서 고개를 들고 물었다. 몸집이 작아서 마치 선생님과 학생처럼 보였다.

"오늘 안에 결과가 나올 거야. 어디에 도움이 될지는 모르겠지만."

시신의 옷에 붙어 있던 정체불명의 꽃잎 이야기였다.

어제 아침, 미야시타 시호의 시신이 자택에서 발견되었다. 미야시타 시호는 전국에 지부를 둔 종교단체 십왕환명회의 간부로, 그녀의 시신을 처음 발견한 사람은 가마쿠라 지부의 지부장인 모리야 다쿠미였다.

현재 십왕환명회의 총 회원 수는 1,000명이 넘으며, 가마쿠라 시에는 12년 전에 지부가 설치되었다. 사망한 미야시타 시호가 총괄한 봉사부는 광고지를 배포하고 각 가정을 방문해 회원을 모집하는 부서로, 일반 회사의 영업부에 해당되었다. 즉, 미야시타 시호는 영업부장이었다고 할까. 나이는 서른일곱 살로, 전국의 간부 중에서 가장 젊었다.

맨션에 혼자 살던 미야시타 시호는 매일 아침 차를 몰고 시 외곽에 위치한 십왕환명회 가마쿠라 지부로 향했다. 그런데 사흘 전 아침, 그녀가 지부에 오지 않았다. 지부장 모리야 다쿠미가 휴대전화로 연락했지만 받지 않았고, 다음 날도 마찬가지였다. 마침내 사흘째 되는 날, 즉 어제 모리야는 차를 몰고 미야시타 시호의 집을 찾아갔다. 오전 10시경에 도착했다고 한다.

미야시타 시호의 집은 1층이었다. 모리야의 진술에 따르면 초인종을 몇 번 눌렀지만 반응이 없었다. 맨션 주차장을 확인해보니 미야시타 시호가 타고 다니는 크림색 경차가 주차되어 있었다. 모리야는 맨션을 관리하는 클레 홈스 사에 연락해서 사정을 설명하고 걱정이 되니까 문을 열어주지 않겠느냐고 부탁했다. 그러자 아직 서른다섯 살이지만 클레 홈스의 대표이사인 나카가와 도루가 직접 찾아왔다.

그후 나카가와가 마스터키로 현관문 자물쇠를 풀었다. 그리고 문을 연 모리야가 그 **상태**로 죽은 미야시타 시호를 발견했다.

신고 내용으로 보건대 자연사는 아니었기 때문에 즉시 수사 인원이 투입되었다. 현장에 출동한 사람은 다케나시와 미즈모토, 검시관 기누카와, 그리고 감식관 시로 씨였다. 감식과장인 시로 씨가 직접 현장으로 나가는 건 아주 드문 일이지만, 마침 시내에서 교통사고가 속출해 부하들이 모두 바쁜 모양이었다. 규모가 큰 관할서에는 교통사고를 전문으로 담당하는 교통감식관이 있지만, 인력이 부족한 가마쿠라 경찰서에는 그런 직책이 없었다.

맨션에 도착한 다케나시 일행은 현장 보존을 위해 지키고 있던 경찰관에게 짤막한 보고를 받은 후, 일단 미야시타 시호의 시신을 조사했다. 신입인 미즈모토로서는 사실 이때가 난생처음으로 '생판 남의 시체'를 본 순간이었다. 분명히 얼굴이 창백해지리라고 생각했는데, 뜻밖에도 침착한 태도였다. 하지만 그 침착한 태도에서 형사 드라마의 주인공을 흉내 내는 듯한 낌새가 느껴져 마음에 들지 않았다.

미야시타 시호는 현관문에 등을 대고 현관 바닥에 주저앉은 자세로 죽었다. 목에 감은 흰색 멀티탭의 전선은 안쪽 문손잡이에 묶여 있었다. 실내복인지 분홍색 맨투맨 티셔츠에 청바지 차림이었고, 양말이나 슬리퍼는 신고 있지 않았다. 화장한 얼굴에는 안경을 썼다. 목은 잡아당겨져서 쭉 늘어난 상태였다.

시로 씨와 기누카와가 시신을 살펴보는 동안, 다케나시와 미즈모토는 시신을 발견한 모리야와 나카가와에게 이야기를 들었다.

—나카가와 씨가 자물쇠를 풀어주셔서 문을 열었을 때, 이상하게 무거운 느낌이 들었습니다.

쉰여덟 살인 모리야 다쿠미는 흰머리가 한 올도 보이지 않는 머리카락 가운데를 살짝 갈라붙이고, 실팍한 몸에 딱 맞는 검은 양복을 입고 있었다. 방금 시체를 발견했다고는 믿기지 않을 만큼 침착한 태도였다.

—그리고 이상한 냄새가.

모리야의 말로는 그 냄새와 무거운 느낌이 어떤 관계인지 상상하기도 전에 10센티미터쯤 벌어진 문틈으로 실내가 보였다고 한다. 방 하나에 거실, 식당, 부엌이 딸린 작은 맨션이라 앞쪽의 부엌과 그 뒤쪽의 식당, 그리고 거실이 먼저 눈에 들어왔고, 그 옆에 있는 침실에는 미닫이문이 반쯤 닫혀 있었다. 미야시타, 하고 불렀지만 아무 소리도 들리지 않았다. 안쪽에 커튼이 쳐져 있어서 실내는 어둑했다. 뒤에 서 있는 나카가와와 얼굴을 마주본 후 다시 문틈으로 눈을 돌렸을 때, 모리야는 문 안쪽에 뭔가 있다는 사실을 알아차렸다고 한다.

—바보 같게도 저는 그때 미야시타가 거기에 앉아 있는 줄 알고 문을 열어서 미안하다고 바로 사과했습니다. 아니, 물론 미야시타가 거기 앉아 있었다는 것 자체는 사실이었지만요.

신고를 받고 경찰관이 달려올 때까지 문은 10센티미터쯤 열어두었을 뿐, 모리야와 나카가와는 안으로 들어가지 않았다.

—경찰에 신고한 사람은 제가 아니라 나카가와 씨입니다. 제가 휴대전화를 차에 깜박하고 와서 나카가와 씨가 자기 휴대전화로 신고해줬죠.

나카가와는 여우처럼 양쪽 끝이 위로 쭉 올라간 눈매가 인상적인 남자였다. 그는 진술 청취에 응하는 동안 모리야의 이야기에 고개를 끄덕이거나, 이쪽 질문에 고개를 끄덕이거나 저으며 시종일관 언짢은 듯한 태도를 유지했다. 쉴 새 없이 전자담배를 피우고 가끔 들으라는 듯이 혀를 차며 사람이 죽었다는 사실보다 자기 회사가 관리하는 건물에서 사망자가 나왔다는 것이 훨씬 큰 문제라는 태도를 감추려 들지 않았다.

진술을 들은 후 두 사람의 연락처를 기록했을 때 시신을 살펴보던 시로 씨와 기누카와가 밖으로 나왔다. 다케나시와 미즈모토는 모리야와 나카가와를 놓아주고 현장으로 들어갔다. 미야시타 시호의 시신은 이미 들것에 눕혀져 옮겨지기만을 기다리고 있었다.

맨션 외관을 보았을 때부터 미야시타 시호의 수입이 적지 않으리라고 짐작은 했지만, 안으로 들어가자 그 인상은 더욱 강해졌다. 결코 물건이 많은 집은 아니었다. 그러나 테이블, 의자, 소파, 부엌의 식기, 침실의 침대 등이 전부 다케나시가 보기에도 고급이 분명한 물건들뿐이었다. 시로 씨가 말하기를 테이블 구석에 덜렁 놓인 유리컵은 바카라의 상품이라고 했다. 침대 옆의 협탁 위에는 애플의 맥북, 그리고 바닥에는 조그마한 회색 개 한 마리가 꼼짝도 않고 누워 있었다.

―시체 옆에 바짝 붙어서 죽었어.

시로 씨가 개의 목덜미를 잡고 들어올렸다.

―이런 게 있었습니까? 아까는 못 봤는데요.

―시신의 엉덩이 너머에 쓰러져 있었거든.

문틈으로 들여다보았을 때에는 각도 때문에 보이지 않은 모양이었다.

―이 녀석은 주인에게 다가가 애교를 부리거나 놀아달라고 조르다가, 배터리가 다 닳으면 스스로 충전기로 걸어가서 배터리를 충전해. 시신의 왼손이 이 녀석 위에 얹히는 바람에 움직이질 못해서 그대로 힘이 다한 거겠지.

개는 로봇이었다. 시로 씨가 말한 충전기는 개와 같은 회색의 얇은 타원형 받침대로, 침대 옆에 있었다.

―맨션 규정 때문에 진짜 개를 기를 수 없었던 걸까요?

미즈하라의 질문에 시로 씨는 못마땅한 듯이 중얼거렸다.

―누구나 다 진짜를 원하는 건 아니야.

그 말을 듣고 다케나시는 속으로 고개를 갸웃했다.

시로 씨에게는 요절한 딸이 있다. 딸은 결혼한 지 몇 년 만에 이혼하고 싱글맘으로 열심히 살았지만 7년 전에 병마와 싸우다가 세상을 떠났다. 시로 씨가 딸의 사진을 늘 지갑에 넣고 다닌다는 사실을 다케나시는 알고 있었다. 그 사진과 방금 시로 씨의 말이 아무래도 어울리지 않는 듯했다.

그러나 물론 금방 생각을 바꾸었다. 죽은 가족과 그 사진. 진짜 개와 로봇 개. 완전히 별개의 문제였다.

―시로 씨, 잘 아시네요.

로봇 개를 턱으로 가리키며 일부러 놀리듯이 말하자 웬일로 시로 씨의 옆얼굴에 웃음이 맺혔다.

―손녀가 사달라고 졸라댔거든. 스마트폰으로 광고를 보여주더라고.

죽은 딸이 시로 씨 부부에게 맡긴 아이 이야기였다. 7년 전 장례식 때 보았을 때는 두 살이었으니, 지금은 초등학교 3학년 정도일까. 어머니의 장례식이라는 사실조차 이해하지 못해 손가락을 빨며 내내 누군가를 찾듯 고개를 이리 돌리고 저리 돌리던 아이가, 이제는 스마트폰을 사용할 수 있을 만큼 컸다니 놀라웠다.

―시신 상태를 보고하겠습니다.

검시관 기누카와가 곁에 섰다. 기누카와는 40대 중반으로 다케나시와 동년배지만, 시로 씨를 의식해 몹시 정중한 말투를 썼다. 기누카와는 검시관이 되기 전, 경찰대학교에 다닐 때에 시로 씨의 강의를 들었다고 했다.

—사망한 지 이틀쯤 지났고, 목에 감긴 멀티탭 전선 때문에 질식사했다고 추정됩니다.

기누카와는 콩나물 같은 몸을 곧게 편 채 다케나시와 미즈모토가 아니라 시로 씨를 보고 마치 면접이라도 보듯이 딱딱한 말투로 말했다.

—저렇게 양발이 땅에 닿는 상태로 목을 매는 경우, 땅에서 발을 떼는 경우보다 천천히 사망하기 때문에 아주 괴롭습니다. 만약 자살이라면 술이나 수면제 같은 보조 수단이 필요하지 않았을까 싶은데요.

이 점에 관해서는 나중에 부검으로 미야시타 시호가 수면제를 먹었다는 사실이 밝혀졌다. 미야시타 시호가 시내 병원에서 처방받아 평소 복용하던 약으로, 처방전도 확인되었다.

—뭔가 이상한 점은?

만약을 위해 물어보았다.

—현재로서는 없습니다.

무심코 다케나시에게 존댓말로 대답한 기누카와가 겸연쩍은 표정을 지었다.

—꽃잎이 있었어.

그 말에 모두 가볍게 고개를 갸웃하며 시로 씨를 쳐다보았다.

—무슨 꽃인지는 아직 몰라. 시신의 배 부분에 한 쪼가리 붙어 있더군.

그러고는 이미 증거품 봉지에 넣어둔 꽃잎을 다케나시와 미즈모토에게 보여주었다. 시로 씨가 꽃잎을 '하나'나 '한 장'이 아니라 '한 쪼가리'라고 표현한 이유는 꽃잎이 쪼글쪼글하니 작게 뭉쳐져 있었기 때문이리라. 갈색에다 오그라지기까지 해서 지우개 똥 같았지만, 과연 확실히 꽃잎이었다. 그러나 실내에 꽃은 없었다.

—이틀 전, 죽은 날에 어디서 붙은 걸까요?

다케나시의 말에 시로 씨는 그걸 알아내는 일은 자네들 임무라는 듯이 등을 돌리고 돌아갈 채비를 했다.

잠시 후 미야시타 시호의 시신을 실은 들것이 파란색 시트로 만든 가림막 사이로 빠져나갔다. 시트를 통과한 햇빛이 얼굴을 푸르스름하게 비추자 미야시타 시호는 이미 죽었는데도 꼭 젊어진 것처럼 보였다.

그후 다케나시와 미즈모토는 실내를 조사했다.

맨션 뒤쪽 주차장에 면한 창문은 단단히 잠겨 있었고, 시신을 발견했을 때 현관문도 잠겨 있었으므로 일단 자살이 분명하다고 추정되었다. 클레 홈스가 관리하는 건물은 보안이 마케팅 포인트인 듯, 창문은 이중 자물쇠고 현관문 열쇠도 개인은 복사가 불가능한 프랑스 회사 가디언의 상품을 채택했다. 가디언의 열쇠는 이른바 딤플키—표면에 요철을 만들어서 방범성을 높인 열쇠—중에서도 만듦새가 특히나 복잡해서 열쇠 전문점에서도 여벌 열쇠를 만들 수가 없다. 복사하려면 제조사에 발주해야 하는데, 이 경우 반드시 제조사에 복사한 이력이 남는다. 나중에 미즈모토를 통해 확인해보니 미야시타 시호의 집 열쇠는 복사한 이력이 없었다. 미야시타 시호는 입주할 때 클레 홈스로부터 열쇠를 두 개 받았다. 그중 하나는 식탁 의자 등받이에 걸린 핸드백 속에, 나머지 하나는 침실 옷장 서랍에 들어 있었다.

오후에 올라온 시로 씨의 보고서에 따르면, 목에 감긴 멀티탭과 테이블에 놓여 있던 바카라 유리컵에서는 미야시타 시호의 지문만 검출되었다고 한다. 유리컵 테두리에도 미야시타 시호의 입술 자국이 또렷이 남아 있었다. 침실에 있던 미야시타 본인의 스마트폰도 조사했지만 딱히 수상한 점은 발견되지 않았고, 맨션 주민 및 근처 이웃을 대상으로 한 탐문 역시 수확은 없었다.

요컨대 자살할 부정할 근거는 전혀 없었다.

미야시타 시호는 평소 복용하던 수면제를 먹고 멀티탭의 전선을 목에 감은 후 반대쪽을 문손잡이에 묶고 잠들면서 죽었다. 자살에 멀티탭을 사용한 이유는 튼튼한 끈이 그것 말고는 없었으므로. 멀티탭을 현관문 문손잡이에 묶은 이유도 거기 말고는 인간의 몸을 매달 만한 곳이 없었기 때문에.

그런 결론이 나왔다.

"하지만 그거, 정말로 자살일까……."

미즈모토는 여전히 서류를 노려보며 중얼거렸다.

"이봐, 그게 사건이었으면 좋겠는가?"

시로 씨가 묻자 미즈모토는 잠깐 생각하더니 고개를 휘휘 저었다.

"그야 사건이 아닌 편이 낫죠."

"종교단체에 대한 편견은?"

"네?"

"만약 사망자가 일반 기업의 간부고, 발견자가 그 회사 책임자였더라도 지금처럼 의심했겠냐는 소리야. 이번에는 종교단체의 간부가 시신으로 발견되었고, 발견자는 지부 책임자였지. **그야말로 수상하다고** 생각하는 거 아닌가. 분명 과거에 국내에서도 종교단체 내부에서 살인이 발생한 적이 있었지. 하지만 통계를 내보면 아마 회사 상사가 부하를 죽인 사례가 더 많을걸."

미즈모토는 이번에도 과도할 정도로 고개를 저었다. 정곡을 찔렸기 때문인지, 아니면 정말로 뜻밖의 말이었기 때문인지는 알 수 없었다.

"모든 사실을 의심하는 게 형사의 기본 아니겠습니까. 경찰학교에서도, 다케나시 선배에게도 그렇게 배웠습니다. 그래서 의심하는 것뿐이에요. 뭐, 어쩌면 제가 처음으로 맡은 사건이기 때문일지도 모르지만—"

사건, 이라고 시로 씨가 입속으로 중얼거렸지만 미즈모토는 알아차리지 못한 듯했다.

"이대로 자살로 처리되면, 앞으로 십왕환명회 건물을 보거나 기숙사 우편함을 열 때마다 생각날 것 같아서요."

"건물을 보기 싫으면 피해서 가면 그만이지. 우편함은 또 뭔가."

"전에 집회에 참석하지 않겠느냐는 내용의 광고지가 들어 있었거든요."

그때 젊은 감식관이 들어와서 시로 씨에게 보고서를 건넸다. 시로 씨는 돋보기안경을 쓰고 서류를 훑어본 후, 내용을 아주 간단하게 설명했다.

"꽃잎은 벚꽃이었어."

벚꽃, 하고 미즈모토가 중얼거렸다.

"품종은 왕벚나무. 이 계절이면 어디에라도 피어 있는 벚꽃이지."

"지부의 벚꽃!"

미즈모토가 크게 소리를 지르며 다케나시를 향해서 고개를 휙 돌렸다.

실은 다케나시도 같은 생각을 했다.

십왕환명회 가마쿠라 지부 건물은 12년 전, 시 외곽에 느닷없이 세워졌다. 3층짜리 흰색 건물에 세로로 길쭉한 아치형 창문이 정연하게 줄지어 있어서 누군가는 오스트리아의 유명한 도서관이 연상된다고 했다. 다케나시는 해외에 가본 적이 없고, 그 도서관을 인터넷으로 찾아보지도 않았으므로 정말로 비슷한지는 모른다.

봄이 되면 십왕환명회 가마쿠라 지부 앞뜰에 일제히 벚꽃이 폈다. 정면 현관 양옆에 다섯 그루씩, 총 열 그루의 왕벚나무가 거대한 콜리플라워처럼 둥글둥글 부풀고, 바람이 불면 사람의 모습이 가려질 만큼 눈보라 치듯 꽃잎이 휘날렸다. 지부장 모리야의 말로는 원래 지역 주민들에게 친근감을 줄 목적으로 벚꽃을 심었다는데, 아무래도 그 시도는 성공한 듯했다. 벚꽃이 피는 계절에는 많은 사람들이 벚꽃을 보러 개방된 지부 앞뜰을 찾아왔다. 물론 공원이

나 하천 부지처럼 마음 편하게 갈 수 있는 곳은 아니므로 사람들이 우르르 몰려들지는 않았지만, 종교단체의 부지를 일반인이 산책하는 것 자체가 상당히 드문 일이리라.

"그곳의 꽃잎일 가능성은 없을까요?"

미즈모토가 얼굴을 바짝 들이밀어서 다케나시는 저도 모르게 몸을 뒤로 물렸다.

"그러니까……사흘 전에 미야시타 시호가 지부에 갔을 때 떨어진 꽃잎이 옷에 붙었고, 그대로 귀가해서 자살했다는 뜻?"

"아닙니다. 미야시타 씨는 사망 추정일에 지부에 가지 않았으니까요. 그렇다고 어제 시신이 발견되었을 때 모리야나 나카가와 씨의 몸에 붙어 있던 꽃잎이 미야시타 씨의 옷으로 옮겨갔거나, 바람이 불어 문틈으로 들어간 것도 아닙니다. 그 꽃잎은 완전히 마른 상태였으니까요. 마른 꽃잎은 나무에서 떨어지지 않고, 바람에 날려오지도 않습니다."

"……그래서?"

시험 삼아 물어보았지만 미즈모토가 무슨 생각을 하는지는 등장인물에게 경칭을 붙이느냐 마느냐만 봐도 명백했다.

"사흘 전에 모리야가 지부를 나섰을 때 벚꽃잎이 떨어져서 옷이나 머리카락에 붙었다. 모리야는 그대로 미야시타 씨의 집을 찾아갔고 꽃잎은 미야시타 씨의 옷으로 옮겨갔다. 하지만 옷이 분홍색이라 모리야는 눈치채지 못하고 집을 나섰다. 그 꽃잎이 이틀이 지나서 그렇게 변색된 상태로 발견됐다."

"요컨대 모리야 씨가 미야시타 씨를 죽였다?"

"그런 말은 안 했습니다."

"한 셈이야."

시로 씨가 손바닥 아랫부분으로 백발이 성성한 머리를 탁탁 두드렸다. 미즈모토는 시로 씨에게 얼굴을 가까이 대고 물었다.

"시로타 과장님, 벚꽃의 DNA를 감정할 수는 없을까요?"

"감정 결과 왕벚나무라고 확정된 거야."

"그게 아니라 왕벚나무끼리 비교하는 거죠. 그 꽃잎이 어느 왕벚나무의 꽃잎인지 DNA를 감정할 수는 없겠습니까?"

"전 세계의 왕벚나무는 죄다 DNA가 똑같아. 원래 한 그루의 왕벚나무에서 만들어진 복제 품종이거든. 덧붙여 DNA 말고 다른 요소를 감정하려고 해도 이번에는 어렵겠지. 현장에서 발견된 꽃잎에서는 이 서류에 적혀 있는 성분 말고는 검출되지 않았거든."

그 성분이란 거리의 가로수 대부분에서 나올 만한 아주 흔해빠진 것들뿐이라고 했다.

"다케나시 선배, 일단 미야시타 씨의 집 근처에 왕벚나무가 있는지 확인하러 가시죠?"

"그래야겠지."

"좋았어."

미즈모토는 자기 자리로 뛰어가 새로 산 업무용 가방을 집었다. 다케나시도 웃옷을 가져오려고 자기 자리로 향하는데 시로 씨가 소맷자락을 붙잡았다.

"……저 녀석은 그 사고에 대해서 아나?"

눈으로 미즈모토를 가리켰다.

"아니요, 말 안 했습니다."

6년 전 여름, 유카리장이라는 연립주택 앞에서 발생한 사망사고 이야기였다. 사고를 일으킨 십왕환명회 차량의 뒷좌석에는 미야시타 시호가 타고 있었다. 운전자는 봉사부에 소속된 미야시타 시호의 부하였다. 사고에는 유일한 목격자가 있었다. 그 목격자의 증언이 차는 법정 속도를 유지했으며 사람이 느닷없이 뛰어드는 바람에 피할 수 없었다는 운전자의 말을 뒷받침해주었다. 운전자는 위험운전치사상죄로 체포되었지만 불기소 처분을 받았고, 지금도 십왕환명회 봉사부에서 일하고 있다.

"이번 일과는 상관없으니까요. 과장님도 그 사고 이야기는 일절 꺼내지 말고 생각하지도 말라고 당부하셨습니다."

좋은 판단이라며 시로 씨는 머리를 절레절레 흔들었다.

"수사에 개인적인 감정이 끼어들면 변변한 일이 없으니까."

"그렇죠."

생각해서는 안 된다.

잊어버려야 한다.

잊고 싶다.

"저도 좋은 판단이라고 생각합니다."

그후 다케나시와 미즈모토는 경찰서를 나서서 미야시타 시호가 살던 맨션으로 향했다. 차를 타고 주변을 샅샅이 뒤졌지만 부근에는 공원도 정원이 딸린 집도 없었고, 나무라고는 한산한 길에 심긴 플라타너스뿐이었다.

물론 벚꽃잎은 날리지도 떨어지지도 않았다.

2

"그야 당연히 큰일이죠. 미야시타가 없으면 봉사부가 제대로 돌아가지 않으니까요."

모리야 다쿠미는 비싸 보이는 나무 책상 위에 양손을 올리고 깍지를 꼈다. 다케나시와 미즈모토는 책상과 마주한 소파에 나란히 앉아 있었는데, 낮은 소파라서 모리야 다쿠미를 올려다보는 꼴이 되었다. 지부장실에 누가 찾아와도 필연적으로 이렇게 될 것이다.

미야시타 시호의 집 부근에 왕벚나무가 없다는 사실을 확인한 후 바로 십왕환명회 가마쿠라 지부를 방문했다.

"회원 여러분께 심려를 끼쳐서는 안 되니까 어제부터 여러모로 부지런히 움직이고 있습니다. 동요가 일어나지 않도록, 한편으로 봉사 활동도 예전처럼 원활하게 진행되도록요."

모리야의 목소리는 신기하다. 성량을 낮추어 나지막하게 말하는데도 잘 들리고, 억양이 별로 없는데도 단조로운 인상을 주지 않는다. 말에 따라서 움직이는 두툼한 입술을 다케나시는 아까부터 가만히 바라보았다.

"미야시타 씨의 죽음은 회원들에게 어떻게 설명하셨습니까?"

옆에서 미즈모토가 물었다. 차를 몰고 여기로 올 때 이번에는 네가 진술을 청취하라고 지시했었다. 미즈모토는 그 말을 듣자마자 에너지 드링크를 잔뜩 마신 것처럼 두 눈을 번쩍 뜨더니, 옆에서도 알 수 있을 만큼 콧김을 거칠게 내쉬었다. 아직도 미미하게나마 그 상태가 지속되고 있었다.

"급사했다는 말로 일관하고 있습니다. 스스로 목숨을 끊었다는 사실이 회원 여러분께 전달되는 건 본인도 바라지 않았을지 모르니까요."

"어제도 물어봤습니다만, 미야시타 씨가 자살하신 이유에 대해 짚이는 점은 없으신 거죠?"

모리야는 형식뿐일지도 모르지만 햇빛이 비쳐드는 창문으로 시선을 돌리고 잠시 생각하듯 뜸을 들이다가 대답했다.

"없습니다."

그렇습니까, 하고 중얼거린 미즈모토는 무릎 위에 놓아둔 B5 용지 크기의 태블릿 PC에 전용 펜으로 뭔가를 적었다. 수사나 진술 청취를 할 때 메모를 어떻게 할지에 대해 딱히 규정이 있는 것은 아니지만, 다케나시를 포함한 대부분의 형사들은 경찰서 매점에서 판매하는 메모장을 사용했다. 개중에는 문방구에서 자기 취향에 맞는 메모장을 구입하는 사람도 있었다. 그러나 태블릿 PC를 사용하는 형사는 처음이었다. 화면을 힐끗 들여다보니 자잘하게 줄지은 글씨 가장 밑에 '(5초쯤 뜸 들이다) 없습니다'라고 휘갈겨놓은 것이 보였다.

"그럼 다음으로 모리야 씨가 미야시타 씨의 집을 찾아갔을 때의 상황도 한번 더 확인하겠습니다. 일단 초인종을 몇 번 눌렀지만 응답이 없었다. 그래서 맨션을 관리하는 클레 홈스에 연락했다. 나카가와 사장이 직접 와서 현관문을 열었다. 그리고 모리야 씨가 문을 당겼을 때, 문이 이상하게 무거웠고 이상한 냄새가 났다고 말씀하셨는데, 틀림없습니까?"

미리 준비한 것처럼 유창한 말투였다.

"틀림없습니다."

"그후에 10센티미터쯤 되는 문틈으로 안을 들여다보니 아무도 없었다. 그러고 나서 문 안쪽에 미야시타 씨의 시신이 있는 걸 알아차리셨고요?"

"맞습니다."

그렇군요, 하고 고개를 끄덕이는 미즈모토의 옆얼굴에 승기를 잡았다는 듯이 흥분된 기색이 드러났다.

"……이상하지 않습니까?"

모리야는 표정으로 되물을 뿐이었다. 미즈모토는 이제부터 꺼낼 말의 효과를 좀더 높이기 위해서인지, 잠시 침묵을 지키다가 입을 열었다.

"그랬을 경우, 실내보다는 일단 문 안쪽을 확인하지 않을까요? 문을 무겁게 만든 이유가 바로 거기에 있을 테니까요. 보통은 그게 가장 먼저 궁금할 텐데요, 아닙니까? 하물며 이상한 냄새가 났다면서요. 거기에 뭔가 있다고 생각하는 게 보통 아닐까요?"

미즈모토가 말하는 동안 모리야의 눈빛이 단계적으로 변화했다. 가벼운 놀라움, 흥미, 그리고 상대를 안쓰러워하는 감정이 드러났고, 마지막에는 온 얼굴에 미안하다는 표정이 맺혔다.

"형사님 성함이……미즈하라 씨?"

"미즈모토입니다."

"미즈모토 씨, 죄송합니다. 미즈모토 씨, 혼자 사는 여성의 집 문을 여벌 열쇠로 열어보신 경험은?"

"없습니다."

"그럼 문을 열었을 때 이상하게 무거운 느낌이 들거나, 느닷없이 이상한 냄새를 맡은 경험도 없으시겠군요……아, 고마워."

모리야가 입구를 향해 미소 지었다.

"아내입니다. 자치부, 일반 회사의 총무부 같은 부서를 총괄하고 있죠."

쟁반에 찻잔을 담아온 모리야의 아내는 다케나시와 미즈모토에게 웃음기 하나 없이 고개만 살짝 숙인 후, 두 잔은 테이블에, 한 잔은 모리야의 책상에 놓고 나갔다. 모리야와 동갑이라고 들었지만, 백발이 섞인 덥수룩한 머리와 말랐는데도 축 처진 뺨 때문에 훨씬 늙어 보였다.

모리야 부부는 이곳에 살지 않았다. 자택이 지부 근처, 주택가에서 조금 떨어진 곳에 있었다. 두 사람은 1년 내내 지부로 출근해 낮 시간을 거의 시설 내에서 보냈다.

"아무튼 사실은 그랬다는 겁니다."

이야기를 되돌린 모리야가 차를 한 모금 마신 뒤 말을 이었다.

"현실은 어린아이의 수수께끼 놀이가 아니니까요. 모든 일에 반드시 정답이 있는 건 아니에요. 설령 부자연스럽다고 해도 제게는 그게 자연스러운 행동이었으니까 어쩔 수 없죠."

미즈모토의 옆얼굴에 힘이 꾹 들어갔다. 하지만 대꾸는 하지 않고 태블릿 PC에 펜을 내리치듯 뭔가 적어 넣은 후 손으로 화면을 오른쪽에서 왼쪽으로 쓸었다. 바뀐 화면에도 자잘한 글씨가 가득했다.

"한 가지 더 묻겠습니다. 모리야 씨는 일단 미야시타 씨 댁의 초인종을 눌렀다. 하지만 응답이 없어서 클레 홈스에 전화를 걸었다. 그후에 나카가와 씨가 오기를 어디서 기다리셨습니까?"

"미야시타의 집 앞에서요."

"그럼 나카가와 씨에게도 집 앞에서 전화를 거셨겠군요."

제 차에서요, 라고 모리야가 대답하자 미즈모토의 옆얼굴에 낙담한 빛이 역력했다.

만약 이 질문에 현관 앞에서 전화를 걸었다고 대답했다면, 나카가와가 도착했을 때 모리야는 전화를 가지고 있었던 셈이 된다. 그렇다면 어제의 증언과는 모순이 생긴다. 모리야는 미야시타 시호의 시신을 발견하고 경찰에 신고할 때, 전화를 차에 두고 와서 나카가와에게 부탁했다고 말했기 때문이다.

미즈모토는 상대의 거짓말을 간파하고자 이런저런 작전을 준비한 모양이지만, 현재까지는 통하지 않는 듯했다. 모리야가 한 수 위인 걸까, 아니면 정말로 거짓말을 하지 않은 걸까.

"남이 들어서 좋은 이야기는 아니니까요. 차로 돌아가서 문을 닫고 전화를 걸었습니다. 금방 오겠다는 나카가와 씨를 기다리려고 다시 미야시타의 집 앞으로 돌아갔죠. 그때 전화를 차에 놓고 왔는지……잠깐 실례하겠습니다."

진동하는 소리가 희미하게 들렸다. 모리야가 와이셔츠 주머니에서 스마트폰을 꺼내서 들여다보았다. 두툼한 입술이 살짝 굳어지더니 미즈모토를 향해 얼굴을 되돌렸다.

"질문이 더 있으십니까? 없으시다면 업무가 좀 밀려서요."

미즈모토는 마치 시험이 끝나기 직전인데 문제를 다 풀지 못한 학생처럼 손바닥으로 태블릿 PC의 화면을 좌우로 바쁘게 넘겼다.

"……이쯤하면 됐잖아?"

다케나시가 작게 말하자 미즈모토는 몇 번 더 화면을 넘긴 후 분한 표정으로 태블릿 PC의 전원 버튼을 눌렀다. 어두워진 화면에 천장이 조용히 비쳤다. 종이 메모장을 덮을 때보다 더욱 끝났다는 인상이 강했다. 형사의 업무에 그다지 적합하지 않은 도구일지도 모르겠다.

다케나시와 미즈모토가 일어서자 모리야도 책상 바깥쪽으로 나와서 문으로 향했다.

"다음번부터는 미리 연락을 주시면 감사하겠습니다."

모리야는 미즈모토가 아니라 다케나시의 얼굴을 보고 말했다.

"죄송합니다. 그렇게 하죠."

"어제 알려드린 번호로 연락하셔도 상관없습니다. 아래까지 배웅해드리죠."

햇빛이 하얗게 비치는 복도로 나서자 모리야는 호주머니에서 열쇠를 꺼내 문을 잠갔다.

"왜 문을 잠그시는 거죠?"

아마도 별 근거는 없겠지만, 미즈모토가 일부러 의심하는 듯한 목소리로 물었다. 모리야는 미즈모토의 얼굴과 방금 잠근 문을 번갈아 본 후 여유롭게 미소를 지었다.

"개인 정보 보호가 중요한 시대에 놀랄 만한 질문을 하시는군요."

"하지만 여기는 시설 내부인걸요."

"가마쿠라 경찰서는 문을 다 열어놓는가 보죠?"

"아니요, 경찰서에는 다양한 사람들이 드나드니까요."

여기도 마찬가지입니다, 하고 모리야는 양손을 벌렸다.

"누구든지 받아들이죠. 특히 지금은 벚꽃 철이라 회원이 아닌 분들도 꽃을 보러 많이들 오시고요. 물론 의심하는 건 아닙니다만, 자료 보호는 중요합니다. 무슨 일이 생긴 뒤에는 늦으니까요."

아까 다케나시와 미즈모토가 앞뜰을 지나왔을 때에도 동네 사람들이 벚꽃을 구경하며 산책하고 있었다. 오늘은 일요일이라 가족 나들이를 나온 사람들도 있어 제법 수가 많았다.

"참고삼아 여쭙는데, 어떤 자료를 보호하고 계시는지요?"

미즈모토가 거듭 질문했다. 최대한 시간을 끌어 모리야를 가까이에서 관찰하겠다는 속셈일지도 모른다.

"물론 여러 가지죠. 우리 같은 종교법인에 입회했다는 사실 자체
를 숨기고 싶어하는 분도 계시거든요. 그런 비밀을 엄수하는 것도
저희의 업무 중 하나입니다. 어쨌거나 옛날에 비해 자료의 크기가
작아져서 반출하기 쉽잖습니까. 컴퓨터에도 문에도 잠금장치는 필
수입니다."

말하면서 모리야는 등을 돌려 복도를 걸어갔다. 다케나시와 미즈
모토도 따라갔다. 발소리가 울리는 조용한 복도를 빠져나와 넓은
계단을 내려가며 미즈모토가 십왕환명회의 교의에 대해 모리야에
게 물었다.

"십왕이란 죽은 사람이 갈 곳을 결정하는, 염라대왕을 위시한 열
명의 왕을 가리킵니다. 왕들은 죽은 사람이 육도―즉, 지옥도, 아귀
도, 축생도, 수라도, 인간도, 천상도 중 어디에 환생할지 판단하는
역할을 맡죠. 그러나 그건 불교의 가르침이고, 저희의 가르침은 다
릅니다. 저희는 생전에 선했는지 악했는지와는 상관없이 죽은 사
람이 인간 세상에 다시 태어나도록 십왕과 교섭합니다. 사랑하는
사람이 세상을 떠났을 때, 당연히 그 사람이 다시 인간 세상에 돌아
오기를 바라겠죠. 저희는 그런 분들의 염원이 이루어지도록 조금이
나마 도와드리는 겁니다."

마치 계산이라도 한 듯이 설명이 끝나는 동시에 정면 현관에 도
착했다. 다케나시와 미즈모토는 유리문을 열어주는 모리야에게 인
사하고 앞뜰로 나왔다. 봄 하늘은 화창했다. 시야의 절반에 어린아

이의 풍선같이 새파란 색깔이 펼쳐졌다.

"……해볼까?"

다케나시가 속삭이자 미즈모토도 속삭이는 목소리로 대답했다.

"해보죠."

두 사람은 활짝 열린 정문으로 향하지 않고 벚나무 아래를 걸었다. 힐끗 돌아보니 모리야는 유리문 안쪽에서 아직 이쪽을 보고 있었다. 정면 현관 좌우에 다섯 그루씩, 총 열 그루의 벚나무 아래를 동네 사람들 사이에 섞여 천천히 걸었다. 봄바람이 불어 벚꽃이 흩날리자 주변에서 감탄하는 목소리가 들렸다. 실제로 언제나 그렇듯이 멋진 꽃보라였다.

"붙었습니까?"

미즈모토가 몸을 다케나시 쪽으로 돌리고 물었다.

"응, 하나."

건강해 보이는 미즈모토의 짧은 머리에 꽃잎 하나가 붙어 있었다.

"나는 어때?"

"없네요."

"벌써 많이 떨어져서 그런가."

주차장으로 돌아오는 동안 미즈모토는 고개를 되도록 수직으로 유지하며 걸었다.

"내가 운전할까?"

"아니요, 제가 하겠습니다."

두 사람이 탄 차가 출발했다.

시가지를 달리며 태블릿 PC가 편리하냐고 물어보자 편리하다는 대답이 돌아왔다.

"스타일러스 펜은 익숙해지면 보통 펜으로 종이에 쓰는 것보다 편합니다. 꾹꾹 눌러쓸 필요도 없고, 찍기, 꺾기, 굴리기도 다 되고요."

"너, 서예 했었어?"

"일단 단증은 가지고 있습니다."

"조만간 간판도 쓰라고 하겠군."

엇, 하고 미즈모토의 옆얼굴이 설렘으로 가득해졌다.

"그거 굉장한 일이잖아요."

어느 관할서든 수사본부가 설치될 때 방 입구에 붙이는 종이 간판은 서예 단증이 있는 직원이 쓴다. 가마쿠라 경찰서의 간판 쓰기 담당은 예전에는 구마지마였고, 지금은 형사과장이다.

"굉장한가……."

다케나시는 애매하게 고개를 갸웃하며 양복 안주머니에 꽂아둔 볼펜을 꺼냈다. 구마지마와 한 팀으로 활동하던 시절, 처음으로 다케나시가 활약해 범인을 체포한 다음 날에 구마지마가 퉁명스럽게 건네준 선물이었다. 네가 작성한 서류는 읽기 힘들다고 늘 불평했으니 조금쯤은 글씨를 연습하라는 의미였을까. 수성펜이라 종이 위를 미끄러지듯 술술 잘 써졌다. 이 펜 덕분에 악필이 조금은 나아진 듯한 기분도 들었다.

구마지마와 마지막으로 담당한 사건, 즉 가마쿠라 동터널 출구 부근에서 돌에 맞아 살해당한 가지와라 나오토 사건은 6년이 지난 지금도 미해결 상태였다. 새로운 단서는 발견되지 않았고, 시간이 흐를수록 담당 인원이 줄다가 마침내 다케나시도 수사에서 제외되었다. 그러나 그 사건은 다케나시의 머릿속에 착 들러붙어 이 볼펜을 볼 때마다 떠올랐다. 아니, 보지 않아도 떠올랐다. 아무리 잊어버리려 해도 떠올랐다.

"제법 고급스러워 보이네요."

"뭐, 몽블랑이니까."

"몽블랑 케이크의 그 몽블랑이요?"

"글쎄, 그건 모르겠네."

펜 꽁무니에 달린 하얀 꽃 또는 별 같이 생긴 마크를 바라보았다. 이건 유럽 알프스의 최고봉인 몽블랑의 꼭대기에 덮인 눈을 나타낸다는 구마지마의 설명을 떠올리는 사이에 목적지에 도착했다.

주차장에 차를 댄 후 양쪽 문을 열고 내렸다.

"붙어 있나요?"

미즈모토가 다케나시 쪽으로 돌아와서 머리를 내밀었다.

"응."

"그럼 오늘 아침에 제가 서에서 말한 일이 일어났을 가능성도 있겠군요."

사흘 전, 모리야가 지부를 나섰을 때 벚꽃잎이 옷이나 머리카락에 붙었다. 모리야는 그대로 미야시타 시호의 집을 찾아갔고, 꽃잎은 미야시타 시호의 옷으로 옮겨갔다. 하지만 옷이 분홍색이라 모리야는 그 사실을 알아차리지 못하고 집을 나섰다. 그 꽃잎이 이틀이 지나 변색된 채로 발견되었다.

"가능성만 따지자면 그렇겠지. 하지만 이 시기에 지부에는 여러 사람이 드나들잖아. 아까 모리야 씨가 그렇게 말했고, 우리도 봤어."

"압니다. 아무튼 저는 가능성을 쫓아가보고 싶네요."

머리카락에 벚꽃잎을 붙인 채 미즈모토는 쪼그려 앉았다가 일어서고, 차 주변을 한 바퀴 돌고, 머리를 상하좌우로 흔들고, 갑자기 돌아보았다. 모질 때문이기도 하겠지만, 꽃잎은 떨어지지 않았다. 그 모습을 '클레 홈스'라는 스티커가 붙은 커다란 유리창 너머에서 여사무원이 수상하다는 듯 바라보고 있었다.

3

나카가와 도루의 사장실은 아까 모리야와 대화한 지부장실의 3분의 1 크기일까. 그러나 책상과 캐비닛도, 공기청정기와 컴퓨터 같은 전자제품도 전부 흰색으로 통일해서인지 좁아 보이지는 않았다. 하기야 다케나시의 셋방만 하니까 애당초 그렇게 작은 크기는 아니었다.

"안 그래도 묻고 싶었습니다만, 입주자의 가족도 아닌 사람의 연락을 받고 그렇게 쉽게 문을 열어주십니까? 일반적으로요."

이번에도 미즈모토에게 진술 청취를 맡겼다.

"경우에 따라 다르죠. 미야모토 씨는 가족이 안 계셨습니다. 입주할 때 연대보증을 서준 것도 모리야 씨였는걸요."

나카가와는 조그마한 소파 맞은편에 앉았다. 다케나시와 미즈모토를 사장실에 맞아들인 후부터 그는 10초에 한 번쯤 인상적인 여우 눈으로 대놓고 벽시계와 손목시계를 보았다. 손목시계는 까르띠에의 상품이었다.

"그렇군요. 연대보증인이니까 문제없다고 보고 문을 열어주셨다는 거죠?"

나카가와는 고개를 까딱하고는 또 손목시계를 들여다보았다. 미즈모토는 일단 들고 있는 태블릿 PC에 시선을 주고 나서 고개를 들었다.

"책망하는 게 아닙니다. 그저 사정을 확인하는 것뿐이에요."

"딱히 그런 느낌은 안 받았는데요."

애매하게 고개를 끄덕이는 미즈모토의 옆얼굴에 창피한 기색이 서렸다. 풋내가 물씬거리는 모습이었다. 어쩌면 진술을 청취할 때 나눌 대화를 사전에 가정하고, 자기가 할 말까지 전부 메모해왔는지도 모르겠다. 준비한 메모에 맞춰서 자리를 이끌어가는 건 약간 감점이라 하더라도, 다케나시는 옆에서 감탄했다. 다케나시가 미즈모토에게 진술 청취를 담당하라고 지시한 건 오늘 십왕환명회 가마쿠라 지부로 향하는 도중이었다. 즉, 미즈모토는 그때 이미 모리야와 나카가와의 진술을 어떻게 청취할지 태블릿 PC에 흐름을 정리해둔 셈이었다. 자기가 진술 청취를 맡으리라는 사실을 미리 예상한 걸까.

"그런데 나카가와 씨, 모리야 씨의 연락을 받고 맨션에 가셨을 때 상대의 신분증 같은 건 확인하셨습니까?"

"네?"

나카가와는 말뜻을 파악하지 못한 이유를 일방적으로 상대에게 떠넘기는 식으로 되물었다.

"모리야 씨의 신분증 말입니다. 예를 들면 면허증이라든가."

"왜 확인해야 하는데요?"

"아니, 그야, 미야시타 씨가 집을 빌릴 때 모리야 씨가 보증을 섰다고 해서 나카가와 씨가 직접 만나신 건 아니잖습니까? 서류에 사인을 했거나 도장만 찍었을 텐데요. 즉, 문을 열어달라고 한 사람이 정말로 보증인 모리야 다쿠미 씨인지는 모른다는 뜻이죠. 도둑일 가능성도 있지 않겠습니까?"

"가능성이 있으면 뭐 어쩌라고요?"

"무슨 말씀이 그렇습니까?"

"실제로 본인이었으니까 상관없잖소."

다케나시는 도움의 손길을 내밀었다.

"죄송합니다, 나카가와 씨. 방범도 저희 업무 중 하나라서요."

그러자 나카가와는 자기가 앞으로 대화할 상대는 이쪽이라고 밝히듯이 상반신을 다케나시가 앉은 쪽으로 돌렸다.

"방범은, 네, 확실히 중요하죠. 저희가 자물쇠 따기도 불가능하거니와 여벌 열쇠도 못 만드는 가디언의 자물쇠와 열쇠를 사용하는 이유도 방범입니다. 회사명에 들어간 '클레'도 프랑스어로 '열쇠'라는 뜻이에요."

나카가와는 보안에 특화된 건물이 시대의 수요와 맞아떨어져서 창업 이래 4년 동안 클레 홈스의 실적은 줄곧 상승해왔다고 설명했다.

"그 손목시계도 프랑스 상표로군요."

"잘 아시네요."

"나카가와 씨, 아직 서른―?"

"다섯입니다. 올해로 여섯이 됩니다만."

나카가와의 표정이 드디어 풀렸을 때, 옆에서 미즈모토가 태블릿 PC 화면을 넘기고 질문했다.

"가디언의 열쇠를 복사하기는 절대로 불가능합니까?"

나카가와는 한순간 무시하는 듯한 태도를 보였으나, 다케나시가 대답을 기다리는 표정을 짓자 귀찮은 듯 대답했다.

"열쇠집에서는 무리죠. 어제도 말했지만, 똑같은 걸 만들려면 제조사에 발주해야 합니다."

"열쇠 말고 그 맨션의 자물쇠를 풀거나 잠글 방법은 없을까요?"

"자물쇠 따기 말입니까?"

"네, 예를 들면요. 뭐든지 상관없습니다."

"열쇠가 없으면 안쪽의 자물쇠 손잡이를 돌리는 수밖에요. 그것 말고 다른 방법은 절대 없습니다."

그렇습니까, 하고 미즈모토는 태블릿 PC에 메모했다. 그때 뭔가가 나카가와의 얼굴을 번뜩 스치고 지나가는 것을 다케나시는 보앉다. 하지만 그런 기색은 금방 흔적도 없이 사라졌고, 옆에서 미즈모토가 다시 질문을 던졌다.

"시신 발견 당시의 상황을 묻겠습니다. 나카가와 씨는 문틈으로 미야시타 씨의 시신을 보셨습니까?"

"아니요, 못 봤습니다. 새어나온 냄새만 맡고도 안 좋은 예감은 들었지만요. 모리야 씨의 설명을 듣고 역시나 싶었죠."

"그후에 경찰이 도착할 때까지 쭉 모리야 씨와 같이 계셨고요?"

"네."

"눈 한 번 떼지 않고요?"

"물론 그런 건 아니고요. 내가 경찰에 전화했으니까."

"전화하려면 전화를 봐야 하니까요."

"당연하죠."

미즈모토는 탁탁 소리를 내가며 태블릿 PC에 메모했다. 메모가 끝나자 준비해온 질문이 다 떨어졌는지 갑자기 입을 꾹 다물었다. 그 기회를 놓치지 않겠다는 듯이 나카가와는 재빨리 안주머니에서 수첩을 꺼내 적당히 페이지를 넘겼다.

"회의가 있어서 그런데, 이만 돌아가주셨으면 하는데요."

다케나시와 미즈모토는 눈짓을 주고받은 후 자리에서 일어났다. 나카가와도 수첩을 안주머니에 넣고 일어섰다. 수첩은 세로로 길쭉하니 흔한 모양이었지만, 진짜 가죽으로 된 커버가 아주 무거워 보여서 사용하기에는 결코 편리할 것 같지 않았다.

"회사를 차리셨을 때 보안에 특화된 건물을 취급하려고 마음먹

으신 이유는 뭡니까?"

다케나시는 사장실 출구에서 몸을 돌려 마지막으로 물었다. 이미 책상으로 돌아간 나카가와는 다케나시와 미즈모토를 배웅하려는 낌새 하나 없었다.

"대학교 다닐 때 아버지가 돌아가셨거든요."

"아이고, 그것 참……."

"사후 강도라고 하나요? 자물쇠를 따고 빈집털이를 하러 들어온 남자가 마침 귀가한 아버지를 부엌에 있던 칼로 찔렀습니다."

"호시(일본에서 범인을 가리키는 경찰의 은어/옮긴이)는?"

미즈모토가 재빨리 물었다.

"호시?"

되묻고 나서 나카가와는 아, 하고 코에 주름을 잡으며 웃었다. 분명 상대에게 보여주기 위한 쓴웃음이었다.

"경찰이 즉각 붙잡았죠. 본가는 이웃 현에 있어서 이쪽 경찰은 아니었지만요. 아무튼 그런 연유로 보안을 중시하게 됐습니다."

최소한의 말로 마무리를 지은 후 나카가와는 컴퓨터 마우스를 조작해 뭔가 작업을 시작했다. 사장실을 나선 나카가와와 미즈모토는 세 명쯤 되는 직원에게 인사하고 차로 돌아갔다.

진술 청취가 생각처럼 잘 진행되지 않은 탓이겠지만, 경찰서로 돌아가는 내내 미즈모토는 시무룩한 표정이었다.

"너한테 왜 형사가 됐는지 물어봤었나?"

영 거북해서 적당히 화제를 꺼내자 형사 드라마입니다, 하고 미즈모토는 아주 솔직하게 대답했다.

"어릴 적부터 좋아해서, 늘 형사가 되기를 꿈꿨습니다."

"실제로 해보니 어때?"

"아직 모르겠네요."

그렇겠지, 하고 다케나시는 창밖 풍경으로 눈을 돌렸다.

"다케나시 선배는 이유가 뭐였습니까?"

미즈모토의 질문에 금방은 말이 나오지 않았다.

형사 드라마의 영향이 없었다고 하면 거짓말이었다. 실제로 많은 형사가 드라마에 영향을 받고 이 바닥에 뛰어들었다. 다만 그걸 솔직하게 말하는 사람이 적을 뿐이다.

나는 왜 형사가 되었을까.

신입 때는 분명하게 대답할 수 있었다. 그러나 지금은 당시 뭐라고 대답했는지조차 기억나지 않았다. 예를 들면 이불 속에서 잠이 깼을 때 방금까지 생생하던 꿈이 도저히 기억나지 않는 것과 비슷하게, 애매모호한 조각만 남기고서 어딘가로 사라져버렸다. 그 대신이라는 듯, 멍하니 거리의 풍경을 바라보던 다케나시의 머릿속에 떠오른 건 초등학교 4학년 때의 기억이었다.

다케나시가 소속된 소프트볼 팀에 쓰치야라는 멋진 6학년생이 있었다. 키가 크고, 재미있는 농담도 잘하고, 달리기도 빠르고, 코가 어른처럼 오뚝하고, 어째서인지 늘 다케나시를 귀여워했다. 고작 두 살밖에 차이가 나지 않건만 다케나시는 장래에 꼭 저렇게 되고 싶다며 쓰치야를 우러러봤다. 연습 경기가 열린 어느 일요일 아침, 인솔을 맡은 남자 교사와 함께 전철을 타고 이웃한 하쿠타쿠 시로 갔다. 전철에서 다케나시의 반 친구가 지갑에 1,000엔짜리가 세 장이나 있다고 거듭 자랑했다. 그런데 경기에서 지고 돌아오는 길에 전철에서 그 친구가 소란을 떨었다. 지갑에서 1,000엔짜리가 싹 사라졌다는 것이었다.

팀에는 집이 가난해서 별명이 거렁뱅이인 5학년생이 있었다. 다케나시 같은 후배들한테도 거렁뱅이 선배라고 불렸던 그 선배는 그 별명을, 지금 돌이켜보면 자존심을 죽이면서, 희미하게 웃는 얼굴로 받아들였다.

팀원의 돈이 사라졌다는 사실이 쓰치야 선배의 귀에도 들어갔다. 쓰치야 선배는 전철에서 경기 중에 모두가 짐을 놓아두었던 장소, 팀원 각각의 포지션, 타순을 기다릴 때의 움직임 등을 종합해서 독자적인 추리를 펼치더니 거렁뱅이가 훔친 것 아니겠느냐는 결론을 내렸다. 설득력 있는 이야기라 다들 동의하고 나섰다. 거렁뱅이 선배는 조금 떨어진 곳에서 그저 고개를 숙인 채, 얼굴에 힘을 팍 주고 알아듣지 못할 말을 중얼거리고 있었다.

학교에 도착하자 돌아오는 내내 아무 말도 없었던 인솔 교사가 갑자기 모두의 소지품을 검사하겠다고 했다. 다짜고짜 내려진 지시에 해질녘 교문 앞에서 순서대로 한 명씩 가방을 검사받았다. 거렁뱅이 선배의 가방을 열었을 때, 교사의 안색이 변했다. 그는 가방에 넣은 손을 금방 쑥 꺼냈다. 볕에 탄 교사의 옆얼굴은 입에 어렴풋한 틈을 남긴 채 영원히 굳어버린 듯해 보였다. 교사는 손에 1,000

엔짜리 세 장을 쥐고 있었다. 뒤쪽 운동장에서 갈색 모래 먼지가 희미하게 피어올랐다.

돈을 도둑맞은 다케나시의 반 친구는 모두의 앞에서 거렁뱅이 선배에게 1,000엔짜리 세 장을 돌려받았다. 거렁뱅이 선배는 전철에서처럼 고개를 숙인 채, 하지만 이번에는 울면서 뭐라고 말했지만 역시 알아들을 수 없었다.

4

창밖의 생일 케이크가 잿빛으로 흐려졌다.

"이번 비로 벚꽃도 다 지겠군."

곁에 선 시로 씨가 창밖을 내다보았다.

"제법 빗발이 세니까요."

"그 꽃잎은 어떻게 됐어?"

"별것 아니었어요."

미즈모토와 함께 했던 꽃잎 실험은 솔직히 말해서 별 의미가 없었다. 모리야와 나카가와의 진술도 미야시타 시호의 사인이 자살임을 좀더 강하게 뒷받침했다. 그로부터 닷새 동안 현장 주변에서 탐문을 계속하고 열쇠에 관해서도 가디언에 재확인했지만, 새롭게 얻은 정보는 전혀 없었다. 나카가와의 아버지가 살해당했다는 사건도 담당 관할서에 문의해보았지만, 이번 일과는 관계가 없는 듯했다.

"유미나게 절벽 밑에서 또 시체가 떠올랐대."

"방금 전이잖아요. 들었습니다."

그 절벽에서는 옛날부터 자주 사람이 죽는다.

절벽 이름에 몸을 던진다는 뜻이 포함된 탓이라고도 하는데, 아무튼 지역 안팎에서 스스로 목숨을 끊고자 하는 사람들이 찾아와서 몸을 던진다. 이른바 자살의 명소로, 몇 달 전 겨울에도 문방구를 운영하던 할머니와 할머니 조카의 시신이 절벽 밑 바다에 떠올랐다. 그 직전에 즈이오 강 강변에서 할머니의 남편이 타살당한 시체로 발견되었기 때문에, 두 사람이 공모해서 그를 죽인 후 후회를 이기지 못해 절벽에서 떨어진 것이 아닐까 추정되었다. 하지만 유력한 물증이 나오지 않아 결국 진상은 여전히 오리무중이었다. 아직 수사본부는 해체되지 않았고, 지금도 담당 형사들이 수사를 진행하고 있다. 다케나시는 담당이 아니라서 자세하게는 모른다. 그 후로 수사에 진척은 있었을까.

"신원은 아직 확인되지 않았죠?"

"아무튼 성인 남성이라나 봐."

"거기는 참, 우리가 파악한 자살자만 해도 제법 많지만 조류에 쓸려가서 발견되지 않은 시체도 있을 테니까 실제로는 자살한 사람이 더 많겠죠. 다들 그 절벽에서 뛰어내리다니 정말 참신함이 없다고 할까……어, 아직도 있었어?"

미즈모토가 넥타이를 푼 와이셔츠 차림으로 형사실에 들어왔다.

어젯밤에 미즈모토는 형사 생활에서 두 번째로 당직을 섰다. 오늘 아침 8시 30분에 근무가 끝났을 텐데, 이미 한낮에 가까운 시간이었다.

"퇴근하기 전에 수면실에서 잠깐 눈을 붙이려다 그만 단잠에 **떨어져서요**."

"집에 가서 푹 자. 비 오니까 조심하고."

아니요, 하고 미즈모토는 주머니에서 돌돌 만 넥타이를 꺼내 꼼꼼히 폈다.

"가봤자 아무도 없으니 일이나 하겠습니다."

미즈모토는 경찰학교를 마친 대부분의 경찰관이 그렇듯, 독신자 기숙사에 들어갔다. 가마쿠라 경찰서의 독신자 기숙사는 지어진 지 40년에 가까운 건물로, 다케나시도 결혼하고 연립주택으로 이사하기까지는 그곳에서 살았다.

"일해도 수당은 안 붙어."

"괜찮습니다."

과장 자리에서 전화벨이 울렸다. 잠시 통화하던 과장은 실내를 둘러보다가 창가에 선 다케나시를 발견하고 구부린 검지를 좌우로 움직였다. 손가락 끝은 다케나시의 자리를 향하고 있었다. 아무래도 전화가 온 모양이었다.

"다케나시입니다."

자리로 돌아가 선 채로 전화를 받았다. 상대는 지난겨울에 문방구 주인 할머니와 그 조카가 시신으로 발견된 일을 수사하는 형사였다. 밖인지 빗소리가 들렸다.

"지금 즈이오 강 강변에서 행적을 조사하고 있는데, 루어낚시를 하던 젊은 형씨가 뭘 주웠답니다."

"이렇게 비가 내리는데 낚시라고?"

"물이 탁해져서 물고기가 루어에 잘 속는다나 봐요."

"그나저나 뭘 주웠는데?"

수첩이라고 했다.

"흠뻑 젖었지만, 안을 좀 살펴보니 다케나시 씨가 맡은 일과 관련이 있는 것 같아서요."

5

미즈모토와 함께 강변으로 가는 동안 빗발은 더 거세졌다.

"이겁니다."

전화를 준 형사가 수첩이 든 증거품 봉지를 건넸다. 습기로 지문이 망가지지 않도록 하기 위해서인지 아가리는 연 채였다. 문고본을 조붓하게 늘인 듯한 모양의 수첩에는 검은색 가죽 커버가 달려있었다.

"내용을 전부 보지는 않았습니다. 직접 해보면 아시겠지만, 페이지를 넘기면 파손될 것 같더라고요."

세 사람은 우산이 포개질 듯 가까이 붙어서 이야기를 나누었다.

그래도 빗방울이 우산과 강물을 세차게 두드리는 소리 때문에 악을 써야 했다.

"뭣 때문에 우리가 맡은 일과 관련이 있다는 거야?"

"커버 안쪽에 있는 주머니에 클레 홈스 대표이사의 명함이 들어 있었습니다. 나카가와—"

"도루?"

"도루, 네. 세 장이나 들어 있는 게 본인 명함 같더군요."

확실히 다른 사람의 명함을 여러 장 가지고 다니는 일은 별로 없다. 그렇다면 이건 나카가와 도루의 수첩일까. 그런 마음으로 살펴보니 닷새 전에 클레 홈스에서 본 수첩과 비슷한 듯도 했다.

"어디서 찾았다고?"

"저쪽 바위 뒤편이요."

세 사람은 그쪽으로 이동했다. 물가에서 3미터쯤 떨어진 곳에 큼지막한 바위 두 개가 맞붙어 있었다. 루어낚시를 하던 청년의 말에 따르면 두 바위 사이쯤에 수첩이 떨어져 있었다고 한다.

"비도 너무 많이 오는데, 이거 서로 가지고 가도 되겠나?"

"저는 상관없습니다."

수첩을 증거품 봉지에 도로 넣은 후, 다케나시와 미즈모토는 강둑에 세워둔 차로 돌아갔다.

"내용을 살펴볼까요?"

운전석에 앉은 미즈모토가 상반신을 조수석 방향으로 꼬았다. 수면 부족과 기대감으로 두 눈이 잔뜩 충혈되어 있었다.

"자칫하면 파손될 것 같기는 한데—"

다케나시는 손수건으로 증거품 봉지의 물방울을 닦아내고 흰 장갑을 꼈다. 증거품 봉지에서 수첩을 꺼내 신중하게 커버를 넘겼다. 동료 형사 말대로 나카가와 도루의 명함 세 장이 주머니에 꽂혀 있었다. 명함집의 명함이 다 떨어졌을 때를 대비해서 넣어둔 걸까. 물을 흡수한 가죽 커버는 분명히 원래 무게 이상으로 무거워졌을 것이다. 하지만 안쪽 종이는 푹 젖지 않은 듯했다. 바위 뒤편에 떨어져 있었던, 또는 놓아두었던 덕분이리라. 하얀 면지의 가장자리는 젖었지만, 한복판은 보송보송했다. 면지를 조심스레 넘겨보니 다음 페이지도 마찬가지였다. 가장 처음 나타난 올해 연간 달력에는 아무것도 적혀 있지 않았다. 더 넘기자 일주일별로 일정을 적는 페이지가 시작되었다. 레프트 타입의 위클리 수첩인지 왼쪽 페이지는 일곱 칸으로 나누어져 있고, 오른쪽 페이지는 자유롭게 메모할 수 있는 백지였다. 젖은 부분은 검은색 볼펜 글씨가 번져서 읽을 수 없었지만, 보아하니 왼쪽도 오른쪽도 사업에 관련된 내용만 적혀 있는 듯했다. 그리고 몇 페이지를 더 넘겨봐도 똑같았다.

"이번 주나 저번 주 페이지는 무사할까요?"

"어디 보자."

4월 페이지를 찾았다.

"이게 저번 주로군."

왼쪽 페이지의 아래에서 두 번째 칸인 토요일은 미야시타 시호의 시신이 발견된 날, 그 밑의 일요일은 다케나시와 미즈모토가 클레 홈스를 방문해 나카가와에게 진술을 들은 날이었다. 그 두 칸에 볼펜으로 뭐라고 써놓은 듯했지만 완전히 번져서 알아볼 수 없었다. 오른쪽 백지에 적힌 글도 가장자리는 판독이 불가능했지만, 알아볼 수 있는 부분은 아무래도 사업과 관련된 내용인 것 같았다. —아니, 한복판보다 조금 아래, 간신히 알아볼 수 있는 위치에 휴대전화 번호 같은 것이 휘갈겨져 있었다.

090으로 시작되는 그 열한 개의 숫자들이 다케나시는 마음에 걸렸다.

어디서 본 듯한 숫자였기 때문이다.

"잠깐만요, 이거 혹시—"

미즈모토가 부랴부랴 가방에서 태블릿 PC를 꺼냈다. 그러고는 화면을 조작해 지금까지 모은 정보를 자신만의 방법으로 정리해놓은 듯한 파일을 열었다. 육필로 적은 것이 아니라 타자기로 친 파일이었다. 실제보다 훨씬 자잘한 글씨를 좇듯이 미즈모토는 화면에 얼굴을 가까이 대고 뭔가를 찾다가 이윽고 몸을 움찔했다. 젖은 상반신이 한순간 거대해진 것처럼 보였다.

"모리야 다쿠미의 전화번호입니다. 여기를 보세요!"

가리키는 곳을 보니 분명 똑같은 숫자가 적혀 있었다. 다케나시도 안주머니에서 자신의 메모장을 꺼내 페이지를 뒤적였다. 역시 같은 번호를 메모해두었다. 처음으로 진술을 청취할 때 모리야에게 물어보고 적은 것이었다. 다케나시는 젖은 수첩으로 시선을 돌렸다. 휴대전화 번호는 적어 두었지만, 누구의 번호인지는 적지 않았다. 이런 경우는 번호를 메모한 직후에 그 번호로 전화를 거는 경우가 많다.

"왜 나카가와 씨가 모리야의 전화번호를 메모했을까요? 이거, 나카가와 씨 본인에게 당장 확인하는 게 좋지 않겠습니까?"

"아니—"

이미 확인은 불가능할지도 모른다.

다케나시는 스마트폰을 꺼내 나카가와 도루에게 전화를 걸어보았다. 전파가 닿지 않는 곳에 있거나 전원이 꺼져 있다는 안내 음성이 나와서 이번에는 클레 홈스에 걸었다. 전화를 받은 여사무원에게 나카가와를 연결해달라고 하자 오늘은 아직 출근하지 않았다는 답변이 돌아왔다. 어제와 그저께는 어땠느냐고 묻자 여사무원은 말을 얼버무렸다.

"서에 전화해서 유미나게 절벽에서 발견된 시신에 대해 물어봐."

다케나시는 재빨리 통화를 종료하고 미즈모토에게 지시했다.

"어, 오늘 아침에 발견된 시신 말씀입니까?"

"나카가와 도루인지 아닌지 확인해달라고 해. 이 강은 바로 저 아래에서 바다로 이어지잖아."

"앗."

아무래도 미즈모토는 그 가능성을 이제야 알아차린 듯했다.

"즉시 확인해보겠습니다."

미즈모토는 스마트폰으로 경찰서에 전화를 걸고, 무릎 위에 놓은 태블릿 PC로 몸을 숙여 언제든지 메모할 자세를 취했다. 다케나시는 나카가와의 것으로 추정되는 수첩을 한 장만 더 살짝 넘겨보 았다. 젖은 페이지의 가장자리는 당장이라도 찢어질 듯했지만, 어 찌어찌 무사히 떼어냈다. 왼쪽 페이지는 이번 주 일정. 오른쪽 페이 지는—뭐지, 이건.

"아, 수고 많으십니다, 미즈모토입니다. 지금 다케나시 형사의 지 시로—"

미즈모토는 빠른 말투로 경위를 설명했다. 너무 빨라서 두 번 설 명해야 했다.

"유미나게 절벽 밑에서 건진 시신은 지금 서에 있습니까? 그럼 당 장, 네, 회사 홈페이지가 있습니다. 클레 홈스로 검색하면, 네. 거기 나카가와 씨의 사진이 있거든요. 그거랑 비교하면, 아니요, 저는 운 전을 해야 해서—"

미즈모토가 이쪽을 보았다. 다케나시는 볼펜을 든 채 엄지로 자 신을 가리켰다.

"다케나시 형사의 휴대전화로 연락 부탁드립니다."

전화를 끊자마자 미즈모토는 자동차 키를 돌려 시동을 걸었다. 빗속에 하얀 김이 피어오르는 것이 백미러로 보였다.

"서로 돌아갈까요?"

"응. 이 수첩도 잘 말려서 조사해야겠어."

이동 중에 경찰서에서 연락이 왔다. 익사체라서 얼굴을 판별하기 어렵지만, 오늘 아침에 유미나게 절벽 밑에 떠오른 시신은 나카가 와 도루일 가능성이 높다는 내용이었다.

6

"끝났어."

시로 씨의 호출을 받고 감식과로 가자 작업대에는 수첩이, 그 옆에는 헤어드라이어가 놓여 있었다.

"평범하게 드라이어로 말리는군요."

미즈모토의 말에 시로 씨가 험악한 눈으로 노려보았다.

"암, 아무나 할 수 있는 일이지."

시로 씨의 눈빛이 어떤지도 모르고 미즈모토는 온몸으로 흥분을 발산하며 흰 장갑을 꼈다. 다케나시도 흰 장갑을 끼고 작업대 옆에 섰다. 감식관은 모두 나가고 없고, 방에는 시로 씨 혼자였다. 비가 많이 와서 또 여기저기서 교통사고가 발생했는지도 모른다.

시로 씨가 수첩을 말리는 사이에 유미나게 절벽 밑에서 떠오른 시신은 역시 나카가와 도루로 확인되었다. 예전에 나카가와가 운전하다 단속을 당했을 때 데이터베이스에 등록된 지문이 시신의 지문과 일치했다. 나카가와의 시신은 바다나 강에서 발견되는 대부분의 시신과 마찬가지로 옷이 전부 벗겨져 알몸이었고, 소지품도 물론 없었다. 기누카와가 보고한 부검 결과에 따르면 허파에 물이 들어간 흔적은 없으며 사인은 강한 충격에 의한 두개골 골절이라고 한다. 충격을 준 물체는 바위나 돌같이 모양이 일정하지 않은 물체일 가능성이 높다는 소견이었다. 목뼈에 큰 손상은 없으며, 상처의 상태로 보건대 즉사는 아니었다. 요컨대 만약 유미나게 절벽에서 뛰어내려 바위에 머리를 부딪히고 바다에 떨어졌더라도, 허파에 물이 들어간 흔적은 남아 있어야 한다. 따라서 나카가와는 머리에 타격을 받은 후 사망하고 나서 물에 빠졌다고 볼 수 있다. 바다에 빠뜨린 걸까, 아니면 강에 빠뜨려서 바다로 흘러간 걸까. 다케나시와 미즈모토는 수첩이 발견된 장소를 보건대 후자일 것이라고 추측했다. 사망 추정시각은 사흘 전 밤. 다시 말해 다케나시와 미즈모토가 클레 홈스에서 나카가와를 만나고 이틀 후였다.

"말리려고 종이를 넘겼는데, 이번 주 일정을 적는 페이지에 자네들이 흥미를 느낄 만한 게 있더군."

다케나시는 수첩을 집어 말라서 뻣뻣해진 종이를 넘겼다. 그 페이지가 펼쳐진 순간, 옆에서 미즈모토가 숨을 헉 삼켰다.

거기에는 이런 그림과 글씨가 있었다.

그리고 그 밑에 약간 번진 글씨가 보였다. 항목을 나누어 쓴 것처럼 두 줄이었다. 둘 다 알아보지 못할 정도로 번져 있지는 않았다. 각각 이런 내용이었다.

'경찰은 언제든지 업자에게 확인할 수 있다'

'5000―1'

이 글씨와 그림 옆의 '통화 중에 벗겨냈다?'라는 글씨는 다른 페이지에 있는 나카가와의 글씨체와 같았다.

세 사람은 말없이 그 페이지를 잠깐 들여다보았다. 그때 자동 운전 중인 천장의 에어컨이 멈춰 실내가 완벽한 정적에 휩싸였다. 이윽고 미즈모토가 "이거" 하고 입을 열다가 목소리가 너무 커서 놀란 듯 목소리를 낮추어 말을 이었다.

"⋯⋯미야시타 시호의 시신이죠?"

그렇겠지, 하고 다케나시는 고개를 끄덕였다.

"그리고 위의 그림은 문밖에 선 나카가와 씨와 모리야 씨인가."

"그런데 뭐죠, 이 그림?"

세 사람은 다시 침묵에 잠겼다.

이번에는 시로 씨가 먼저 입을 열었다.

"'경찰은 언제든지 업자에게 확인할 수 있다'라니⋯⋯좀 묘한 메모 아닌가?"

분명 다케나시도 처음 봤을 때 같은 생각을 했다. 아무렇게나 휘갈긴 글씨와 내용이 어울리지 않는다고 할까―메모 치고는 좀 쓸데없이 글자 수가 많다고 할까.

"대사일지도 모릅니다!"

미즈모토가 고개를 번쩍 들어 다케나시를 보았다.

"제 생각을 말씀드려도 될까요? 일단 미야시타 시호는 자살이 아니라 모리야에게 살해당했다. 나카가와가 그 사실을 알아차리고 모리야를 협박하려고 했다. 나카가와는 모리야의 휴대전화 번호를 몰랐으니까 일단 십왕환명회에 전화를 걸어 물어보았다. 아마 모리야를 연결해달라고 해서 본인에게 물어봤을 겁니다. 나카가와의 전화를 누가 받았든 지부장의 휴대전화 번호를 함부로 가르쳐주지는 않을 테니까요. 수첩에 적힌 모리야의 휴대전화 번호는 그때 메모한 겁니다. 그후 나카가와는 모리야가 주변의 이목을 신경 쓰지 않고 이야기할 수 있도록 모리야의 휴대전화로 전화를 걸어 협박을 했다. 모리야가 미야시타 시호를 살해했다는 증거로 활용할 만한 뭔가가 있었고, 그건 경찰이 무슨 업자에게……뭔가 확인을 하면 밝혀질 사항이었다. 경찰이 아니면 확인할 수 없지만, 만약 자신이 밀고하면 '경찰은 언제든지 업자에게 확인할 수 있다'라고 모리야를 위협했다. 여기 '5000—1'은 금액입니다. 모리야를 협박해서 자신이 뜯어낼 금액이요. 설마 5,000엔에서 1만 엔은 아닐 테니 단위는 '만'과 '억'."

미즈모토는 어떠냐는 듯 다케나시를 보았다.

"그……나카가와가 입수했다는 '증거'는?"

물어보자 미즈모토는 눈, 코, 입을 얼굴 한복판으로 모으고 고개를 저었다.

"그건 모르겠습니다. '업자'도 대체 무슨 업자인지……하지만 그 증거와 업자는 **시신의 자세**와 관련이 있지 않을까 싶은데요."

"……자세?"

"이거 실제와 자세가 다릅니다."

미즈모토는 그림을 가리켰다.

"미야시타 시호는 문손잡이에다 멀티탭 전선을 묶어서 목을 맸으니까 머리의 위치가 좀더 낮았고, 몸도 이렇게 옆으로 널브러지지 않고 문에 등을 딱 대고 있었어요."

"맞아, 그랬지."

다케나시는 문틈으로 본 미야시타 시호의 시신을 떠올리며, 미즈모토의 이야기를 좀더 들어보기로 하고 수첩에 얼굴을 가까이 댔다.

"'통화 중에 벗겨냈다'의 '통화'는?"

"미야시타 시호의 시신을 발견한 후 나카가와가 경찰에 신고한 전화일 겁니다. 경찰과 통화하는 동안 모리야가 뭔가를 '벗겨냈다'. 그때 시신의 자세가 바뀌었고 살해했다는 증거도 사라졌다. 나카가와는 그 사실을 알아차리고 모리야를 협박하다가 살해당했다."

그림 및 메모의 내용과 깔끔하게 앞뒤가 들어맞았다.

"모리야 씨가 미야시타 시호를 살해했다고 치고……살해 동기는 뭘까?"

"그건 증거를 갖추어서 체포한 뒤에 본인에게 물어보죠. 다케나시 선배, 일단 영장을 청구해서 통신사에 통화 기록을 조사해보고 싶은데요. 나카가와의 휴대전화나 클레 홈스의 유선전화로 십왕

그림의 수수께끼를 풀어서는 안 된다

환명회나 모리야에게 전화를 건 내역이 있는지 없는지, 괜찮겠습니까?"

7

미야시타 시호의 자리를 이어받은 요시즈미가 단상에서 인사를 마쳤다. 다케나시는 그 모습을 도수가 없는 위장용 안경을 끼고 유심히 바라보았다. 요시즈미는 40대 남자로, 6년 전에 운전을 하다가 그 사망사고를 일으켰다. 요시즈미가 고개를 숙이자 회원들이 주변에서 일제히 박수를 쳤다. 다케나시도 따라서 박수를 쳤다.

"제가 덧붙일 말씀은 없습니다."

요시즈미가 내려가고 다시 모리야가 단상에 섰다.

"앞으로는 요시즈미가 중심이 되어 지금 여기에 계신 여러분과 함께, 이곳을 모르고 밖에서 괴로워하고 계신 분들을 한 명이라도 더 많이 구하기 위해 십왕과 교섭하는 수단을 널리—"

십왕환명회 가마쿠라 지부 1층에 있는 강당이었다. 천장 가까이에 낸 창문으로 비쳐든 석양이 강당을 비스듬히 이등분했다. 그 직선이 스포트라이트처럼 단상에 선 모리야를 비추었다.

유미나게 절벽 밑에서 나카가와 도루의 시신이 떠오르고, 즈이오강 강변에서 그의 수첩이 발견된 지 오늘로 이틀째.

수첩에서는 나카가와와 발견자인 낚시꾼의 지문만 검출되었다.

수첩이 떨어져 있던 즈이오 강 강변과 강바닥을 감식과가 철저하게 조사했지만, 결국 아무것도 발견되지 않았다. 시로 씨도 현장 작업에 가세했지만 수확은 없었고, 나카가와의 옷과 소지품도 찾지 못했다. 분명 전부 물에 가라앉았으리라. 강바닥은 지금도 수색 중이지만, 바다는 기껏해야 해안밖에 살펴볼 수가 없다. 만약 옷과 소지품이 바닷속에 가라앉았다면 발견하기는 거의 불가능할 것이다.

나카가와의 수첩에 있던 그림은 검시관 기누카와에게도 보여주었다. 시신의 자세에 대해 미즈모토가 물어보았지만, 기누카와의 말에 따르면 미야시타 시호는 발견 당시의 자세로 사망하고 이틀이 지나서 발견된 것이 틀림없다고 했다.

—그럼 왜 자세가 다른 거지…….

미즈모토는 머리를 싸매고 생각에 잠겼지만, 해답이 떠오르지는 않았다.

한편 전화 발신 내역에서는 중요한 사실이 판명되었다. 일단 나카가와 도루의 스마트폰에 십왕환명회의 대표번호로 전화를 건 기록이 있었다. 그리고 몇 분 후 이번에는 모리야의 휴대전화 번호로 전화를 건 흔적이 있었다. 미즈모토가 추측한 그대로였다. 전화를 건 시간은 각각 나흘 전 오전 11시 5분과 11시 12분. 사망 추정시각이 나흘 전 밤이니까 나카가와는 모리야와 통화한 날 밤에 사망한 셈이었다.

어제 다케나시와 미즈모토는 다시 모리야의 진술을 청취했다. 세 사람은 지난번과 마찬가지로 지부 2층의 지부장실에 마주 앉았다.

—제 휴대전화 번호는 미야시타의 시신을 발견한 후, 나카가와 씨가 현관 앞에서 적어갔습니다. 만약을 위해서 제가 가르쳐줬거든요.

나카가와의 수첩에 휴대전화 번호가 적혀 있었던 이유를 모리야는 그렇게 설명했다.

—하지만 나카가와 씨는 그때 휴대전화를 가지고 있었잖습니까. 남의 전화번호를 들으면 보통 휴대전화에 저장하지 않을까요?

소파에 앉은 미즈모토는 태블릿 PC를 든 채 상대에게 덤벼들듯 몸을 내밀었다. 한편 모리야는 평소의 온화한 표정을 무너뜨리지 않고 차분한 태도를 유지했다.

—뭘 가지고 보통이라고 하는지는 모르겠지만, 확실히 요즘은 그런 사람도 많겠죠. 어쩌면 나카가와 씨는 꽤나 고풍스러운 분이셨을지도 모르겠군요. 그러니 이 오래된 동네에서 부동산 사업을 성공시키셨던 것 아니겠습니까.

하지만 나카가와의 부동산 사업이 결코 성공적이지 못했다는 사실은 이미 밝혀진 뒤였다. 시로 씨가 말린 검은 가죽 수첩을 면밀히 조사해보니 일정란 여기저기에 '변제'와 '차입'이라는 글씨가 있었고, 클레 홈스의 경영 상태를 알아보니 빚 천지라 언제 도산해도 이상하지 않은 상황이었다. 궁지에 몰린 나카가와는 큰돈이 필요했다. 회사 차로 사용하던 프랑스 차 르노도 지난달에 업자에게 매각한 상황이었다. 사원들은 경영 상태가 어떤지 나카가와에게 전혀 듣지 못했고, 차도 수리하러 보냈다고 알고 있었다.

―나카가와 씨와 전화로 무슨 이야기를 하셨습니까?

통화 이력에 관해 미즈모토가 단도직입적으로 물었다. 그러나 이번에도 모리야는 여유롭게 대답했다.

―앞으로 어떻게 할지요. 저는 미야시타가 빌린 집의 연대보증인이었으니까요. 집세라든가 뭐 그런 거죠.

―최종적으로 어떻게 하기로 하셨죠?

―계약서 내용에 준해 전부 제가 책임을 지고 대응하겠다고 했습니다. 입주자가 자살하면 다음부터는 계약이 힘들어질 가능성이 있다면서 나카가와 씨는 손해 배상도 염두에 두신 것 같더군요. 물론 그 부분도 알맞게 대처하겠다고 답했습니다.

―교섭에 큰 난항이 있을 것 같은 내용이로군요.

미즈모토의 말에 모리야는 아니요, 아니요, 하며 책상 너머에서 미소 지었다.

―처음부터 전부 성의 있게 대응할 생각이었습니다.

―그럼 왜 한 시간도 넘게 걸렸습니까?

물론 이쪽은 통화 시간도 이미 파악했다.

―말씀대로라면 훨씬 빨리 이야기가 끝났겠죠?

그러자 모리야는 처음으로 당황한 듯한 표정을 지었다. 미즈모토가 몸을 더 내밀었다. 모리야는 잠시 침묵을 지키다가 책상 위에 깍지를 끼고 조용히 물었다.

―나카가와 씨의……아버님 일은?

미즈모토도 다케나시도 대답하지 않았다. 하지만 표정으로 이쪽이 파악하고 있음을 눈치챘는지 모리야는 말을 계속했다.

—대학생 때 비극을 경험한 후 나카가와 씨는 괴로움 속에서 오랜 세월을 지내오셨습니다. 아버님과 다시 한번 만날 수 있기를 바라면서요. 물론 저희 십왕환명회에 대해서는 알고 계셨지만, 주류 불교도 아니거니와 기독교도 토속신앙도 아닌 신흥종교다 보니, 뭐랄까 수상하다는 인상을 품고 계셨던 것 같습니다. 하지만 이번에 이런 형태이기는 하지만 인연이 닿았죠. 그래서 입회 상담을 해 드렸습니다. 역시 이 세상에서 한 번 더 아버님을 뵙고 싶다는 마음이 강하셨던 모양이에요.

미즈모토는 태블릿 PC에 메모를 하지 않고, 그저 펜을 쥔 오른손에 힘을 꽉 주었다.

—억측으로 말씀을 드려서는 안 되겠지만, 아무래도 나카가와 씨의 전화는 그쪽이 본론인 것 같았습니다. 맨션 이야기는 일찌감치 끝내고 그후로는 입회 이야기만 하셨으니까요.

나카가와가 죽은 현재, 모리야의 이야기가 진실인지 아닌지는 알 수 없다. 십왕환명회는 가족을 잃은 사람을 찾아내서 봉사부를 통해 권유를 하러 다닌다. 나카가와의 아버지가 강도에게 살해당한 일도 파악하고 있었을 가능성은 있었다.

"부동명왕의 견삭으로 그 사람의 영혼을—"

강당에 모인 사람들이 십왕환명회의 축문을 읊기 시작했다. 다케나시는 다른 회원들과 함께 입을 움직였다.

—그후로 나카가와 씨와 만나셨습니까?

미즈모토가 묻자 모리야는 고개를 저었다.

―미야시타의 집 앞에서 뵌 게 마지막입니다. 아까부터 물어보신 그 전화 통화에서 조만간 시간을 맞춰 한번 뵙기로 했지만, 아쉽게도 그러지는 못했네요.

―이번 주 화요일 밤에는 어디 계셨습니까?

나카가와가 죽었다고 추정되는 밤 이야기였다. 직원들이 모두 퇴근한 오후 9시경에 나카가와가 혼자 회사를 나섰음은 입구에 설치된 CCTV 카메라 영상으로 확인했다. 그후의 행방은 알 수 없었다.

―여기서 일을 하고 있었죠.

―댁에는요?

―물론 들어갔습니다. 늦은 밤이었지만요.

그렇게 말하고 나서 모리야는 겸연쩍은 듯이 웃었다.

―늘 밤늦게 집에 갑니다. 지부장이지만 경리도 제가 담당하거든요. 집에 들어가기가 귀찮아서 여기서 밤을 보내기도 합니다.

―그럴 때는 어디서 주무십니까?

거기입니다, 하고 모리야는 미즈모토와 다케나시가 앉은 소파를 손바닥으로 가리켰다.

"보현보살의 오고령으로 그 사람의 영혼을―"

회원들의 축문이 계속되었다. 울려퍼지고 서로 겹치는 목소리 속에서 현실과 점점 동떨어지는 듯한 감각에 사로잡혀 다케나시는 의식해서 정신을 다잡았다.

모리야에게 물어볼 것을 다 물어보자 미즈모토는 지난번과 마찬가지로 입을 다물고 태블릿 PC를 들여다보았다. 하지만 이번 침묵은 뭔가 위험한 분위기를 품고 있었다. 다케나시가 옆에서 태블릿 PC 화면을 슬쩍 보자 나카가와의 수첩 페이지를 찍은 사진이 떠 있었다. 그림이 그려진 그 페이지였다. 당분간은 모리야를 포함한 외부인에게 그림을 보여주지 말라고 지시했지만, 미즈모토는 비장의 카드라도 된다는 듯, 당장이라도 태블릿 PC 화면을 모리야에게 보여줄 것만 같았다. 다케나시는 옆에서 손짓으로 미즈모토를 제지했다. 아무래도 짐작이 들어맞았는지 미즈모토의 목울대가 몇 번 오르락내리락했다. 이윽고 미즈모토는 오른손으로 느릿느릿 태블릿 PC의 버튼을 눌러 화면을 껐다.

그후에는 다케나시가 모리야에게 두세 가지 질문을 하고 나서 미즈모토를 재촉해 자리에서 일어났다. 미즈모토도 더 이상 물어볼 것이 떠오르지 않는 듯 아쉬운 티를 숨기지 않으며 다케나시와 함께 지부장실을 나섰다.

"약사여래의 약병으로 그 사람의 영혼을—"

오늘은 아침부터 따로 행동을 취했다. 미즈모토는 나카가와의 수첩이 발견된 즈이오 강 주변을 탐문하러 갔고, 다케나시는 클레홈스 직원들에게 이야기를 듣고 온 참이었다. 방금 전에 전화로 결과를 서로 보고했지만, 양쪽 다 수확은 없었다.

축문이 끝났다.

울리던 목소리가 사라지자 몸을 움찔하는 것조차 꺼려지는 정적이 강당을 뒤덮었다. 회원들은 단상에서 두 눈을 감은 모리야를 한

결같이 바라보았다. 마치 단상에 놓인 석상이, 천장으로 사라지려는 정적을 자신의 몸으로 바닥에 고정해둔 듯했다. 잠시 후 모리야가 눈을 조용히 뜨고 다케나시를 똑바로 보았다. 처음부터 거기 있었음을 알고 있었다는 듯이. 모리야는 눈으로 다케나시에게 뭔가를 전하려고 했다. 그 뭔가를 읽어내려고 다케나시는 시선을 맞추었다. 백색소음같이 애매한 귀울음이 들렸다. 다케나시는 앞에 늘어선 회원들을 헤치고 단상으로 다가가고 싶었다. 당장이라도 팔다리가 움직일 뻔했을 때, 수고 많으셨습니다, 하고 단상 옆에서 목소리가 들렸다. 요시즈미가 고개를 꾸벅 숙인 후, 다음 집회 일정을 알렸다. 모리야는 단상에서 계속 다케나시를 바라보다가 갑자기 부드럽게 미소 지었다. 그리고 눈을 내리깔며 천천히 몸을 돌리고는 단상에서 내려와 왼쪽 계단으로 향했다. 주위에서 회원들이 소곤소곤 이야기를 나누기 시작했다. 다케나시는 모리야의 모습을 눈으로 좇으며 회원들 사이를 빠져나와서 모리야에게 다가가려고 했다. 그때 귓가에서 목소리가 들렸다.

"다케나시 선배?"

미즈모토였다.

미즈모토의 놀란 얼굴에 금방 공범자 같은 웃음이 맺혔다.

"비슷한 생각을 하셨군요."

다케나시도 웃음으로 답했다.

"뭔가 보이는 게 있지 않을까 싶어서……잠입한 건 아니지만."

"입구에서 검사를 하는 것도 아니고 누구나 참석해달라는 느낌이니, 불법 침입은 아니라고 봐야죠."

"사람이 이렇게 많으니 저쪽도 몰랐을 거야. 일단 나가자."

두 사람은 회원들 사이를 누비며 정면 현관을 통과해 앞뜰로 나왔다.

"경례라도 하면 어쩌나 했어."

깔끔하게 다듬은 잔디밭 여기저기에 왕벚나무 꽃잎이 아직 몇 장 떨어져 있었다. 잔디밭에 두 사람의 그림자가 길게 뻗었다.

"그런 사람이 정말로 있습니까?"

"실제로 본 적은 없어."

"그랬다가는 자기가 경찰관이라는 사실을 주변에 떠벌리는 셈이니까요."

근처에 차를 세워놓았다길래 둘이서 그쪽으로 향했다. 미즈모토는 즈이오 강 주변, 다케나시는 클레 홈스 탐문을 맡았으므로 공용 차량은 미즈모토가 타고 갔다.

"아까 모리야가 이곳을 모르고 밖에서 괴로워하고 계신 분들 운운했는데, 어디가 밖인지는 모를 일이죠."

잠자코 고개를 끄덕였을 때 어릴 적에 보았던 우렁이가 문득 다케나시의 눈 속을 스치고 지나갔다.

거렁뱅이 선배의 일이 있고 나서 얼마쯤 지났을 때였다. 다케나시의 소프트볼 팀원들은 도달하지 못했던 대회 결승전을 보고 돌아오는 길이었다. 무슨 배려였는지 남자 인솔 교사가 도중에 버스에서 내려 즈이오 강 강변으로 모두를 데려갔다. 여름철의 해질녘이었다. 모두 함께 물수제비 뜨기를 경쟁하거나 맨발로 강에 들어가서 가재를 잡는 동안, 다케나시는 물가에 쪼그리고 앉아서 우렁이가 이동하는 모습을 바라보았다. 놀랍게도 우렁이는 몸을 물속에 둔 채로 수면을 이동했다. 물속에서 수면 위의 상황을 파악하고 어디론가 조금씩 나아가는 것이었다. 그 모습을 바라보며 다케나시는 어쩐지 세상의 안쪽과 바깥쪽이 뒤바뀐 듯한 낯선 감각 속에서 자기 숨소리에만 가만히 귀를 기울였다.

"협박……경찰은 언제든지 업자에게 확인할 수 있다……."

차에 올라타자마자 미즈모토는 시동도 걸지 않고 중얼거렸다.

"통화 중에 벗겨냈다……시신의 자세……."

미즈모토가 비슷하게 중얼거리는 소리를 수도 없이 많이 들었다. 미즈모토가 중얼거릴 때마다 목소리에 섞인 숨소리가 커졌다. 마치 어딘가에 뚫린 바람구멍이 점점 넓어지는 듯했다.

"다케나시 선배도 그후로 아무 생각도 안 나시죠?"

미즈모토가 자동차 키를 꽂으며 물었다.

"응."

미즈모토는 대답을 기다렸다가 키를 돌렸다. 시동이 걸리고 타이어가 자갈을 달그락달그락 밟으며 움직이자 앞유리 너머의 풍경이 옆으로 미끄러져갔다. 골목을 빠져나와 큰길로 나오자 저녁 해가 정면으로 보여서 두 사람은 햇빛 가리개를 내렸다.

"미야시타 시호는……저희가 본 그 자세로 죽었다고 했죠."

"기누카와 말로는."

"하지만 그림 속의 자세는 달랐고요."

"달랐지."

무의미한 말을 주고받는 사이에 경찰서 앞에 도착했다.

그러나 미즈모토는 주차장을 지나쳐 차를 달렸다.

"어디 가는 거야?"

"한 번만 더 실험해보고 싶어서요."

미즈모토가 옆의 가방에 손을 넣어 미야시타 시호의 목에 감겨 있던 것과 같은 종류의 멀티탭을 꺼냈다.

"……안 될까요?"

"안 될 리가 있나."

현장의 문을 사용한 실험이었다. 미야시타 시호가 사망했을 때의 상황과 모리야가 시신을 발견했을 때의 상황을 재현하면 뭔가 알 아낼 수 있을지도 모른다기에 벌써 두 번 실험했다.

"감사합니다."

앞유리 가장자리로 건설 중인 사무 빌딩이 보였다. 건물이 많이 올라가서 꼭대기의 타워 크레인은 이제 해체를 앞두고 있었다.

8

다리가 흔들리는 좌탁을 사이에 두고 미즈모토와 마주 앉았다.

탁자 위에는 빈 맥주 캔이 탁구대 네트처럼 줄지어 서 있었다. 그

건너편과 이쪽에는 각자 마시고 있는 두 홉들이 청주와 안주 봉지가 놓여 있었다. 미즈모토의 안주는 초콜릿과 감자칩이고, 다케나시의 안주는 살라미와 찢어먹는 치즈였다. 둘 다 등을 웅크린 채 안주를 씹고, 가끔 자기 잔에 스스로 술을 따라 마셨다. 텔레비전 받침대 위에 놓인 디지털시계를 보니 이미 2시가 지난 시각이었다.

"옛날 생각나네……했던 소리 또 하고 또 하는 것 같지만."

다케나시는 초점이 흐릿해진 눈으로 물때가 낀 작은 부엌, 낮은 천장, 천장 한복판에서 빛나는 전등갓, 좁은 베란다로 통하는 유리문을 보았다. 독신자 기숙사의 세간은 어느 방이나 똑같고 입주자가 바뀌어도 계속 사용하지만, 커튼 무늬만은 다케나시의 기억과 달랐다. 언제인지는 모르지만 새것으로 교체한 것이리라.

"다케나시 선배는 몇 층이셨어요?"

"1층이었지."

"춥지 않으셨어요? 이런 건물은 보통 위쪽이 따뜻하다는데, 여기는 4층인데도 얼마나 추운지 몰라요. 지금도 이런데 겨울이 오면……어으."

미즈모토가 몸을 비틀다가 인상을 찡그렸다.

저녁부터 미야시타 시호의 집에서 실험을 거듭했지만, 두 사람이 얻은 것은 근육통과 멍뿐이었다.

현장의 문을 이용한 실험에서는 서로 역할을 바꾸어가며 몇 번이고 실제 상황을 재현했다. 시신 역할은 목에 멀티탭 전선을 감고 반대쪽을 문손잡이에 묶는다. 모리야 역할은 그 상태로 밖에서 문을 당긴다. 물론 정말로 목이 졸리면 큰일이니까 시신 역할은 사고를 예방하기 위해 멀티탭 전선과 목 사이에 양손을 끼웠지만, 그래도 전선이 뒤로 세게 당겨지므로 손에 힘을 꽉 줄 필요가 있었다. 모리야 역할도 문 안쪽에 사람이 딱 붙은 상태로 문을 10센티미터쯤 당기기는 아주 어려웠다.

　문을 10센티미터 당겼다고 안쪽에 매달린 사람도 10센티미터 끌려오는 것은 아니다. 엉덩이가 뒤로 움직인 거리를 재보자 매번 5센티미터 정도였다. 그 5센티미터의 차이를 바탕으로 미즈모토는 문이 이상하게 무거웠다는 모리야의 증언에서 모순을 찾아내려 했지만, 문을 당긴 순간부터 무겁게 느껴진다는 사실은 변함이 없었다. 가령 문 안쪽에 매달린 것이 덩치가 작은 여자의 시신이더라도 모리야의 말에 거짓은 없었으리라고 추정되었다.

　시신 역할은 발견 당시 미야시타 시호가 취하고 있었던 자세와 나카가와의 수첩에 그려진 자세, 두 형태로 나누어 실험을 했다. 또한 '통화 중에 벗겨냈다'는 메모에서 '벗겨낸' 것은 멀티탭이 아니겠느냐고 미즈모토가 주장했으므로 두 사람은 멀티탭을 여러 가지 방법으로 묶은 후, 모리야 역할이 문틈으로 매듭을 풀거나 멀티탭 자체를 문손잡이에서 벗겨내 보았지만 전부 별 의미 없었다. 그림 속의 시신이 실제보다 높은 위치에 그려져 있었으므로 미즈모토는 목에 멀티탭을 감은 채 몸을 올렸다 내렸다 했지만, 역시 무의미하게 끝났다.

　―그 로봇 개에게 뭔가 시켰을 가능성은 없을까요?

실험이 끝나갈 무렵 마침내 미즈모토는 그런 소리까지 꺼냈다.

—예를 들어 안쪽에서 문을 잠그게 했다든가, 멀티탭 전선을 문 손잡이에 묶게 했다든가.

—진심으로 하는 소리야?

진심이었던 듯하지만 미즈모토는 바로 고개를 젓고 한숨을 내쉬었다.

"이대로 가면 정말 자살로 결론이 날 거예요."

청주가 담긴 잔을 들여다보는 미즈모토의 눈은 흐리멍덩했다. 술 때문이 아니라 쌓이고 쌓인 낙담을 술기운이 몇 배로 부풀린 탓이리라.

"자살이었던 거야."

그렇게 대꾸했을 때 다케나시도 자신의 두 눈이 흐리멍덩해지는 것을 의식했다. 눈꺼풀이 풀리고 시야가 어두워져 마치 전등 불빛이 실제로 약해진 것처럼 느껴졌다.

"아까 전부터 생각하던 게 있었는데요. 말씀드려도 될까요?"

잔에 시선을 고정한 채 미즈모토가 물었다.

"늘 나불나불 잘만 떠들더니만."

"이번에는 혼날 것 같으니까 확인한 겁니다."

턱짓으로 재촉하자 미즈모토는 와이셔츠가 부풀어 오르도록 크게 들이쉰 숨을 내쉬고 나서 말을 꺼냈다.

"만약 경찰 관계자가 십왕환명회 회원이라면, 그 사실을 남에게 말할까요?"

다케나시는 잠깐 생각하고 나서 대답했다.

"음……말 안 하겠지."

그렇겠죠, 하고 미즈모토는 고개를 끄덕인 후 청주를 한 모금 마셨다.

"그런 건 왜 물어?"

미즈모토는 입을 꾹 다물고 있다가 갑자기 고개를 들어 다케나시의 눈을 똑바로 보았다.

"시로타 과장님이 십왕환명회 회원일 가능성은 없을까요?"

너무나 뜻밖의 말이라 금방은 반응할 수가 없었다.

"……시로 씨가?"

"7년인가 전에 따님을 병으로 잃으셨잖습니까. 그때 입회한 건 아닐까요? 그게, 미야시타 시호가 자살이 아니라고 한다면 역시 너무 이상합니다. 시신을 확인할 때 현장에서 뭔가 놓쳤다든가, 일부러 숨겼다든가……왜, 미야시타 시호가 자살이라고 처음부터 주장한 사람도 시로타 과장님이었고요."

"그야 경험상 그렇게 말한 거겠지. 일부러 숨겼다는 건 또 무슨 뜻이야?"

"말 그대로예요. 시로타 과장님이나 기누가와 씨는 저희들 형사보다 먼저 현장을 조사하지 않습니까. 그러니 뭐든지 할 수 있잖아요. 만약 현장에서—"

미즈모토, 하고 다케나시는 말허리를 끊었다.

더 크게 말할 작정이었지만 실패했다.

"너 좀 이상해졌어."

그래도 바로 앞에서 거대한 징이라도 울린 듯이 미즈모토는 두 눈을 크게 뜬 채 10초쯤 미동도 하지 않았다. 흰자위의 핏줄과 아래쪽 눈꺼풀의 촉촉한 빨간 속살이 뚜렷이 보였다.

이윽고 미즈모토는 고개를 푹 숙이더니 죄송합니다, 하고 입속으로 중얼거렸다.

"못 들은 걸로 해주세요."

"안 그래도 그러려고."

"정말 죄송합니다. 하지만 이대로 포기하기는 싫습니다. 미야시타 시호도 나카가와 도루도 분명 모리야가 죽인 겁니다. 모리야는 미야시타 시호를 죽였고, 그 사실을 알아차린 나카가와 도루도 죽인 거예요."

미즈모토는 혀가 꼬인 말투로 주장했다. 다케나시는 그의 얼굴을 보았다. 그의 입을 보았다. 입술 틈새로 가지런한 치열과 침에 젖은 혀가 보였다. 어째서인지 갑자기 그 혀가 푹 젖은 몸으로 드러누운 다른 생물로 보였다.

"정말 분통이 터집니다. 십왕환명회는 앞으로도 회원을 늘릴 거예요. 보시인지 헌금인지 회비인지는 모르겠지만 다들 돈을 바치겠죠. 모리야는 그 커다란 방에 앉아서 남들을 내려다볼 테고요. 가족이나 연인을 잃은 사람은 계속 권유에 시달리겠죠."

"나도—"

다케나시는 너무 푹 익어서 썩어가는 커다란 과일을 양손으로 들고 있는 듯한 기분이었다. 양손을 당장이라도 힘껏 움켜쥐어, 사방으로 튄 걸쭉한 과육으로 하얀 치열 안에 있는 생물을 꾀어내려 하는 것처럼 느껴졌다.

"나도 권유받은 적이 있어."

미즈모토의 얼굴에 애처로워하는 표정이 떠올랐다.

"……그러시군요."

"미야시타 씨가 찾아왔지."

10여 년 전. 비번 날 아침이었다.

—요 부근 집을 순서대로 돌고 있어요.

초인종이 울려 문을 열자 미야시타 시호가 서 있었다. 수수한 타이트스커트와 재킷 차림에, 도수가 높은 안경을 꼈고, 키가 몹시 작은 것이 인상적이었다.

—저는 십왕환명회의 미야시타라고 합니다.

미야시타 시호는 5분쯤 거의 혼자서 말한 후 B5 크기의 책자와 명함을 두고 갔다. 그 책자와 명함은 어디에 있을까. 이제는 생각이 나지 않는다.

"어, 그럼 선배는 미야시타 시호와 안면이 있었던 거군요? 왜 말씀을 안 하셨어요?"

"수사랑은 상관없잖아. 가마쿠라 지부가 막 생겼을 무렵이니까 벌써 12년이나 지난 일이야."

맨션에서 시로 씨와 기누카와의 조사가 끝난 후, 들것에 실린 미야시타 시호의 시신은 파란색 시트로 만든 가림막 사이로 빠져나갔다. 시트를 통과한 햇빛이 얼굴을 푸르스름하게 비추자 이미 죽었는데도 미야시타 시호는 젊어진 것처럼 보였다. 그 모습은 예전에 현관 앞에서 본 미야시타 시호의 얼굴과 닮은 듯했다.

"역시 형수님 일로 권유를 하러 온 겁니까?"

"그건 어디서 들었어?"

"저어, 다케나시 선배."

미즈모토는 좌식 탁자에 잔을 내려놓고, 잔을 감싸듯이 양손을 댔다.

"만약 형수님의 자살에 의혹이 있다면 어떻게 하시겠어요?"

죽기 몇 달 전부터 아내는 마음의 병을 앓아 시내 정신과에 다녔다. 처방받는 약은 점차 늘어났다. 이래서는 약 없이 살지 못하겠다며 봉지째로 음식물처리기에 버리고, 나중에야 후회하고 허겁지겁 병원으로 달려가고, 그래도 약을 줄이고 싶어서 복용량을 멋대로 줄이고, 그 반작용으로 약을 대량 복용하는 일의 반복이었다. 하기야 다케나시가 아내의 그런 고생을 직접 목격한 것은 아니었다. 밤늦게 집으로 들어온 후, 또는 숙직이 끝난 아침에 독경하듯 억양도 단락도 없는 말투로 아내가 해주는 이야기를 들었을 뿐이다.

"다른 선배한테 들었는데요, 유서도 없었다면서요?"

일하기 전후로, 또는 일하는 짬짬이 다케나시는 열심히 아내를 돌봤다. 늘 아내를 걱정하고, 이야기를 듣고, 전화를 걸어 상태를 물었다. 그런데도 아내는 다케나시가 숙직을 서느라 들어가지 않은 어느 밤에, 가지고 있던 약을 몽땅 먹고 실내복 차림으로 물을

채운 욕조 속에서 죽었다. 12년 하고도 조금 더 전, 다케나시가 생
크림이 가득한 생일 케이크를 사서 돌아간 지 이틀 후의 일이었다.

"철저하게 조사하실 마음은 없으셨어요?"

자신의 노력은 아무 보탬도 되지 않았다. 그만큼 열심히 지탱하
려 애썼는데도 아내는 죽었다. 장례식을 마친 후 경찰서 동료와 친
척들은 모두 다케나시를 위로해주었다. 처가 쪽 사람들도 포함해
다케나시의 정성이 모자랐다고 나무라는 사람은 아무도 없었다.
만약 아내에게 유서를 쓸 여유가 있었다면, 분명 다케나시에게 고
마움을 표현했을 것이라고 말한 사람도 있었다. 그들의 위로는 전
부, 예를 들자면 공들여 조리한 요리가 아니라 가지고 있는 재료를
그대로 떠안기듯 일절 가공하지 않은 날것의 말이었다.

아무것도 모르면서.

"……제가 또 바보 같은 소리를 했군요."

탁자 건너편에서 미즈모토가 고개를 숙였다.

"죄송합니다, 너무 마셨어요."

아무것도 모르면서.

"하지만 그런 종교에 빠지지 않은 것만 봐도 다케나시 선배는 강
하세요."

아는 거라고는 하나도 없으면서.

"하여튼 저는 내일부터 또 머리를 쥐어짜고 발로 뛰면서 열심히
해보겠습니다. 이런 도구도 최대한 활용하고요. 수사법도 점점 진
보시켜야죠."

미즈모토는 곁에 놓아둔 태블릿 PC를 탁자에 올려놓고 어설픈 손놀림으로 조작했다. 인터넷 검색 포털에 검색어를 입력하려다가 몇 번 글자를 틀렸다. 검색 포털에서 동영상 광고가 소리 없이 흘러나오고 이름을 모르는 여배우가 어질어질 흔들리는 시야 속에서 거꾸로 움직였다.

"유서, 있었어."

"네?" 하고 미즈모토가 고개를 들었다. 놀란 게 아니라 다케나시의 목소리가 목구멍에 걸려서 알아듣지 못한 모양이었다. 다케나시가 잠자코 고개를 젓자 미즈모토는 다시 태블릿 PC를 들여다보았다.

아내의 유서는 테이블 위에 있었다. 욕실에서 싸늘하게 식은 아내를 발견하기 전에 다케나시는 유서를 집어 들었다. 편지지 세 장에는 다케나시를 원망하는 말이 난잡한 글씨로 죽 적혀 있었다. 일을 우선시하고 아내를 돌아보지 않은 것, 아내의 이야기를 한 번도 제대로 들어주지 않은 것. 집에 있을 때도 일 생각만 하느라 괴로워하는 아내를 고통 속에 방치한 것. 병에 걸린 아내를 귀찮게 느끼고, 늘 그런 티를 낸 것.

기억 속의 자신과 편지지에 적힌 자신 중 어느 쪽이 진짜인지 알 수 없었다. 유서를 다 읽은 직후에 다케나시는 물을 채운 욕조에 잠긴 아내를 발견했다. 아마도 처음에는 따뜻했을 물과 함께 아내의 시신은 완전히 식어버린 뒤였다. 경찰서에 연락하기 전에 다케나시는 편지지를 꼬깃꼬깃 구겨서 쓰레기통에 버렸다.

"아, 젠장. 손가락이……하하."

그때 나는 대체 뭘 버렸을까.

편지지에 적힌 또 하나의 나였을까.

"지금 십왕환명회의 홈페이지에 들어가려고 했는데요. 취해서 손가락이 말을 듣질 않네요. 죄송합니다."

아니, 버리지 않았다. 지켰다. 이러하다고 믿었던 자신의 세계를 지켰다. 아니다, 이러해야 한다고 바라는 세계에 진짜 세계를 맞추려고 했다. 초등학생 때 팀원의 돈이 없어졌을 때도 그랬다. 그날 경기 중에 아주 좋아하고 동경했던 쓰치야 선배가 팀원의 가방에서 돈을 훔치는 모습을 보았다. 그래서 자기 지갑에서 꺼낸 1,000엔짜리 세 장을 몰래 거렁뱅이 선배 가방에다 넣었다. 나중에 인솔 교사가 분명 소지품 검사를 할 거라 예상했으니까.

미즈모토는 입을 반쯤 벌린 채 꼼짝도 하지 않고 화면을 노려보았다. 화면 속에서는 동영상 광고가 소리 없이 계속 흘러나오고 있었다. 최근에 다케나시도 데스크톱 컴퓨터로 같은 광고를 보았다.

"……다케나시 선배!"

고개를 든 미즈모토의 입속에서 젖은 생물이 움직였다.

"미야시타 시호의 집 문이 잠겨 있었던 이유, 아주 간단할지도 모르겠습니다!"

위아래로 움직이며 점점 이쪽으로 다가온다.

"이걸 좀 보세요. 요즘 계속 열쇠랑 자물쇠를 검색해서 나온 것 같은데요. 스마트록 광고입니다. 스마트록은 그거예요. 문 안쪽 자물쇠 손잡이 위에 양면테이프나 자석으로 붙여서, 카드나 스마트폰으로 자물쇠를 잠그거나 풀 수 있도록 하는 도구입니다. 그래, 자석이야! 수면제를 먹여서 미야시타 시호를 재우고, 목에 멀티탭을 감아서 문손잡이에 매다는 거지. 멀티탭에 미야시타 시호의 지문을 묻히고 문 안쪽에 스마트록을 붙인 다음에 밖으로 나가서 문을 잠가. 시신을 발견한 척했을 때 문틈으로 스마트록을 벗겨내서 호주머니 같은 데 숨기면 돼."

젖은 생물이 춤추듯이 움직이며 다가왔다.

"사업상 보안을 중시하던 나카가와는 그 사실을 알아차렸고, 경찰이 스마트록 업자에게 확인하면 구입 내력에서 모리야의 이름이 나올 거라고 협박했어. 그래서 모리야한테 살해당한 거야."

생물이 움직임을 딱 멈췄다.

하지만 당장이라도 상대에게 덤벼들 자세였다.

"그런데 수첩에 있던 그 그림은 뭘까."

미즈모토는 양손으로 머리통을 누르며 허공을 노려보았다.

"나카가와는 스마트록에 대해 알아차렸기 때문에 모리야에게 살해당했고—"

전등 불빛이 미즈모토의 앳된 얼굴을 새하얗게 비추었다.

"그 그림은 그 사실을 나타내고 있었을 텐데—"

말이 끊긴 직후에 미즈모토의 두 눈이 튀어나올 것처럼 보였다.

"……왜 그래?"

"어, 아니요."

"뭔데?"

"죄송합니다, 아무것도 아니에요."

"말해."

결국 미즈모토는 말하지 않았다.

잠시 후 다케나시는 아무 소리도 나지 않는 기숙사를 나섰다.

축축한 밤 속을 걸어 아무도 없는 연립주택으로 돌아갔다.

뜬눈으로 몇 시간을 보낸 후, 경찰서에서 연락을 받았다. 미즈모토가 독신자 기숙사 밑에서 시체로 발견되었는데, 자기 방 베란다에서 떨어졌을 가능성이 높다는 보고였다. 현장으로 향한 다케나시는 미즈모토의 시신을 확인한 후, 어젯밤 1시경까지 방에서 함께 술을 마셨다고 주변 경찰관들에게 말했다. 그리고 그때 진지하지 못한 수사 태도와 망상에 가까운 사고방식을 엄하게 질책했다고 설명했다. 어느덧 오열이 밀려올라와 다케나시는 목 놓아 울었다. 몇몇 경찰관이 어깨와 등을 토닥였다. 울음은 도무지 멈출 줄 몰랐다. 이제 다시는 어디로도 돌아갈 수 없었다. 드라마에서 보던 형사가 되었는데, 친척 아이가 선망하는 눈으로 바라보았는데, 결혼했을 때는 아내가 예쁘다고 다들 부러워했는데, 중고등학교 때는 성적이 좋다고 선생님께 칭찬받았는데, 늘 소프트볼 팀 주전이었는데, 반에서 달리기가 가장 빠를 때도 있었는데, 남자아이치고는 말문도 빨리 트였다는데, 태어났을 때 아기가 어쩜 이렇게 예쁘냐고 다들 놀랐다는데—.

제4장

거리의 평화를 믿어서는 안 된다

1

바다가 잔잔한지 파도 소리가 조용했다.

가을 바닷바람도 둥글둥글하니 부드러웠다.

건조한 바람에 실려온 바다 내음을 맡으며 자전거 도로를 따라 걸어가는데 정면에서 자전거 두 대가 다가왔다. 자전거는 바로 옆을 지나쳐 뒤쪽으로 달려갔다. 그다지 매끄럽지 않은 체인 소리를 내며 상당한 속도로.

아마도 둘 다 어른은 아닐 것이다. 지나칠 때 생긴 바람의 느낌상 몸집은 작은 듯했다. 남자아이 두 명일까. 오늘은 일요일이니까 어딘가로 놀러가는지도 모른다. 그런 생각을 하고 있자니 뒤에서 브레이크를 잡는 소리가 겹쳐서 들렸다.

두 사람이 자전거에서 내리는 소리.

각자 자전거를 끌고 오는 소리.

"괜찮으세요?"

소년의 목소리가 가까이에서 들렸다.

"어디까지 가세요?"

다른 소년의 목소리.

둘 다 초등학교 고학년 정도이리라. 처음에 말을 건 소년은 일본 태생이 아닐지도 모른다. 억양에서 살짝 그런 느낌이 들었다. 보통 사람은 구분할 수 없을 정도의 차이였지만.

"전망 공원에 간단다."

야스미 구니오는 흰 지팡이 끝으로 목적지 방향을 가리켰다.

"데려다드릴게요."

두 번째 소년이 그렇게 말하고 흰 지팡이를 쥔 구니오의 손을 잡았다. 곤란에 처한 사람이 있으면 도와주라고 학교에서 배운 걸까. 지금까지 몇 번이나 혼자 오갔던 길이고 전망 공원까지 걸어가는 것도 이번이 처음은 아니었지만, 구니오는 소년들의 친절을 받아들이기로 하고 고개를 끄덕였다.

"고맙다."

웃음을 지으며 소년의 손을 가볍게 맞잡자 딱하게도 새끼손가락 밑동에서 켈로이드 흉터가 만져졌다. 데거나 다쳐서 생긴 흉터 같았지만, 구니오는 눈치채지 못한 척했다. 어쩌다 그렇게 되었느냐는 질문을 받고 상대방에게 싸늘한 분노를 느낀 적이 한두 번이 아니었다.

소년들은 그 자리에 자전거를 놔두고 구니오와 함께 공원까지 걸어갔다. 한 명이 오른손을, 한 명이 왼손을 잡았으므로 다른 사람들 눈에는 마치 아주 최근에 시력을 잃은 사람을 안내하는 것처럼 보일지도 모른다. 그게 우스워서 구니오는 무심코 얼굴에 웃음을 지었다.

"거기 공원, 생긴 지 얼마 안 됐죠."

켈로이드 흉터가 있는 소년이 말하자 다른 소년이 말을 이었다.

"전에는 없었잖아요."

"올봄에 생겼단다. 내 눈으로 직접 본 적은 없지만 아주 멋진 공원이래."

유미코가 그렇게 말했다.

감은 눈 속에서 구니오는 공원의 풍경을 상상했다. 울타리 너머에는 유미나게 절벽이 뻗어 있고, 절벽 저편으로 바다가 펼쳐진다. 바다는 하늘빛을 비춘 듯이 파랗게 빛난다. 분명 그 풍경은 공원의 이름에 걸맞으리라. 특히 온몸에 햇빛이 느껴지는 이런 날은. 유미코의 말로는 공원 한가운데 밝은 상야등을 설치해 밤이 되면 벤치, 모래밭, 작은 미끄럼틀, 절벽과 공원 사이에 설치된 울타리를 비춘다고 한다.

'위태로울 위危'라는 한자는 절벽에서 아래를 내려다보는 사람과, 제발 그만두라고 머리를 조아리는 사람을 나타낸다고 옛날에 무슨 책에서 읽은 것이 떠올랐다.

시에서는 머리를 조아리는 사람을 절벽에 배치하는 대신 그 공원을 만들었는지도 모른다. 안쪽에 있는 울타리를 돌아가면 지금도 절벽으로 나갈 수 있지만, 깨끗하게 정비한 공원과 밝게 빛나는 상야등은 자살하려고 온 사람들에게 망설임을 안겨주기에 효과적이다.

"좀더 빨리 만들었으면 좋았을 텐데."

"하지만 그랬으면 우리는 이렇게 사이좋게 지낼 수 없었을걸."

그런 말을 나눈 후 소년들이 서로에게 웃음을 보내는 듯한 숨소리가 들렸다.

"너희들은 어디서 왔니?"

멀리서 바닷새가 울었다.

"하쿠타쿠 시요."

"날씨가 엄청 좋아서 자전거로 멀리까지 가보려고 했거든요."

몇 학년인지 물어보자 6학년이라고 했다. 만약 나오야가 살아 있다면 지금 5학년이니까 두 사람과는 한 학년 차이다.

"요즘 아이들은 뭘 하면서 노니?"

숨바꼭질, 하고 켈로이드 흉터가 있는 소년이 작게 말하자, 마치 아주 재미있는 농담이라도 들었다는 듯이 다른 소년이 웃음을 터뜨렸다.

"자동차 속에 숨는다든가?"

"약속을 지키기 위해서라면 어디든지."

"하긴 그 덕분에 내가 지금 여기 있을 수 있는 거니까."

두 소년은 뜻 모를 말을 주고받고 나서 잇달아 구니오에게 대답했다.

"저희는 늘 전철 공원에서 놀아요."

"선로 옆에 있는 공원인데요."

"전철은 보이지 않지만."

"그래도 전철 공원이라고 불러요."

오랜만에 마음이 가벼워진 구니오도 농담을 했다.

"나도 전망 공원에 간다마는, 전망은 보이지 않는단다."

두 소년은 거리낌 없이 킥킥 웃더니 구니오의 손을 한쪽씩 잡고 자전거 도로를 걸어갔다.

"벤치에 앉으실래요?"

공원 입구에 들어서자 한 소년이 물었다.

"아니, 여기면 됐어."

"돌아갈 때는 괜찮으시겠어요?"

"걱정 말렴. 만나기로 한 사람이 있거든. 도와줘서 고맙구나."

소년들은 땅에 깔린 자갈을 밟는 소리와 함께 멀어졌다.

그런데 한 명이 멈춰 서더니 이쪽으로 돌아서는 기척이 전해졌다.

"저어……."

처음에 말을 걸었던, 억양이 독특한 소년이었다. 구니오는 웃음을 지으면서 고개를 기울이고 소년의 말을 기다렸지만, 소년은 잠깐 말이 없다가 머뭇머뭇 입을 열었다.

"죄송해요, 아무것도 아니에요."

두 사람의 발소리가 자전거를 세워둔 방향으로 사라졌다.

구니오는 흰 지팡이로 땅바닥을 확인하며 벤치로 가서 앉았다. 인기척은 어디에도 없었고, 낮은 곳에서 파도 소리만 들려왔다. 구니오는 콧구멍으로 스며드는 바다 내음을 잠시 음미한 후, 손목시계 옆에 달린 버튼을 눌렀다. 지난 7년간 하루에 몇 번이나 들어온 기계음성이 시간을 알려주었다.

"11시, 52분."

약속 시간은 12시 정각이었다.

구니오가 만나기로 한 사람은 구마지마 형사와 함께 7년 전 사건을 담당했던 다케나시 형사였다. 주고 싶은 것이 있다고 연락하자 집까지 오겠다고 했지만, 구니오는 꼭 집 밖에서 이야기를 하고 싶었으므로 이곳을 약속 장소로 선택했다.

다케나시에게 줄 것은 유미코에게 대필을 시킨 구니오의 고백서였다.

시력을 잃은 지 7년, 이제는 컴퓨터 키보드도 다룰 줄 알고 음성 입력 기능으로도 문장을 쓸 수 있다. 하지만 이 고백서만큼은 유미코가 써주길 바랐다. 구니오의 한마디 한마디를 통감하고서 글로 써주었으면 했다.

어젯밤 유미코는 구니오가 말한 내용을 빠짐없이 받아적었다. 그동안 유미코가 흐느끼는 소리와 펜이 편지지에 글씨를 사각거리는 소리가 쉼 없이 이어졌다. 구니오는 이전보다 몇 배나 민감해진 귀로 그 소리를 들었다. 마치 두 사람의 온몸을 때리는 비바람 소리 같았다. 편지 작성이 끝나자 유미코는 목멘 소리로 울면서 글을 다시 읽었다. 그리고 편지지 다섯 장을 봉투에 넣어서 구니오에게 건 넸다.

7년 전 가마쿠라 동터널 출구에서 발생한 사고.

레저용 차량을 운전한 가지와라 나오토.

자신이 그 남자에게 한 짓.

구니오는 아오키 모터스라는 카센터에서 배달시킨 흰색 깜빡이 커버를 집에서 깨뜨려, 커다란 조각을 그 사고 현장에 놓아두었다. 그리고 가지와라 나오토가 나타나기를 기다렸다. 매일매일 유미코 가 일하러 나간 시간대에 같은 곳에서 같은 행동을 반복했다. 마침 내 가지와라 나오토가 나타나자 준비해둔 돌로 망설임 없이 때려 죽였다.

다음 날 가지와라 나오토의 친구인 모리노 히로유키가 집으로 찾 아왔다. 죽이고 싶었던 상대가 제 발로 나타났다. 구니오는 카본샤 프트 화살을 쥐고 현관 바닥에 섰다. 모리노 히로유키는 문밖에서 계속 으름장을 놓았다. 구니오는 체인을 건 상태로 문을 열고 온 힘 을 다해 모리노 히로유키의 가슴에 화살을 꽂았다. 모리노 히로유 키는 신음조차 내지 못한 채 죽었다. 시신을 집으로 끌고 들어올 때 바깥 복도에 남은 듯한 핏자국은 일을 마치고 돌아온 유미코가, 어 딘가 망가진 것처럼 떨리는 숨소리와 함께 울면서 화분으로 가렸 다. 그후에 구마지마 형사가 집에 왔을 때에도 유미코는 구니오와 함께 시신을 침대로 옮기고, 시신이 보이지 않도록 두툼한 이불을 덮어주었다.

이튿날 밤, 연립주택 앞에서 그 사망사고가 발생했다.

사고 때문에 한바탕 소동이 일어난 후, 연립주택을 감시하던 다케나시 형사의 차가 사라졌음을 유미코가 알아차렸다. 형사가 밤 늦게까지 돌아오지 않았으므로, 구니오는 유미코와 함께 모리노 히로유키의 시신을 시트로 감싸서 자전거에 실었다.

시신이 떨어지지 않도록 받친 채 둘이서 자전거를 밀며 시로가마 해안 도로 옆 자전거 도로를 나아갔다. 시신을 운반하는 도중에 목격당하더라도 어쩔 수 없다고 생각했다. 그러나 두 사람은 아무에게도 들키지 않고 유미나게 절벽에 도착했다. 절벽 끝까지 시신을 끌고 갔을 때, 쉴 새 없이 들려오던 둔중한 파도 소리가 뚝 끊겼다. 갑작스러운 정적 속에서 유미코가 구니오에게 말했다. 연립주택 앞에서 사고가 발생한 직후에 경찰이 식칼을 든 젊은 남자를 연행하는 모습을 보았다고. 아마도 그 남자가 마지막 한 명인 모리노 마사야였을 것이다. 그러나 경찰에 끌려간 사람을 죽일 수는 없었다. 언젠가 풀려나더라도 어디 사는지 알아내서 죽일 힘은 이미 구니오에게 남아 있지 않았다.

구니오는 자기 혼자 힘으로, 완수하지 못한 복수의 일념과 함께 모리노 히로유키의 시신을 바다에 던졌다. 물결이 멀리 실어 갔는지 시신이 발견되지 않아서 모리노 히로유키는 지금도 행방불명 상태이다.

유미코에게 대필을 시키면서 두 군데만 거짓말을 했다. 모리노 히로유키의 시신을 침대에 숨긴 것도, 나중에 운반해서 유기한 것도 구니오 혼자 한 짓으로 해두었다.

긴 고백서에서 그 두 가지만이 거짓말이었다.

경찰은 유미코가 진실을 밝히지 않는 한 분명 그 거짓말을 믿어 줄 것이다. 아무것도 보이지 않는 상태로 구니오는 두 사람을 살해 했다. 시신의 운반과 유기도 가능했을 것이라고 판단하리라.

유미코를 교도소에 보낼 수는 없다.

유미코는 물론 거짓말을 써달라는 구니오의 부탁을 거절했다. 그러나 기나긴 설득 끝에 결국 승낙하고, 그때까지보다 더욱 서럽 게 울면서 고백서를 완성했다.

삼등분으로 접어 크래프트 봉투에 넣은 편지지 다섯 장.

유미코에게는 그 편지를 언제 경찰에 넘길지 아직 결정하지 않았 다고 말했다. 유미코는 지금 혼자 산책을 다녀오겠다는 구니오의 말을 믿고 집에서 기다리고 있다. 언제까지고 돌아오지 않는 구니 오를 몇 시간이라도 기다릴 것이다. 하지만 마침내 현관문 앞에 서 는 사람은 구니오가 아니라 다케나시 형사일 것이다.

"오랜만입니다."

목소리가 들리고 발소리가 다가왔다.

구니오는 앉은 채 고개를 꾸벅 숙이고 벤치 옆자리를 가리켰다. 다케나시 형사는 천천히 그곳에 앉았다.

"전화 주셨을 때는 놀랐습니다."

들고 온 손가방 같은 것을 벤치에 내려놓는 소리가 났다.

"이쪽에서 연락을 드린 건 처음이었으니까요."

목 언저리에서 천이 희미하게 부스럭거리는 소리를 듣고 다케나시 형사가 고개를 끄덕였음을 알았다. 다케나시 형사는 아무 말 없이 구니오의 옆얼굴을 보았다. 상대의 시선까지 느낄 수 있게 된 건 언제부터였을까.

구니오는 웃옷 안주머니에 손을 넣었다.

"7년 전 사건에 대해 제 생각을 나름대로 적어보았습니다. 물론 직접 쓴 건 아니고 아내가 대필해주었습니다만."

크래프트 봉투를 꺼내 다케나시 형사에게 내밀었다.

"이걸 형사님이 읽어주셨으면 해서 뵙자고 한 겁니다."

봉투를 받은 다케나시 형사는 잠시 후에 물었다.

"이건 지금 읽어도?"

구니오는 고개를 저었다.

"저와 헤어진 다음에 읽어주십시오. 눈이 보이지 않아도 앞에서 읽으시면 역시 좀 쑥스러우니까요."

경찰서에 가서 고백하지 않고 전부 글로 쓴 이유.

그리고 집이 아니라 밖에서 고백서를 형사에게 전달한 이유.

둘 다 똑같았다.

집에서도 경찰서에서도 나는 죽을 수 없다.

"알겠습니다."

지퍼 소리가 두 번 났다. 그 사이에 뭔가가 문질리는 소리가 들렸다. 봉투를 가방에 넣은 모양이었다.

이제 다케나시 형사가 떠나기를 기다렸다가 울타리 바깥으로 돌아나가면 된다. 울타리 건너편은 땅이 울퉁불퉁하고 어쩌면 키 큰 잡초가 무성할지도 모른다. 그래도 절벽 끄트머리까지 가기는 어렵지 않을 것이다. 지팡이도 필요 없다. 그저 파도 소리를 향해 나아가면 된다.

깨끗하게 정비된 이 공원이 사람들의 자살을 막기 위해서 만들어졌을지언정, 그런 것은 눈이 보이지 않는 사람에게는 물론 아무런 상관도 없었다.

"용건은 그게 전부입니다. 이런 곳까지 와주셔서 감사합니다."

"아니요, 야스미 씨야말로……."

사람들이 대개 그렇듯이 다케나시 형사도 어쩔 줄 모르고 말을 얼버무렸다.

누가 오기 전에 다케나시 형사가 떠나야 한다. 미안했지만 구니오는 더 이상 말을 꺼내지 않고 다케나시 형사가 자리에서 일어서기를 기다렸다. 그런데 그때 자전거 두 대가 달리는 소리가 다가오더니 공원 입구에서 멈췄다.

한 명이 자전거에서 내렸다.

"누가 왔군요."

구니오가 중얼거리자 다케나시 형사는 신기하다는 듯이 대답했다.

"네, 아이입니다. 야스미 씨를 보고 있는데……아시는 아이 아닐까요?"

발소리가 가까워졌다.

하지만 벤치에서 조금 떨어진 곳에서 멈췄다.

"저기—"

목소리를 듣고 아까 만난 소년임을 알았다. 억양이 독특한 쪽이었다.

대체 뭘 하러 온 걸까.

입을 다물고 묵묵히 있자 예상하지 못한 말이 귀에 날아들었다.

"야스미 선생님 아니세요?"

구니오는 애매하게 고개를 끄덕였다.

그러자 소년은 망설이며 자기 이름을 꺼냈다. 그 순간, 마치 수면에 잉크를 떨어뜨린 듯 머릿속에 기억이 퍼졌다. 7년 내내 떠올리지 않았던 기억. 어린이집 선생님으로 일했던 시절의 추억. 웃고, 울고, 잠자는 아이들의 얼굴. 그 가운데 이 아이의 얼굴이 있었던 것은 언제였더라.

딱 7년 전. 그 일이 일어났을 때 구니오의 직장이었던 하쿠타쿠 어린이집에 다녔던 남자아이. 가족과 함께 중국에서 일본으로 건너오는 바람에 말이 서툴러서 모두에게 놀림당한 아이. 별명이 싫어서 늘 숨어서 울던 아이. 구니오의 기억 속에서 소년은 늘 눈물에 젖은 눈을 들어 힘없는 시선을 던지고는 했다.

지금 소년의 눈은 어떨까.

어떤 표정으로 살고 있을까.

"오랜만이구나."

입술에서 말이 흘러나왔다.

대답은 돌아오지 않았다. 아무 말도 없는 대신, 고요한 공기를 타고 당황한 듯한 숨소리만 귀에 와 닿았다.

"교통사고가 나서 앞이 보이지 않게 됐어."

구니오는 뺨을 끌어올려 웃으며 양손으로 자신의 눈을 가리켰다.

"그렇군요……."

드디어 소년의 목소리가 들렸다.

"넌 그후로 잘 지냈니?"

네, 하고 대답한 후 갑자기 소년의 목소리가 또랑또랑해졌다.

"그때는 감사했습니다."

구니오는 그 말이 무슨 뜻인지 잠시 생각했다.

"내가……뭔가 했던가?"

"도와주셨어요. 제가 아이들에게 괴롭힘을 당할 때, 야스미 선생님만 눈치채고 아이들에게 화를 내주셨죠."

그래, 그런 일이 있었다.

"갑자기 그만둬서 미안하구나."

어린이집을 그만둬야 했을 때, 원장은 구니오가 어린이집에 나오지 않는 이유를 딱히 설명하지 않을 것이라고 했다. 사정이 워낙 특수해서 어쩔 수 없었다. 그후로 7년간, 그때까지 맡아온 수많은 아이들을 구니오는 잊고 살아왔다. 늘 걱정했던 이 아이의 얼굴조차 한 번도 떠올리지 않고 지냈다.

"선생님이 없어진 후에 또 괴롭힘을 당했어요."

소년은 그렇게 말했다.

하지만 구니오가 말을 꺼내기 전에 입을 열었다.

"하지만 선생님 덕분에 견딜 수 있었어요. 선생님이 지켜주신 게 기억에 남아 있었으니까요."

창피하지만 상대에게 꼭 들려주겠다는 의지가 담긴 목소리였다. 그 목소리가 가슴에 똑바로 날아들자 구니오는 마치 벤치에 못 박힌 듯 꼼짝도 할 수 없었다.

띠링, 하고 공원 입구에서 자전거 벨소리가 들렸다.

소년은 다시 한번 구니오에게 고맙다고 인사하고 뒤에서 기다리는 소년 쪽으로 바쁘게 뛰어갔다.

"참 중요한 일을 해오셨군요."

옆에서 다케나시 형사가 한숨 섞인 목소리로 말했다.

"저 아이, 정말 순수하게 웃었어요."

구니오는 잠자코 고개를 끄덕이는 것이 고작이었다. 다케나시 형사도 더 이상은 말을 하지 않고 그저 크게 숨을 한 번 내쉬었다. 공원 입구에서 소년들이 자전거 스탠드를 차올리는 소리가 났다.

"음……그거, 위험하지 않겠니?"

다케나시 형사가 일어서서 벤치를 떠났다. 그는 자전거 체인에 대해 소년들에게 뭐라고 말했다. 평소 같으면 쉽사리 알아들을 그 목소리가 지금 구니오의 귀에는 연이은 모음으로 들릴 뿐이었다. 소년들이 서로 짤막한 대화를 나누자 다케나시 형사가 웃었다. 세 사람이 그 자리에 쪼그려 앉는 듯한 기척. 자전거 체인이 돌아가는 소리. 그 소리를 들으며 구니오는 다케나시 형사가 앉아 있던 쪽으로 손을 뻗었다. 손끝에 느껴지는 가죽 가방의 감촉. 지퍼를 찾아서 옆으로 당겼다. 가방 속에 손을 넣었다. 봉투에 손끝이 닿았다. 구니오는 봉투를 꺼내 웃옷 안주머니에 넣었다.

"터널 지나서 왼쪽으로 꺾은 다음에 네 번째 모퉁이에서 오른쪽으로 돌아. 그리고 쭉 가면 상점가가 나올 거야."

다케나시 형사의 목소리가 다시 선명하게 들렸다.

"상점가 모퉁이에 있는 자전거 대여점에 물어보는 게 좋겠어. 자전거 판매도 하는 곳이니까 조정해줄 거야."

감사합니다, 하고 소년들이 입을 모아 말했다.

자전거 소리가 멀어지자 다케나시 형사가 벤치로 돌아왔다.

"자전거가 낡으면 아무래도 체인이 느슨해진다니까요."

조금만 더.

아주 조금만 더.

"야스미 씨는 이제 어디로?"

다케나시 형사는 방금까지 앉아 있던 곳에 앉았다.

"혹시 힘드시면 바래다드리겠습니다."

받은 봉투가 가방에서 없어졌으니 다케나시 형사는 분명 구니오에게 연락할 것이다. 그때까지라도 괜찮다. 그때까지만이라도 괜찮으니까 유미코와 함께 있고 싶었다. 단둘이 시간을 보내고 싶었다. 이야기를 나누고 싶었다.

"아니요, 혼자서도 괜찮습니다."

구니오는 벤치에서 일어섰다.

"아내가 기다리고 있으니 저는 이만."

2

다케나시는 야스미 구니오가 떠난 공원에 혼자 남았다.

벤치 등받이에 팔을 얹고 고개를 돌려 울타리 너머에 있는 유미나게 절벽을 바라보았다.

저 절벽에는 죽은 사람의 영혼이 모여 있다고 한다. 7년 전, 가마쿠라 동터널 출구에서 누군가에게 살해당한 가지와라 나오토도 그 영혼들 사이에 섞여 있을까. 가지와라 나오토 때문에 사고를 당한 차에 방치되어서 숨진 나오야도 있을까.

곁에 있는 가방을 보았다.

가방에는 아까 야스미 구니오에게 받은 봉투가 들어 있었다.

대체 무슨 내용일지 다케나시는 잘 상상이 되지 않았다. 야스미 구니오는 7년 전 그 사건에 대해 무슨 생각을 했을까. 세월이 흘렀다지만 이야기하기는 몹시 괴로울 테고, 그 이야기를 받아 적은 야스미 유미코 또한 남편만큼 괴로웠으리라. 적어도 그것만은 확실하다.

그 이상은 상상할 길이 없다.

나 같은 인간으로서는.

아까 받은 봉투는 어느 정도 두툼했다. 편지지를 삼등분해서 접었다고 치면 대여섯 장쯤 될까.

편지지에 적힌 글은 1년 하고 조금 전에 다케나시가 쓴 글과 길이와 글자 수가 비슷할지도 모른다.

다케나시는 눈을 감았다. 이마 속, 양쪽 관자놀이의 중간쯤에서 뱃고동과도 비슷한 길고 나지막한 소리가 생겨났다. 그 소리가 점점 퍼져서 머릿속을 가득 채웠다.

글의 길이는 비슷하더라도 내용은 완전히 딴판이다.

1년하고 조금 전, 다케나시가 편지지에 써내린 것은 고백문이었다. 아내의 병과 자살. 쓰레기통에 버린 아내의 유서. 십왕환명회와의 만남. 미야시타 시호가 시신으로 발견된 그 사건. 그 사건을 수사하다가 자신이 저지른 짓. 그리고 미즈모토가 죽은 밤에 자신이 저지른 짓.

독신자 기숙사 밑에서 차갑게 식은 미즈모토의 시신을 보고 며칠 후, 다케나시는 그 모든 것을 편지지에 적었다. 구마지마에게 받은 볼펜으로 쓴 글 중에서 가장 긴 글이었다.

7년 전에 있었던 일에 대해서도 썼다. 유카리장 앞에서 발생한 사망사고. 그 사고는 과장의 명령으로 야스미 유미코의 집을 감시하던 다케나시의 눈앞에서 일어났다. 다케나시는 유일한 목격자였다. 연립주택 앞을 지나가려던 차는 분명히 법정 속도를 위반했지만, 다케나시는 목격자로서 교통과 형사들에게 증언할 때 거짓말을 했다. 차는 속도를 별로 내지 않았다고. 사람이 갑자기 뛰쳐나와서 피할 수가 없었다고.

사고를 낸 것이 십왕환명회의 차량임을 알고 있었기 때문이다.

형사인 다케나시의 증언은 전면적으로 받아들여져 운전자인 요시즈미는 위험운전치사상죄로 처벌을 받지 않았다.

절대 용납될 수 없는 그러한 행위들을 다케나시는 빠짐없이 편지지에 적었다. 하지만 용기가 없었다. 매일같이 경찰서로 출근해 형사과에서 일하면서도 봉투를 가방에서 꺼내지 못했다. 앞면에 서장의 이름을 적고 우표도 붙여보았지만, 우체통에 넣을 수조차 없었다.

결국 봉투는 1년 넘게 지난 지금도 이 가방에 들어 있다.

다케나시는 눈을 뜨고 곁에 있는 가방을 끌어당겼다. 아까 지퍼를 닫는 걸 잊어버렸는지 가방이 열려 있었다. 다케나시는 가방 속을 느릿느릿 더듬다가 금방 손을 멈췄다.

다케나시는 목덜미를 붙잡듯이 가방을 무릎 위로 끌어올린 후, 지퍼를 끝까지 열고 속을 들여다보았다. 잡다한 소지품 사이로 봉투가 보였다. 이건 아까 구니오에게 받은 봉투다.

다른 봉투 하나가 어디에도 없었다.

3

구니오는 가마쿠라 동터널을 걸어갔다.

흰 지팡이로 땅바닥을 확인하며 유미코가 기다리는 집을 향해서.

어째선지 귓속에서 대나무 피리와 큰북 소리가 들렸다. 칠석 축제가 다가오면 언제나 거리 위 하늘에 울려퍼지는 소리. 축제 음악을 연습하는 소리.

예전에는 해마다 가족이 다함께 칠석 축제를 구경하러 상점가로 나가고는 했다. 나오야가 처음으로 직접 물건을 산 것도 칠석 축제에서였다.

죽기 전 해, 세 살 때였다.

나오야는 구니오가 준 100엔짜리 동전 두 개를 오른손에 쥐고 혼자서 물엿을 묻힌 과일 사탕을 파는 노점으로 갔다. 양손을 어색하게 앞뒤로 흔들면서 아장아장 걸음으로. 나오야가 사고 싶어한 것은 살구 사탕도 자두 사탕도 아니고, 통조림 귤에 물엿을 묻힌 사탕이었다. 그러나 남자 노점상은 나오야의 작은 목소리를 제대로 알아듣지 못한 듯, 자두 사탕을 주었다. 나오야는 옆얼굴을 애처롭게 찡그렸지만, 아주 잠깐이었다. 이쪽으로 돌아섰을 때 나오야의 얼굴은 물건 사기에 성공했다는 기쁨으로 가득했다. 뛰지 않으면서도 최대한 빨리 갈 수 있도록, 나오야는 두 다리를 종종거려 구니오와 유미코의 곁으로 돌아왔다. 긴장되었느냐고 물어보자 그 말은 몰라도 뜻은 감으로 이해한 모양이었다. 나오야는 입을 꾹 다물고 턱을 쳐들며 고개를 저었다. 그런데도 구니오는 품에 안은 나오야의 땀에 젖은 셔츠 밑에서, 가녀린 갈비뼈 안쪽에서 작은 심장이 놀랄 만큼 세차게 뛰는 것을 느꼈다. 나오야는 제 손으로 산 자두 사탕을 맛있다며 깨물어 먹었지만, 분명 거짓말이었을 것이다. 다 먹지 못하고 반쯤 남은 자두 사탕은 유미코가 마저 먹었다. 그때도 나오야는 마치 자신의 행동을 자랑하듯 의기양양한 표정으로 줄게, 하고 말했었다. 부드러운 앞머리는 땀에 젖어 이마에 착 달라붙었고, 두 눈에는 아직 처음으로 물건 사기에 성공한 여운이 남아 있었다.

바닷바람이 불어 터널이 끝났음을 알렸다.

축제 음악도 어딘가로 사라졌고, 주변에서는 아련한 파도 소리와 허공에 메아리치는 갈매기 울음만 들렸다.

구니오는 걸음을 멈추고 고개를 들었다. 눈꺼풀을 벌려 두 눈에 햇빛을 쬐자 형체가 불분명한 흑백 반점 같은 광경이 시야 가득 펼쳐졌다. 자신을 감싼 이 세계에서 이제까지 진행되었고 지금도 남몰래 진행 중인 수많은 파탄과 재생을 목격하는 듯했다. 구니오는 양팔을 늘어뜨리고 얼굴과 가슴에 햇빛을 받으며 그 광경에 자신의 모든 것을 맡겼다.

조금만 더.

언제까지일지는 모른다.

하지만 아주 조금만 더.

웃옷 안주머니에 오른손을 넣어 봉투를 꺼냈다. 양 손가락에 힘을 주고 한 손을 앞으로 내밀어 속에 든 편지지와 함께 봉투를 찢었다. 한 번. 또 한 번. 앞이 보이지 않는 두 눈에서 넘쳐흐른 눈물이 턱을 타고 떨어졌다. 구니오는 잘게 찢은 봉투와 편지지를 두 손바닥에 얹었다. 턱에서 떨어진 눈물이 땅에 닿으면서 희미한 소리를 냈다. 살아 있는 시간을 헤아리려는 것처럼 그 소리는 잇달아 들렸다. 귀를 기울이지도 막지도 못한 채 구니오는 그저 하늘로 고개를 쳐들고 흑백 반점의 세계를 응시했다.

갑자기 강해진 바닷바람이 구니오의 양손에서 봉투와 편지지 조각을 빼앗아갔다.

4

다케나시는 무릎에 가죽 가방을 얹은 채로 굳어버렸다.

그 봉투를 어딘가에 떨어뜨린 걸까. 아니면 일하려고 가방에서 서류를 꺼낼 때 서류 사이에 낀 걸까.

어쨌거나 조만간 알 수 있으리라.

어디 떨어뜨렸다면 주운 사람이 분명 우체통에 넣어줄 것이다. 만약 봉투를 뜯어 속을 보더라도 상관없다. 편지지에 적힌 내용은 어떠한 형태로든 확실히 경찰의 귀에 들어갈 것이다. 만약 경찰서 어딘가에 있다면 발견한 직원이 봉투에 적힌 이름을 보고 서장에게 전달할 것이다. 봉투 뒷면에는 아무것도 적지 않았으니 다케나시에게 돌아오지는 않는다.

방금 전까지 머릿속을 가득 채웠던 긴 뱃고동과 비슷한 소리는 어느덧 사라졌다. 다케나시는 크게 심호흡을 하고 가죽 가방 속으로 손을 넣었다. 아직 시간이 남아 있을 때 부탁받은 일을 해치우고 싶었다.

파도 소리와 갈매기 소리를 들으며 구니오에게 받은 봉투를 꺼냈다. 봉투를 뜯자 삼등분으로 접은 편지지 다섯 장이 들어 있었다.

그걸 본 순간 다케나시는 다시 굳어버렸다.

당혹스러움이 머릿속에 차올랐다.

5

"체인을 공짜로 고쳐줬어!"

커는 자전거 페달을 밟으며 옆에서 달리는 야마우치에게 외쳤다. 야마우치도 두 사람 사이를 휘몰아쳐 나가는 바람에 지지 않도록 큰소리로 답했다.

"두 대 합쳐서 빵엔!"

"그 자전거 가게 할아버지, 좋은 사람이야!"

"공원에 있던 아저씨도 체인이 느슨하다고 알려줬어!"

"자전거 가게 위치도 가르쳐줬고!"

세상에는 친절하고 착한 어른이 많다. 그 사실이 기쁘고 든든해서 커는 자전거 페달을 힘차게 밟았다. 체인을 팽팽하게 고친 덕분에 아까보다 다리의 움직임이 바퀴에 제대로 전해지는 기분이었다.

"새 자전거 갖고 싶다."

반쯤 웃음이 섞인 야마우치의 목소리가 바람 저편에서 들렸다.

"나도."

커도 동의했다.

음식 맛이 더 좋아졌는지, 아니면 동네 사람들이 맛있다는 사실을 알아줬는지 요즘은 가게에 손님이 조금 늘었으므로 어쩌면 조만간 새 자전거를 사줄지도 모른다. 하지만 커는 야마우치가 새 자전거를 살 때까지 참기로 결심했다.

거리를 구경하며 가을바람 속을 달렸다. 에너지와 빛 같은 것이 온몸에 골고루 퍼져서 두 다리를 움직이고 있는 듯했다. 오랜만에 만난 야스미 선생님께 지금까지 간직하고 있던 감사의 마음을 전했기 때문인지도 몰랐다. 선생님이 시력을 잃은 건 정말 딱한 일이지만, 야스미 선생님이라면 분명 기운을 내서 또 누군가에게 용기를 북돋아주고 웃음을 되돌려줄 것이다. 물론 자기 자신에게도.

"거리 풍경이 어쩐지 근사하네."

커는 기분을 잘 표현할 수가 없었다. 누구나 아는, 딱 맞는 일본어가 있을 듯한데 생각이 나지 않았다. 하지만 야마우치는 커를 보고 고개를 끄덕여주었다.

"응, 근사하다."

바람이 커의 머리카락을 쓸어올려 이마에도 귀 위쪽에도 햇빛이 비쳤다. 옆에서 달리는 야마우치의 땀이 밴 얼굴도 새하얗게 빛났다. 야마우치의 얼굴을 보고 있으니 아까 하고 싶었던 말이 겨우 떠올랐다.

"평화롭다고 할까."

야마우치도 해를 향해 코끝을 들고 말했다.

"맞아, 평화롭다고 할까."

마지막 1페이지가 알려주는 또 하나의 '진상'을
당신은 알아차릴 수 있을까°

미치오 슈스케는 2004년 제5회 호러서스펜스 대상 특별상 수상작 『등의 눈』으로 데뷔한 이래, 미스터리 문단의 제일선에서 활약하고 있다. 그는 문학성과 오락성이라는 두 마리 토끼를 동시에 잡기 위해서 늘 새로움을 추구하면서도 한 가지 신념을 지켜왔다.

"저는 미스터리 소설일지라도 도판이나 지도를 되도록 작품에 넣지 않고 글을 써왔습니다. 문자의 힘을 믿거든요. 시각적 요소를 넣지 않아야 독자의 상상력을 부풀릴 수 있다고 생각합니다."

그런 그가 『절벽의 밤』에서는 각 장의 끝에 '지도'나 '사진'을 넣는다. 갑자기 웬 지도며 사진이냐 싶겠지만, 본문을 읽은 후에 지도와 사진을 유심히 살펴보면 숨겨진 사실이 밝혀지는 구조이다. "시각

• 작품의 트릭을 언급하고 있으니 반드시 본문을 먼저 읽고 나서 읽어주시기 바랍니다.

적 요소도 사용하기에 따라서는 독자의 상상력을 더욱 자극할 수 있다는 걸 알았다"라고 미치오 슈스케는 말한다. 그야말로 상상력을 동원해야 하는 새로운 독서 체험이라 할 수 있겠다.

물론 추리는 독자의 몫이고 새로운 독서 체험의 재미를 빼앗아서는 안 되겠지만, 본문을 읽고 나서 사진을 보아도 이해가 잘 안 된다는 일본 독자의 평도 있기에 이번 역자 후기에는 번역자 나름의 해석을 써보고자 한다.

제1장 "유미나게 절벽을 보아서는 안 된다"의 끝부분에 삽입된 지도에는 제1장의 주요 무대인 '유카리장'의 위치가 표시된다. 이 유카리장의 위치로 십왕환명회의 차에 치인 사람이 누구인지 알 수 있다. 십왕환명회의 차는 유카리장 앞길을 북쪽에서 남쪽으로 내려오고 있다. 그때 앞유리 오른쪽, 즉 서쪽에서 나타난 사람이 차에 치인다. 본문을 읽어보면 모리노 마사야는 상점가 남쪽 끝까지 간 후 왼쪽으로 돌아서 유카리장으로 향한다. 즉, 유카리장 앞길을 남쪽에서 북쪽으로 올라온다. 유카리장에 사는 야스미 구니오는 동쪽에서 길에 들어선다. 그리고 형사 구마지마는 서둘러 유카리장으로 가기 위해 상점가 남쪽 끝까지 가지 않고 도중에 골목으로 뛰어든다. 즉, 형사 구마지마가 바로 서쪽에서 뛰어나와 차에 치인 사람이다.

제2장 "그 이야기를 해서는 안 된다"의 결말을 보면 마치 주인공 커가 두려워하는 요괴 시낭이 뛰어나와서 문방구 주인 할머니와 할머니의 조카를 절벽으로 떨어뜨린 것처럼 느껴진다. 하지만 실은 그렇지 않다. 끝부분에 삽입된 사진을 보자. 이 사진은 낮에 촬영한

문방구 할머니와 할머니 조카의 인터뷰 영상이다. 두 사람 뒤쪽으로 H가 그려진 옷을 입은 아이가 보인다. 이 아이는 평소 HAPPY라고 적힌 흰색 운동복을 입고 다니는 야마우치이다. 은혜를 갚기 위해서 평소 커를 지켜보고 있던 야마우치가 사건의 진상을 꿰뚫어 보고 커를 구하기 위해 미리 차 안에 숨어 있었던 것이다.

차에 야마우치가 숨어 있었다는 사실을 커가 언제 알아차렸는지는 분명하지 않다. 납치당해 차를 타고 가다가 좌석 시트에서 바닥으로 굴러떨어지는 장면이 나오는데 아마도 그때가 아닐까 싶다. 아무튼 야마우치는 문방구 주인 할머니와 할머니의 조카를 절벽에서 떨어뜨려 커를 구해준다.

제3장 "그림의 수수께끼를 풀어서는 안 된다"의 끝부분에 삽입된 사진을 보면 흰 장갑을 낀 누군가가 그림을 고치고 있다. 이 사람은 누구일까. 바로 형사 다케나시이다.

204쪽을 보면 흰 장갑을 끼고 나카가와 도루의 수첩을 살펴보던 다케나시가 느닷없이 볼펜을 쥔 손으로 자기 자신을 가리키는 장면이 나온다. 즉, 다케나시가 수첩을 살펴보다가 볼펜을 꺼내서 제3장 끝부분의 사진 속 그림을 206쪽의 그림으로 몰래 고친 것이다. 바로 그림에 사건 해결의 실마리가 있었기 때문이다(화살표 끝에 있는 것이 스마트록). 그렇다면 왜 형사인 다케나시가 사건을 해결할 실마리를 없애야 했을까? 그가 십왕환명회의 회원이기 때문이다.

214쪽을 보면 다케나시가 강당에 모인 사람들과 함께 십왕환명회의 축사를 외우는 장면이 나온다(함께 입을 움직인다고 표현된다).

도중에 지부장 모리야 다쿠미와 눈이 마주쳤음에도 그 사실을 후배 형사 미즈모토에게는 숨기기도 한다. 요컨대 십왕환명회의 회원인 다케나시가 미야시타 시호와 나카가와 도루를 죽인 지부장 모리야 다쿠미를 지키기 위해서 증거를 훼손하고, 그 사실을 알아차린 후배 미즈모토도 자살로 위장해 죽인 것이다.

마지막 장 "거리의 평화를 믿어서는 안 된다"에서는 그동안 있었던 사건들의 후일담이 제시된다. 야스미 구니오는 아내에게 대필시킨 고백서를 다케나시에게 주고 자살할 작정이었지만, 커를 만나고 마음을 바꾼다. 구니오는 다케나시의 가방에서 고백서를 빼내서 찢어버리지만, 내용상 그것은 다케나시가 적어서 가지고 다니던 고백서임을 알 수 있다. 그렇다면 구니오의 고백서는 남아 있으니 그는 처벌받을까? 끝부분에 삽입된 사진을 보자. 이건 다케나시가 봉투에서 꺼내서 펼친 구니오의 고백서인데, 보다시피 백지이다. 즉, 눈이 보이지 않는 구니오 대신 고백서를 적은 아내 유미코가 봉투에 고백서를 넣는 척하면서 백지를 넣은 것이다.

이런 식으로 독자의 상상력을 자극하는 작품은 처음으로 접해보았다. "지금까지 읽어본 적 없는 소설을 내놓았다"라고 미치오 슈스케가 자부할 만하다. 미치오 슈스케의 팬이자 번역자로서 강력히 추천한다. 어쩌면 번역자도 알아차리지 못한 사실을 알아차릴 수 있을지도 모른다.

2022년 2월
김은모